La mort en blanc

DU MÊME AUTEUR

Reykjavík, co-écrit avec Katrín Jakobsdóttir
Éditions de La Martinière, 2023
Points, 2024

À qui la faute
Éditions de La Martinière, 2023
Points, 2024

Dix âmes, pas plus
Éditions de La Martinière, 2022
Points, 2023

**Trilogie « La Dame de Reykjavík »
(avec Hulda Hermannsdóttir)**

L'île au secret
Éditions de La Martinière, 2020
Points, 2021

La Dernière tempête
Éditions de La Martinière, 2021
Points, 2022

La Dame de Reykjavík
Éditions de La Martinière, 2019
Points, 2020

**Série des « Enquêtes de Siglufjördur »
(avec Ari Thór Arason)**

Sigló, vol. 6
Éditions de La Martinière, 2020
Points, 2021

Vík, vol. 4
Éditions de La Martinière, 2019
Points, 2020

Sótt, vol. 3
Éditions de La Martinière, 2018
Points, 2019

Nátt, vol. 2
Éditions de La Martinière, 2018
Points, 2019

Mörk, vol. 5
Éditions de La Martinière, 2017
Points, 2018

Snjór, vol. 1
Éditions de La Martinière, 2016
Points, 2017

RAGNAR JÓNASSON

La mort en blanc

Traduit de l'islandais par Jean-Christophe Salaün

Éditions
de La Martinière

Titre original : *Hvítidauði*
© *2019 Ragnar Jónasson*
Publié avec l'aimable autorisation
de la Copenhagen Literary Agency A/S, Copenhague

Traduit de l'islandais par Jean-Christophe Salaün
Avec l'aimable contribution de Victoria Cribb
(© Victoria Cribb, published in Great Britain
by Micheal Joseph, 2024)

ISBN : 979-1-0401-1744-5

© 2024 Éditions de La Martinière
Une marque de la société EDLM

Au docteur Helgi Jóhannsson,
qui a prêté son prénom
au protagoniste de ce roman

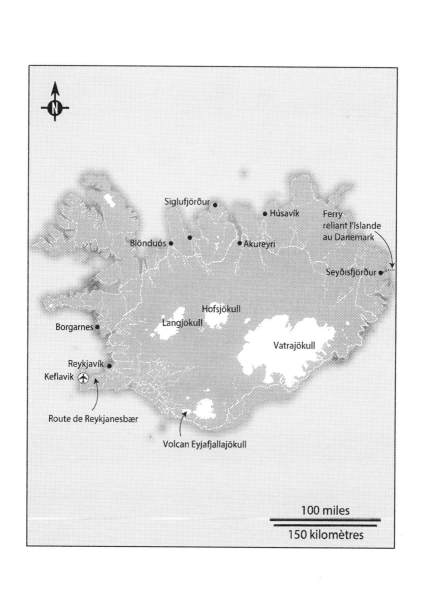

N

Siglufjörður

Húsavík

Ferry
reliant l'Islande
au Danemark

Blönduós   Akureyri

Seyðisfjörður

Hofsjökull

Langjökull

Borgarnes

Vatrajökull

Reykjavík

Keflavík

Route de Reykjanesbær

Volcan Eyjafjallajökull

100 miles

150 kilomètres

Derrière moi attend la mort.

Jóhann Sigurjónsson
(1880-1919)
Issu du poème « La Coupe »

2012

Helgi

Le silence désespéré fut brisé.

Quelqu'un venait de frapper fermement à la porte, sans doute après avoir essayé plusieurs fois la sonnette, qui ne fonctionnait pas.

Helgi se leva.

Il s'était installé dans le canapé avec un roman policier, espérant que s'évader dans un monde de fiction l'aiderait à calmer ses nerfs avant de dormir. Mais il n'aurait décidément pas la paix.

Bergthóra et lui louaient un appartement au sous-sol d'une vieille maison tout près du quartier de Laugardalur, à Reykjavík. Le propriétaire habitant à l'étranger, l'ensemble de la maison était en location, et un couple avec deux enfants occupait le logement du dessus.

Helgi ne les appréciait guère. Ils avaient tendance à se montrer impolis et intrusifs, comme si leurs droits l'emportaient sur les siens parce qu'ils vivaient dans l'appartement le plus grand. Autant dire que la communication entre le sous-sol et l'étage supérieur, glaciale, se limitait au strict nécessaire.

Helgi craignait que son voisin se trouve derrière la porte, encore à mettre son nez dans ses affaires. Mais une autre possibilité – plus inquiétante – était à envisager. Il se dirigea d'un pas réticent vers l'entrée. Son salon douillet était tapissé de bibliothèques accueillant une énorme collection de livres – les siens – au milieu desquels se nichait un confortable fauteuil. Un imposant canapé faisait face à la télévision. Quelques bougies parfumées étaient dispersées sur la table basse, mais Helgi ne les avait pas allumées. Pas cette fois. En revanche, il avait mis un disque – un vrai vinyle – sur la platine neuve branchée à son home cinéma, dont il se servait surtout pour écouter de vieux albums de jazz hérités de son père. Les coups contre la porte avaient brusquement interrompu le doux son de la musique, ruinant le calme enfin revenu dans l'appartement.

Bordel, pensa Helgi.

Il avait atteint le vestibule lorsque les coups reprirent, encore plus fort. Il inspira à fond, saisit la poignée, s'autorisa une courte pause afin de rassembler son courage, puis il ouvrit la porte.

Un jeune policier – entre vingt et trente ans – en uniforme, le visage sévère et les épaules carrées, se détachait sur les ténèbres nocturnes, pris dans le faisceau de la lumière extérieure. Si on se fiait à son expression déterminée et menaçante, il se préparait à en venir aux mains. Helgi ne le reconnaissait pas. Un autre policier se tenait derrière lui, dans l'ombre. À en juger par sa posture, il semblait plus détendu, mais Helgi ne distinguait pas son visage.

– Bonsoir, dit celui qui était éclairé.

Il avait la voix moins autoritaire que ce à quoi s'était attendu Helgi, qui crut même y déceler un léger tremblement. Son regard décidé ne servait sans doute qu'à cacher un manque d'assurance. Peut-être était-ce sa première nuit.

– Helgi ? Helgi Reykdal ?

Âgé d'à peine plus de trente ans, Helgi n'était pas beaucoup plus vieux que l'agent qui lui parlait. Pourtant, il se sentait en position de supériorité.

– Helgi Reykdal, oui, c'est bien ça. Qu'est-ce qui se passe ? demanda-t-il avec aisance, faisant vaciller l'équilibre des pouvoirs – après tout, il était chez lui, c'étaient ces policiers qui venaient l'importuner à une heure tardive.

– Nous avons reçu… comment dire…, hésita l'agent – comme Helgi s'y attendait. Nous avons reçu un signalement…

Helgi le coupa :

– Un signalement ? De qui ?

Il ne comptait pas laisser entrevoir le moindre signe de faiblesse.

– Euh, nous… nous ne divulguons pas ce genre d'information.

– C'est ce type qui habite au-dessus, répondit Helgi avec un sourire. Un foutu emmerdeur qui passe son temps à se plaindre de tout et de n'importe quoi. Il doit être malheureux avec sa femme, ou quelque chose comme ça. On peut à peine élever la voix ou, je ne sais pas, monter le volume de la télévision sans qu'il se mette à frapper par terre avec son balai. Et voilà qu'il appelle la police, maintenant.

– Il a entendu une altercation...

Le policier s'interrompit au milieu de sa phrase, se rendant compte qu'il en avait trop dit.

– Je veux dire... Nous avons reçu un signalement..., se corrigea-t-il.

– Vous l'avez mentionné, oui, répondit Helgi d'un ton détaché.

– Un signalement pour tapage – des bruits de bagarre, des cris. Quelque chose de plus sérieux qu'une banale dispute.

À ce moment, son collègue sortit de l'ombre, regarda Helgi droit dans les yeux et fit un pas en avant.

– Je savais bien que ce nom me disait quelque chose, commença-t-il.

Helgi se souvint aussitôt de lui. L'année précédente, ils avaient partagé quelques gardes au sein de la police de Reykjavík, mais ils ne se connaissaient pas très bien.

– Je m'appelle Reimar, poursuivit l'agent. Tu étais là pour l'été, pas vrai ? Ou quelque chose comme ça ?

– Oui, je faisais de l'intérim après avoir terminé l'école de police, puis j'ai entamé un master en criminologie, répondit Helgi.

– Oui, ça me dit quelque chose, quelqu'un a dû m'en parler. En Angleterre, c'est bien ça ? Je me suis souvent posé la question de reprendre mes études, moi aussi.

Helgi hocha la tête. Il restait tranquillement sur le seuil de la porte, comme si c'était lui qui commandait.

– C'est ça, oui. Techniquement, je suis toujours étudiant. Je dois encore terminer mon mémoire, mais on a décidé de revenir en Islande. Ma compagne a obtenu un bon poste ici.

Helgi sourit.

– Content de te revoir, dit Reimar. Même si ce n'est peut-être pas dans les meilleures circonstances. Vous avez des problèmes avec votre voisin, c'est ça ?

– Ça, on peut le dire. C'est un imbécile. Nous ne faisons que louer pour le moment, alors on ne compte pas s'éterniser.

– Il a entendu du bruit, glissa l'autre policier d'une voix lente.

– C'est possible. On s'est un peu chamaillés avec ma conjointe, mais rien qui vaille la peine de faire déplacer la police. Comme je vous l'ai dit, on peut à peine allumer la télévision sans que notre voisin débarque. L'isolation est catastrophique dans ces vieilles bâtisses.

– Ne m'en parle pas. J'habite une maison comme celle-ci dans le quartier Ouest, acquiesça Reimar.

– Je suis désolé que vous ayez dû faire le déplacement, dit Helgi, puis, après un court silence, il ajouta : Vous voulez peut-être parler à ma conjointe ? Vous assurer que tout va bien ? Elle dort, mais je peux la réveiller.

– Non, non, c'est inutile, répondit Reimar avec un sourire.

Son collègue sembla sur le point d'intervenir. Helgi le fixa, et ce fut comme si son silence avait étouffé les mots du jeune homme.

Reimar finit par reprendre la parole :

– Excuse-nous pour le dérangement, Helgi. J'espère qu'on ne t'a pas réveillé.

– Aucun problème, j'étais juste en train de lire.

– Tu comptes revenir parmi nous, après tes études ?

– C'est en cours de négociation. Il est question que je rejoigne la police judiciaire de Reykjavík plus tard dans l'année. Un poste de rêve, à vrai dire.

– Génial. Dans ce cas, on devrait se recroiser bientôt si tout va bien.

Reimar tendit la main et Helgi la lui serra avant de refermer la porte.

Il inspira profondément. Cela s'était passé aussi bien qu'il pouvait l'espérer. Il ne s'était pas attendu à ce que cet idiot appelle la police, mais dans une certaine mesure il pouvait le comprendre, étant donné le remue-ménage qu'ils avaient fait.

Sentant son cœur battre désagréablement fort, il se félicita néanmoins d'avoir gardé son sang-froid au cours de la conversation avec les deux agents. Ironiquement, il avait su tirer profit de sa formation policière.

C'était sans doute peine perdue d'essayer de se replonger dans le roman policier qu'il était en train de lire, mais il décida de faire une tentative malgré tout. Pas question de laisser ce con de voisin gâcher le reste de sa soirée. Il travaillait dur sur son mémoire de fin d'études et devait s'accorder du temps pour décompresser, or rien ne le détendait davantage que de dévorer un bon polar, installé dans son canapé.

Propriétaire d'une librairie de livres anciens dans le Nord, son défunt père nourrissait une passion toute particulière pour les romans policiers étrangers, qu'il collectionnait avec assiduité, passion qu'il avait transmise à son fils dès l'adolescence. Helgi avait ensuite hérité de sa collection de livres, à laquelle il était très attaché. Il en avait lu beaucoup, mais pas tous, et petit à petit il découvrait ou redécouvrait ces joyaux, jamais fâché de renouer avec des histoires qu'il avait lues plus jeune.

Reprenant place dans le canapé, il ouvrit de nouveau son livre, un vieil exemplaire usé de *Puzzle pour fous* de Patrick Quentin. Adolescent, il avait entendu une pièce à la radio publique mettant en scène le même protagoniste, Peter Duluth. Il s'agissait d'une adaptation du premier tome de ses aventures, qu'il avait trouvée très réussie – du moins dans son souvenir. Plus tard, Helgi avait lu le livre en question en anglais, une histoire de meurtres dans un hôpital où Duluth était admis pour traiter son alcoolisme. Un sujet plutôt inhabituel pour un roman publié à la veille de la Seconde Guerre mondiale, l'âge d'or du polar. Cette histoire occupait beaucoup ses pensées, ces derniers temps, en raison de son mémoire. Des morts mystérieuses dans un sanatorium...

Helgi lut quelques pages, mais il ne parvenait pas à se concentrer. Peut-être que le livre n'était pas assez bon pour capter son attention. La faute incombait plus probablement aux policiers – ou à son voisin du dessus, tout bien réfléchi. Cette visite l'avait déstabilisé. Peut-être valait-il mieux faire une pause, essayer de dormir. Il pourrait toujours terminer ce roman durant le week-end. Il comptait passer la nuit sur le canapé, comme toujours après leurs disputes. C'était lui qui se sacrifiait à chaque fois.

Il reposa avec précaution son livre sur la table basse. Il s'efforçait de prendre le plus grand soin de sa collection – ces vieux romans policiers représentaient un véritable trésor pour lui, même s'ils ne valaient sans doute pas grand-chose.

Helgi avait hâte de se coucher. Il dormait le plus souvent d'un sommeil de plomb, et il lui fallait des forces pour finir ses recherches et rédiger son mémoire. Il avait choisi un sujet plutôt original et demeurait surpris que son professeur en Angleterre l'ait approuvé.

Un plaid et un coussin feraient l'affaire en guise de couette et d'oreiller pour cette nuit. Ça ne le dérangeait pas, il avait l'habitude, et il faisait plutôt bon dans l'appartement.

Helgi retira sa chemise blanche et la suspendit au dossier d'une chaise.

Son cœur manqua un battement.

Heureusement que les deux policiers n'avaient pas remarqué la tache de sang sur sa manche.

1983

Tinna

La tête baissée, son imperméable serré contre elle, Tinna essayait tant bien que mal de se protéger de la pluie. Le ciel était d'un gris intense et, sous l'averse hurlante, tout se confondait : les nuages, le trottoir, même les maisons devenaient incolores. Les sons semblaient s'estomper, elle ne discernait que le crépitement assourdissant des gouttes. Ce qui n'avait sans doute rien d'étonnant, car à sept heures du matin ce samedi, les rues étaient presque désertes. Avec soulagement, elle finit par atteindre sa voiture et s'abriter.

La jeune femme avait reçu son diplôme d'infirmière peu de temps auparavant. Née à Akureyri, elle avait été aux anges d'y obtenir un poste après des années d'études à Reykjavík, car cela signifiait qu'elle allait pouvoir se rapprocher de ses parents et du reste de sa famille. Mais dans les faits, retourner dans cette petite ville bordant un fjord au nord de l'Islande après avoir goûté à la vie dans la capitale l'avait un peu déçue. Si Akureyri était volontiers qualifiée de « capitale du Nord », elle n'accueillait en réalité que treize mille âmes, et Tinna avait assez vite éprouvé un sentiment de claustrophobie en revoyant tous ces visages avec lesquels elle avait grandi. Si elle voulait étendre son cercle de connaissances, elle devrait tôt ou tard repartir dans le Sud.

En attendant, cet emploi au sein de l'ancien sanatorium lui convenait bien, même si l'établissement se situait à huit kilomètres de la ville, ce qui le rendait difficilement accessible à pied. Un emploi peut-être pas assez exigeant à son goût, mais un bon début quoi qu'il en soit. Le lieu n'accueillait plus de malades de la tuberculose depuis fort longtemps, avant même la naissance de Tinna, néanmoins l'hôpital lui semblait toujours imprégné de cette atmosphère sinistre liée à la peste blanche. Les habitants de la ville en parlaient encore avec un respect mêlé de crainte, bien que la plupart des bâtiments fussent aujourd'hui désertés, à l'exception du service où Tinna travaillait. Un service sans patients, dont les activités étaient centrées sur les analyses, la recherche et le développement de nouveaux procédés. Pendant ce temps, à Reykjavík, des spécialistes se concertaient pour déterminer comment tirer parti à l'avenir de ces locaux inutilisés.

La veille, Tinna avait passé une bonne partie de la soirée chez son amie Bibba, elle s'était couchée tard et devait à présent lutter contre la fatigue. Le temps n'arrangeait rien – elle aurait tant aimé retourner chez elle, s'emmitoufler dans son lit et se rendormir, bercée par le clapotis incessant de la pluie. Elle aurait pu prétendre être malade, mais cela aurait sans doute nui à sa réputation. Elle devait prendre son courage à deux mains, essayer de tenir la matinée, boire un bon café et prier pour que la journée s'améliore petit à petit.

Toujours la première sur les lieux, elle avait la charge d'allumer les lumières, de préparer le café, de tout mettre en place. Elle devait se présenter à sept heures précises ; une heure plus tard, les deux autres infirmières, Yrsa et Elísabet, la rejoignaient. Toutes les deux jouissaient d'une plus longue expérience qu'elle. Yrsa, la plus âgée, travaillait même là depuis des décennies, il ne lui restait plus longtemps avant la retraite. Comme Tinna, elle avait commencé sa carrière dans cet hôpital, et visiblement, elle comptait l'achever ici. Mais les conditions de travail à ses débuts devaient être beaucoup plus éprouvantes, parmi tous ces malades de la tuberculose. Tinna avait beau se considérer comme quelqu'un d'assez terre à terre, elle ne pouvait s'empêcher de songer parfois que les fantômes des patients qui avaient succombé hantaient les couloirs. Elle n'avait jamais été témoin d'une manifestation surnaturelle, mais elle se sentait toujours un peu mal à l'aise entre ces murs, surtout lorsqu'elle y était seule.

Au pied des montagnes enveloppées de nuages, le fjord Eyjafjördur était gris ce jour-là tandis qu'elle traversait la ville au volant de sa voiture, ses essuie-glaces luttant contre les trombes d'eau. Passant devant le petit aéroport, elle remonta la vallée jusqu'à atteindre le virage qui menait à l'hôpital. Les bâtiments blancs se profilèrent, isolés sur le flanc d'une colline surplombant la rivière, à l'ombre d'un bosquet de pins matures qui contrastait avec le paysage stérile. La bâtisse principale, un édifice austère de trois étages percé de longues rangées de fenêtres aujourd'hui sombres et vides, évoqua plus que jamais à Tinna un vieux sanatorium qui servirait de décor à un film d'horreur.

Sortant de sa voiture, elle courut sous la pluie pour rejoindre le bâtiment. Soulagée d'être enfin à l'abri, elle mit un petit temps à prendre conscience que, contrairement à d'habitude, la porte n'était pas verrouillée. Quelqu'un avait-il oublié de la fermer à clé la veille au soir ? Dans le hall, les lumières étaient restées allumées. Étrange.

Sans doute la faute d'Yrsa. Ce qui n'était pas plus mal ; au moins, elle n'irait pas faire des reproches à quelqu'un d'autre. En dépit de son apparence calme et discrète, elle pouvait vite s'emporter lorsque quelque chose allait de travers. Récemment, elle avait par exemple passé un savon à Elísabet pour une erreur sans gravité, alors que cette dernière travaillait à l'hôpital depuis bien plus longtemps que Tinna. C'était comme si Tinna trouvait encore grâce aux yeux d'Yrsa, du moins dans une certaine mesure – jamais on n'aurait pu les qualifier d'amies pour autant. Tinna ne savait presque rien d'Yrsa, en dehors du fait qu'elle exerçait le métier d'infirmière depuis toujours. Elles ne parlaient pas de leur vie privée. Yrsa ne l'interrogeait ni sur sa famille, ni sur ses centres d'intérêt, et elle ne dévoilait rien de ses goûts ou de son intimité. Peu prolixe, elle semblait attachée à garder son jardin secret. Elle arborait toujours la même expression grave, comme si elle avait vu trop de souffrances au fil des années – ce qui était sans doute le cas. Tinna la visualisa : de petite taille, invariablement vêtue de son uniforme blanc parfaitement repassé, ses courts cheveux gris encadrant son visage carré, son regard distant, peut-être parce que son esprit naviguait parmi de vieux souvenirs, l'image de tous ses patients vaincus par cette funeste maladie qu'était la tuberculose. Une chose était sûre, en tout cas : au contraire d'Yrsa, Tinna n'avait pas l'intention de terminer sa carrière ici. Cet emploi ne représentait qu'un tremplin, elle se destinait à des missions plus stimulantes, au sein d'un grand hôpital. Pour le moment, ses journées étaient plus que tranquilles, mais l'espoir demeurait que cet ancien sanatorium accueille bientôt de nouvelles fonctions, ce qui expliquait peut-être le maintien en place d'une petite équipe.

Tinna commença lentement à gravir l'escalier, le bruit de ses pas résonnant dans tout le bâtiment, et la conscience de son extrême solitude s'insinua en elle, accompagnée d'une vague frayeur. Tous les matins, elle était la première ici, et tous les matins, la peur s'emparait d'elle. Comme d'habitude, elle accéléra en s'approchant du palier, l'écho de ses pas s'intensifiant, presque au point de l'envelopper tout entière. Tinna soupira de soulagement lorsqu'elle atteignit l'étage. Elle retira précautionneusement son imperméable jaune trempé pour ne pas mettre de l'eau partout, mais ne parvint pas à empêcher une petite flaque de se former au pied du portemanteau. Quelle importance, puisqu'elle était à peu près sûre que ce serait à elle de passer la serpillière ?

La porte du bureau d'Yrsa était entrouverte. Étrange, ça aussi. Tinna sentit son malaise s'accroître.

La possibilité qu'elle ne soit finalement pas seule lui traversa l'esprit en un éclair. Peut-être sa collègue était-elle arrivée exceptionnellement en avance ? Cela expliquerait pourquoi la porte n'était pas fermée à clé en bas, et pourquoi celle de son bureau demeurait ouverte.

Sans oser crier trop fort, Tinna appela :

– Yrsa, tu es déjà là ?

Tendant l'oreille, elle resta immobile près du porte-manteau à contempler les gouttes qui glissaient sur son imperméable jaune avant de s'écraser sur le carrelage. Elle s'attendait à ce qu'Yrsa lui réponde sur son ton abrupt habituel, puis qu'elle lui réclame un café « et que ça saute ! », mais elle n'entendit que le son des gouttes qui tombaient, faible, étouffé, signe évident qu'Yrsa n'était pas là.

Tinna décida de s'en assurer. Son malaise ne la quittait pas, il se passait quelque chose de louche, elle le sentait au plus profond d'elle-même. Elle se dirigea vers le bureau de sa collègue et hésita derrière la porte entrebâillée avant de la pousser.

Sa première réaction fut la surprise, rien qu'une fraction de seconde, puis le choc la submergea.

Tinna vit instantanément qu'Yrsa était morte, et elle comprit aussi rapidement que son décès n'avait rien de naturel. Elle s'approcha néanmoins de la pauvre femme et appuya avec prudence ses doigts sur son cou pour vérifier. Pas de pouls.

À ce moment, Tinna sut qu'elle n'oublierait jamais l'expression d'Yrsa. Au cours de sa brève carrière, elle avait déjà vu des morts, mais cette fois, c'était différent.

Le corps d'Yrsa ne dégageait pas la moindre sérénité. Quelque chose dans ses traits suggérait qu'elle s'était battue jusqu'au bout, comme si elle n'était pas du tout prête à renoncer à la vie. Tinna songea que l'existence de sa collègue n'avait pourtant rien de très réjouissant. Une pensée cynique qui lui traversa l'esprit, tandis qu'elle essayait d'appréhender la scène qui s'étalait sous ses yeux, son cerveau luttant simultanément pour effacer cette horreur de sa mémoire.

Yrsa avait souvent affirmé, non sans une pointe de fierté, que le vieux bureau en bois qui meublait la pièce lui appartenait, qu'il s'agissait d'un héritage familial. *C'était le bureau auquel Papa travaillait toujours*, disait-elle. Et maintenant, son corps gisait dessus, ses cheveux gris entourant son visage comme une couronne. La flaque de sang rouge sombre qui s'étendait sur la surface du bureau contrastait sinistrement avec sa peau blême. Tinna mit un certain temps à comprendre. Elle avait d'abord cru que le sang provenait d'une blessure à la tête, qu'on l'avait frappée ou qu'on lui avait tiré dessus avec une arme à feu, mais elle se rendit compte avec effroi que deux de ses doigts avaient été sectionnés. Ensanglantés, ils reposaient sur le bureau, tout près de la main amputée.

Tinna fit un pas en arrière, puis deux, détournant la tête et s'efforçant de reprendre son souffle. Elle résista à son désir de s'enfuir en courant, la curiosité l'emportant sur la raison. C'était un test. Si elle voulait travailler comme infirmière, elle devrait s'habituer à des visions pires que celle-ci. Elle reporta son regard sur la femme morte.

Elle n'avait pas rêvé.

Le pouce et l'index avaient été amputés de sa main droite, et il était clair que tout le sang provenait de cette blessure, ce qui suggérait que cet acte barbare avait été commis tandis qu'Yrsa était encore en vie.

La peau de Tinna se couvrit de chair de poule à cette pensée.

Soudain, elle songea qu'elle était peut-être à son tour en danger.

Elle jeta un rapide coup d'œil par-dessus son épaule tandis que son cœur s'emballait. Personne derrière elle. Le bureau d'Yrsa était plutôt petit, impossible que quelqu'un s'y soit caché. Tinna resta figée un instant, à l'affût, mais elle n'entendit rien d'autre que les craquements et grondements habituels de la vieille bâtisse. Elle était seule. La seule âme qui vive dans tout cet hôpital.

Elle s'éclipsa en prenant garde de ne toucher à rien, même si elle était consciente d'avoir laissé ses empreintes sur la porte en la poussant. Le mal était fait.

Il fallait qu'elle appelle la police. Le bureau d'Yrsa était équipé d'un téléphone, mais hors de question de l'utiliser, pas plus que celui qui se trouvait dans le bureau du médecin-chef, dont la porte était fermée et dans lequel Tinna ne se serait de toute façon jamais aventurée sans y être invitée.

Elle redescendit donc l'escalier pour rejoindre l'accueil, où un téléphone avait été mis à disposition des autres employés. Elle aurait voulu prendre ses jambes à son cou, mais il fallait qu'elle alerte les autorités sur-le-champ – pas le choix. Avant de s'emparer du combiné, elle se demanda si elle ne s'apprêtait pas à détruire de précieuses empreintes, mais c'était peu probable, et la priorité était de faire venir la police de toute urgence. Au moment de composer le numéro, elle se rendit compte qu'elle ne s'en souvenait plus. Elle n'avait pas besoin d'appeler les forces de l'ordre tous les jours, c'était même sûrement la première fois. Elle regarda en vain autour d'elle à la recherche d'un annuaire et finit par en trouver un de l'année précédente dans un tiroir. Le numéro en main, elle appela. Un homme à la voix rauque décrocha presque aussitôt.

– Police.

Paralysée par la peur, Tinna ne parvint pas immédiatement à parler.

– Police, répéta l'homme.

Elle s'éclaircit la gorge et inspira à fond.

– Oui... oui, bonjour, je m'appelle Tinna et je vous appelle de l'ancien sanatorium, je...

Sa voix se brisa, et dans un moment de panique elle fut incapable de trouver les bons mots.

– Oui ? Il s'est passé quelque chose ?

– Oui... euh, je... oui, une de mes collègues... je crois qu'elle a été assassinée.

1950

Ásta

Au fil de ses vingt années de travail dans le sanatorium, Ásta avait vu la mort et la souffrance de près.
Beaucoup plus qu'un être humain ne le devrait. Elle
s'était fait engager en 1930, quatre ans seulement après
l'ouverture de l'hôpital – les années sombres, l'époque
où la tuberculose faisait des ravages en Islande, alors
qu'elle semblait en déclin dans les pays voisins. Le
traitement principal consistait à isoler les patients, à
leur procurer du repos et de l'air frais, mais le grand
sanatorium juste à l'extérieur de Reykjavík ne suffi-
sait plus à accueillir tous les malades, c'est pourquoi
les autorités avaient décidé d'en faire construire un
nouveau dans le Nord, à la campagne, près d'Akureyri.

La maladie ne faisait pas de quartier, ni de différence entre ses victimes, même si elle semblait affecter
particulièrement les jeunes. Le supplice que subissaient
certains patients était indescriptible, les uniques soins
disponibles brutaux, et souvent Ásta ne pouvait rien
faire d'autre qu'essayer de rendre leur existence plus
supportable, même si tout ce qui les attendait, c'était

de sombrer dans l'inconscience et mourir prématurément.

Oui, c'était au début de sa carrière qu'elle avait vécu les moments les plus difficiles, puis au fil du temps le nombre de victimes avait diminué, et la maladie était devenue plus facile à traiter. Ces jours-ci, moins de patients mouraient. Ils ne pouvaient malheureusement pas tous être sauvés, mais des signes suggéraient que la victoire était à portée de main.

Les médecins paraissaient mus par un regain d'optimisme, surtout le directeur du service, Fridjón. Il appartenait à la nouvelle génération – quarante ans à peine, un homme aussi intelligent que déterminé. Fils d'un avocat respecté, frère du chef de la police locale, il voulait contribuer à la société ; au lieu de partir pour la capitale, il avait décidé de mettre ses talents au service du sanatorium, ici dans le Nord, où les gens bien étaient susceptibles d'avoir un impact. Ásta pressentait que des jours meilleurs se profilaient, qu'un traitement sûr serait bientôt découvert contre cette terrible maladie.

En ce lundi gris et humide, la journée avait été particulièrement éprouvante.

Un nouveau patient avait rejoint le service. C'était toujours une mauvaise nouvelle lorsque quelqu'un était admis dans ce qu'elle appelait en secret « l'antichambre de la mort ». Mais pire encore, le pauvre garçon n'avait que cinq ans. Cinq ans… Elle se rappelait l'époque où son fils avait le même âge – un petit ange, l'innocence personnifiée, malgré une certaine propension à faire des bêtises. Observant le jeune malade à travers la cloison vitrée de sa chambre, elle avait croisé l'espace d'une seconde ses yeux noyés de larmes et avait cru revoir ceux de son fils. Son cœur s'était serré, et elle avait prié pour que le pauvre petit trouve la force de se battre contre ce fléau. Elle savait qu'on n'en mourait pas systématiquement, elle avait vu des tas de gens se relever après une lutte sans merci, comme si on leur avait accordé une deuxième chance. La maladie attaquait le plus souvent les poumons, ceux qui y survivaient ne recouvraient pas toutes leurs capacités physiques, mais ils vivaient, et c'était ce qui comptait. Les patients qui avaient vaincu la tuberculose mordaient la vie à pleines dents. Elle avait vu l'espoir dans leurs yeux. Et c'était peut-être pour cette raison qu'elle n'avait jamais baissé les bras, qu'elle avait tenu bon dans ce travail sans pitié pendant deux décennies. L'espoir lui donnait de la force, un but dans son existence.

Et puis, certains jours comme celui-ci, elle se laissait déborder par le désespoir. Voir un petit garçon obligé de se battre contre une force si puissante. Lui qui avait déjà un passé douloureux, comme elle l'avait appris. Sa mère était une femme célibataire et alcoolique qui avait deux fils, ce petit garçon et son grand frère, probablement nés de pères différents.

Dans quelques années, Ásta aurait atteint l'âge de la retraite, et elle comptait s'arrêter de travailler dès qu'elle en aurait le droit, afin de voir ses petits-enfants grandir et de profiter au maximum du temps qu'il lui restait avec son mari. Elle estimait avoir fait de son mieux, aidé les patients, pris soin d'eux, contribué à rendre le monde un peu meilleur. Elle n'avait jamais cherché à obtenir de promotion, de distinction, et n'en avait jamais reçu. Deux ans auparavant, lorsque le poste d'infirmière en chef s'était libéré, elle avait cru qu'on le lui proposerait, mais il avait finalement été donné à une jeune femme nommée Yrsa. Elle l'aimait bien, même si elles ne se fréquentaient pas en dehors du travail, mais leur différence d'âge avait de quoi la mettre mal à l'aise. Elle se retrouvait à devoir obéir aux ordres d'une femme qui, à tout juste trente ans, aurait pu être sa fille. Ásta avait bien sûr appris à l'accepter, comme le reste, mais cela constituait sans doute une raison supplémentaire de prendre sa retraite sans tarder. Elle avait fait son temps.

Pauvre petit garçon. Ses pensées se dirigèrent de nouveau vers lui. Certains patients au sein du sanatorium avaient atteint un stade avancé, et c'était elle qui devait se charger de leurs soins. Des gens à qui elle avait fini par s'attacher. Le petit garçon n'était même pas sous sa responsabilité, du moins pas directement, pourtant elle ressentait un lien puissant avec lui, peut-être parce qu'il lui rappelait son fils. Elle voulait suivre l'évolution de son état, s'assurer qu'il se sentait bien, qu'il ne se retrouvait pas isolé. Il possédait une joie de vivre à toute épreuve. Il adorait inventer des histoires. Aujourd'hui, par exemple, son père appartenait à la police, il était même commissaire. Elle avait acquiescé, « Ah oui ? Vraiment ? », le laissant croire à ses propres fables. Peut-être s'attendait-il à ce que son père vienne le sauver de la maladie. Demain, qui sait si Papa ne serait pas pompier ou cow-boy ?

Parfois, ses connaissances dépassaient celles de ses jeunes collègues ; elle savait combien l'aspect humain était essentiel pour leurs patients, car la volonté de vivre pouvait faire toute la différence.

Ásta avait durement travaillé au cours des vingt dernières années. Elle avait donné le meilleur d'elle-même au service des autres, et elle continuerait de le faire jusqu'au moment de céder la place à la nouvelle génération.

2012

Helgi

Bergthóra était partie au travail lorsque Helgi se réveilla, à neuf heures passées. La nuit avait été paisible, le canapé se révélant contre toute attente assez confortable ; il ne s'était pas réveillé une seule fois. Bergthóra s'était éclipsée sans le prévenir, sans un au revoir. Mais il fallait s'y attendre.

Envisageant une seconde de feuilleter quelques chapitres supplémentaires du roman policier mettant en scène Peter Duluth, il se ravisa et se leva. Sans emploi depuis son retour en Islande, il était souvent tenté de ne rien faire, de veiller toute la nuit et de dormir le jour, mais ce n'était pas bien sérieux. Il avait toujours été organisé et consciencieux, et il fallait qu'il se montre plus discipliné que jamais s'il voulait finir son mémoire sans tarder.

Par ailleurs, il avait une importante décision à prendre. Il aurait dû s'estimer heureux que différents choix s'offrent à lui, d'être jeune et d'avoir l'avenir devant lui, mais l'incertitude le rendait nerveux, voire anxieux.

En Angleterre, son professeur l'avait mis en contact avec un cabinet d'avocats qui faisait de l'expertise légale pour certains clients. Intéressés par son profil, ils lui avaient proposé un poste. L'offre était alléchante, il avait toujours eu envie de travailler à l'étranger, et voilà que cette porte s'ouvrait devant lui. Mais Bergthóra refusait d'en entendre parler, et finalement, le débat n'avait jamais vraiment connu de résolution. Tout d'abord, elle arguait que, quitte à vivre à l'étranger, il valait mieux partir dans un pays plus chaud, même si elle n'avait pas donné d'exemple spécifique – et accessoirement, il n'avait pas reçu d'offre d'emploi ailleurs. Ensuite, elle affirmait ne pas vouloir abandonner son poste en Islande. Elle s'était mise en disponibilité afin de pouvoir l'accompagner le temps de ses études, mais ils s'étaient bien accordés sur le fait que cet arrangement serait temporaire. Depuis leur retour, elle avait retrouvé sa position de responsable au sein des services sociaux. Il s'inquiétait souvent de la pression qui reposait sur ses épaules, qu'il trouvait lourde, même comparée à son travail de policier. Parfois, il aurait aimé qu'elle exerce une activité différente.

Et puis, il y avait l'autre offre. Helgi avait reçu un appel du directeur du service de police en charge d'enquêter sur les crimes graves, homicides et agressions sévères. La brigade criminelle de Reykjavík représentait un terrain encore inexploré pour lui qui n'avait connu que des missions relativement ordinaires lorsqu'il avait travaillé au sein des forces de l'ordre, ce fameux été. Cet appel semblait sorti de nulle part – peut-être le directeur avait-il entendu parler de lui ? Helgi avait obtenu des résultats brillants au cours de ses études en Angleterre, et il s'était fait de bons amis dans la police. Il fallait l'admettre : si son rêve de travailler à l'étranger ne pouvait se réaliser, ce poste-là ne lui faisait pas moins envie – être impliqué dans des enquêtes complexes, aux ramifications nombreuses. Helgi s'était présenté à un entretien, où il avait appris que le poste lui était plus ou moins acquis. Il pouvait commencer dès cette année – il avait juste à prendre une décision.

Bergthóra et lui en avaient longuement discuté, et elle ne cachait pas son point de vue : elle ne cessait de lui répéter qu'elle ne comprenait pas pourquoi il n'avait toujours pas accepté ce poste à Reykjavík. « Ils ne vont pas t'attendre toute la vie, mon chéri », lui disait-elle souvent. Mais en vérité, il n'y avait pas d'urgence. De toute évidence, le directeur du service le voulait lui et personne d'autre, et il ne lui mettait pas spécialement la pression. Helgi comptait profiter encore un peu de sa liberté, contempler ce rêve de travailler en Angleterre avant de le laisser mourir à petit feu. Il devait se réhabituer à la vie à Reykjavík et accepter le fait que c'était ici qu'il entamerait sa carrière, et ici qu'il la finirait sans doute.

À l'époque où il était parti vivre à l'étranger, l'Islande venait de subir une grave crise bancaire qui l'avait mise à genoux, et à son retour le pays semblait déjà s'être relevé. Grâce à une monnaie affaiblie, le tourisme avait explosé, et cette destination autrefois cruellement onéreuse était devenue un lieu de vacances alléchant. Partout autour de lui, il percevait une atmosphère d'optimisme qui contrastait avec les années sombres de l'après-crise, où tout le monde semblait avoir abandonné l'idée de faire des projets pour l'avenir.

Peut-être que faire sa vie ici ne serait pas si terrible, après tout. Il ne s'ennuierait pas en travaillant pour la brigade criminelle, il savait qu'il avait des aptitudes pour ce poste, et si la pression du quotidien se faisait trop intense, il pourrait toujours chercher refuge dans ses vieux romans policiers.

Il avait déjà commencé son mémoire de fin d'études. Obtenir l'accès aux anciens rapports de police s'était révélé plutôt aisé, il avait juste dû s'engager à ne pas publier le texte sans autorisation préalable. Le fait que l'affaire remonte à plus de trente ans avait sans doute aussi pesé dans la balance. *Les morts du sanatorium*, ainsi les journaux en parlaient-ils à l'époque – cela évoquait même un titre de l'âge d'or du roman policier. Naturellement, Helgi avait étudié tous les articles qu'il avait pu trouver. Si les meurtres avaient été particulièrement choquants en 1983, ils semblaient si lointains aujourd'hui que c'était presque comme lire un vieux polar, et il éprouvait le même sentiment lorsqu'il feuilletait les pages jaunies des rapports de police, rédigés à la machine à écrire. Des gens de chair et de sang avaient perdu la vie dans ces conditions effroyables, mais aux yeux de Helgi, cela constituait surtout une énigme intéressante. L'affaire l'avait intrigué en partie à cause de son lien avec sa ville natale d'Akureyri, dont les habitants connaissaient bien les imposants bâtiments de l'ancien sanatorium ; il avait entendu parler des morts survenues là-bas longtemps avant d'avoir décidé d'y consacrer ses recherches. Au cours de ses études, il avait eu l'idée d'utiliser son mémoire comme une occasion de creuser un peu l'affaire. Avec le recul, l'enquête de l'époque soulevait beaucoup de questions, et le mobile demeurait délicieusement obscur. Armé des théories apprises durant son cursus de criminologie, Helgi voulait mener une analyse rigoureuse et scientifique d'une des affaires de meurtre les plus marquantes de ces dernières décennies en Islande.

Mais ce qui le fascinait le plus dans ces « morts du sanatorium », c'était que trente ans après, pour autant qu'il sache, le mystère n'était toujours pas résolu.

1983

Tinna

Yrsa avait été assassinée.

Ce fait n'avait évidemment pas échappé à Tinna lorsqu'elle avait découvert le corps – aucune autre explication ne tenait la route. Dès son arrivée sur les lieux, la police avait barricadé le service et escorté Tinna hors du bâtiment. Une jeune policière l'avait accompagnée et consolée, même si en vérité elle n'avait pas tant besoin de soutien. Le choc était passé assez vite. Elle n'était pas spécialement attachée à Yrsa, à vrai dire elle ne l'appréciait même pas, elle n'allait donc pas la pleurer. Elle pouvait presque aller jusqu'à affirmer que la mort d'Yrsa tombait à point nommé, si elle s'autorisait d'aussi sombres pensées. Elle était sans conteste triste pour la pauvre femme, surtout dans la mesure où elle semblait avoir enduré de terribles souffrances, mais la vie au sein du service serait probablement plus agréable sans elle. Selon toute vraisemblance, Elísabet se verrait confier son poste, et cette idée réjouissait Tinna. Elles s'entendaient très bien toutes les deux, méritaient presque le qualificatif d'amies, et leur différence d'âge était bien moins importante qu'avec Yrsa – Elísabet avait trente-cinq ans.

En y réfléchissant, même si Tinna ne travaillait pas dans cet hôpital depuis très longtemps, elle avait souvent entendu Elísabet dire du mal d'Yrsa. L'espace d'une seconde, elle se demanda – sans le penser sérieusement – si Elísabet n'avait pas pu décider de prendre les choses en main. « Yrsa est tellement vieux jeu », se plaignait-elle régulièrement, en ces termes ou d'autres qui signifiaient à peu près la même chose. Mais il y avait une différence entre critiquer quelqu'un et se rendre coupable d'un crime... Non, c'était ridicule. Un individu perturbé avait dû commettre cet acte dans un moment de folie, quelqu'un d'extérieur, c'était la seule explication.

– Comme vous l'avez probablement deviné, Yrsa a été assassinée, lui dit le policier.

Un homme charmant. *Beaucoup trop jeune pour diriger une enquête de cette ampleur*, songea Tinna. Il venait de Reykjavík, c'est pourquoi elle ne l'avait jamais rencontré auparavant. Ne remarquant aucune alliance à son doigt, elle se demanda si elle pouvait se débrouiller pour le revoir dans un contexte plus plaisant, une fois l'affaire résolue. La mort d'Yrsa pouvait-elle mener à quelque chose de positif ?

– Oui, oui, je m'en doutais, répondit-elle d'une voix faible et chevrotante, feignant d'avoir du mal à se remettre de la vision du corps. C'était... c'était tellement affreux.

Le policier, qui plus tôt lui avait dit s'appeler Sverrir, hocha la tête.

– Sverrir, reprit-elle, vous savez ce qui est arrivé ?

La question sembla le désarçonner. Il s'attendait sans doute à être celui qui interrogeait, pas celui qui devait répondre.

– Nous essayons de le découvrir. Je ne peux malheureusement rien vous dire en l'état actuel de l'enquête.

– J'ai vu qu'on lui avait coupé deux doigts, le pouce et l'index. Vous avez une idée de ce que ça peut signifier ?

– Nous ne sommes pas encore en mesure de communiquer les détails de l'affaire, Tinna, répondit-il d'un ton gêné – son embarras et son manque d'assurance le rendaient encore plus charmant. J'ai lu le signalement que vous avez donné à la police lors de la découverte du corps.

Il marqua une pause, puis reprit :

– Vous avez quelque chose à ajouter à votre témoignage ?

Tinna secoua la tête. Elle estimait avoir fourni une description exceptionnellement précise des événements étant donné les circonstances.

– Je crois qu'il n'y a rien de plus à dire.

– Vous avez affirmé que la porte d'entrée n'était pas fermée à clé. C'est quelque chose d'inhabituel ?

– Oui, très inhabituel. Nous n'accueillons pas de patients pour le moment, nous effectuons principalement des tâches administratives et des travaux de recherche en attendant d'en savoir plus sur la configuration future des lieux. Nous traitons surtout des demandes de l'hôpital régional. En réalité, nos locaux devraient s'y trouver, mais ils veulent conserver

certaines activités ici, peut-être pour des raisons poli-
tiques. J'arrive toujours la première, j'ai donc été
surprise que la porte ne soit pas fermée à clé. J'étais un
peu sur mes gardes, pour être honnête. Je ne pouvais
évidemment pas savoir ce qui s'était passé, et jamais
ça ne m'aurait traversé l'esprit, mais j'avais comme un
mauvais pressentiment.

– Je vois, acquiesça-t-il d'un air pensif. Vous pourriez me donner la liste des gens qui ont la clé du
bâtiment ?

– Elle a peut-être... Yrsa a peut-être ouvert à
quelqu'un, lui fit remarquer Tinna.

– Bien sûr, nous envisageons toutes les possibilités.
Mais nous devons commencer par exclure tous ceux
qui travaillaient avec elle.

– Comme moi, vous voulez dire ? demanda-t-elle, un
peu amusée, avant de se rendre compte, à son expression grave, que Sverrir jugeait son ton inapproprié.

– Tout à fait, répondit-il.

– Nous... nous ne sommes que cinq à travailler ici,
en dehors d'Yrsa. Moi, deux médecins, ma collègue
Elísabet et notre gardien. Personne qui ait le profil
d'un meurtrier.

– Deux médecins, oui. Thorri est l'un d'entre eux,
non ?

– Thorri, oui, le plus jeune des deux. Un type
correct, un bon médecin, j'ai l'impression.

En vérité, elle ne l'aimait pas beaucoup. Arrogant et
difficile, il semblait en dépit de sa jeunesse vivre dans
le passé, à une époque où les médecins se prenaient
pour le centre du monde et se croyaient supérieurs

aux autres. Le plus âgé des deux, Fridjón, était l'exact opposé. Il faisait pour ainsi dire partie des meubles au sanatorium, dans lequel il exerçait depuis des décennies – encore plus longtemps qu'Yrsa. Chef du service, il approchait l'âge de la retraite, ce qui ne l'empêchait nullement d'être aussi sympathique qu'accessible. Toujours prêt à aider, il s'était montré courtois envers Tinna dès le premier jour. Si l'un d'entre eux était condamné à mourir, elle s'estimait au moins heureuse que cela n'ait pas été lui.

– Est-ce que Thorri avait un lien avec Yrsa ? demanda Sverrir.

– Un lien avec Yrsa ? Comment ça ? Ils travaillaient ensemble, bien sûr, mais je ne crois pas qu'ils se fréquentaient en dehors.

Se penchant en avant, elle ajouta :

– Yrsa n'était pas du genre à se mêler aux autres. Je n'ai pas grand-chose à dire à son sujet, pour être honnête. Elle était sérieuse, minutieuse et appliquée dans son travail, mais ce n'était pas quelqu'un de très intéressant. Je sais que ce n'est pas joli de parler comme ça, mais j'imagine que vous apprécierez ma sincérité étant donné l'enjeu.

Sverrir sourit enfin.

– Cela va sans dire, répondit-il avant de revenir au sujet principal. Deux médecins, donc : Fridjón et Thorri. Ensuite, une infirmière, Elisabet.

– Elísabet travaille ici depuis bien plus longtemps que moi, poursuivit Tinna. Je n'ai rien de négatif à dire à son sujet. C'est sûrement elle qui reprendra le poste d'Yrsa.

– Et qu'en pensez-vous ?

– Je n'y ai pas vraiment réfléchi. Pour moi, c'est une évidence. Je pense qu'Elísabet est quelqu'un de très compétent.

Et oui, l'avoir pour supérieure hiérarchique plutôt qu'Yrsa représenterait un vrai plus, mais elle n'allait pas l'admettre à voix haute.

– C'est considéré comme un bon poste ? s'enquit le policier.

– Celui d'Yrsa, vous voulez dire ? demanda-t-elle, essayant de gagner un peu de temps pour réfléchir. Bah, j'imagine...

Cette fois, elle partagea le fond de sa pensée, avant de le regretter aussitôt :

– Vous voulez savoir si ce poste valait la peine de commettre un meurtre, c'est ça ?

Sverrir resta silencieux, l'air décontenancé, avant de sourire et de hocher la tête.

– Puisque vous le formulez comme ça...

– Ça m'étonnerait, répondit Tinna. Ce devait être quelqu'un de l'extérieur.

– Probablement, oui, acquiesça Sverrir sans conviction.

– Sinon, c'est sûrement Broddi, dit Tinna sans vraiment le penser – seulement, elle refusait d'envisager qu'un médecin ou une infirmière soit responsable d'un tel crime.

– Le gardien, c'est ça ? Vous croyez ? Pourquoi ?

– Pourquoi lui ? reprit-elle en hésitant. Ben... je ne sais pas, mais... mais il avait les clés et...

– Et c'est un simple gardien, compléta Sverrir.

Tinna baissa les yeux, essayant de ne pas rougir.

– Ce n'est pas ce que je voulais dire. Je ne le connais pas bien. Il est là depuis des années, comme Fridjón – enfin, peut-être pas aussi longtemps. Il est discret, il ne se fait pas beaucoup remarquer...

Elle se tut un instant puis poursuivit :

– Je voulais seulement dire que... euh... ce serait peut-être bien de commencer par vous adresser à lui.

– Je vais discuter avec chacun d'entre vous, bien sûr. Broddi inclus.

Il sourit.

Tinna sentit alors un nœud se former dans son estomac. Peut-être la culpabilité, car elle avait l'impression d'avoir possiblement attiré des ennuis à Broddi avec ses déclarations à l'emporte-pièce, alors qu'il avait toujours été agréable avec elle.

2012

Broddi

Broddi avait préparé du café, à l'ancienne. Il ne voulait pas franchir le pas d'acquérir une de ces nouvelles machines où tout était automatisé mais si compliqué. Il en avait vu chez des amis, ce n'était pas fait pour lui. Un café filtre, voilà ce qu'il proposerait au jeune homme qui avait demandé à lui rendre visite. Un café et des pâtisseries danoises, bien sûr. Broddi était passé à la boulangerie du quartier, même s'il fallait bien admettre que la qualité de leurs produits laissait à désirer – à vrai dire, il soupçonnait que la plupart d'entre eux n'étaient pas préparés sur place, mais livrés congelés puis cuits le matin. Tout partait à vau-l'eau, plus rien n'était comme autrefois. Sauf le café, évidemment.

Il ne rajeunissait pas. Dans une certaine mesure, il s'était toujours considéré comme une vieille âme, mais à soixante-seize ans, son corps commençait à fatiguer. Enfin, il n'était pas si mal en point, il avait encore de l'énergie à revendre.

Il avait perdu sa femme neuf ans auparavant. Il se trouvait d'ailleurs que ce jeune homme, Helgi, l'avait appelé précisément le jour de l'anniversaire de sa mort. Une pure coïncidence, à n'en pas douter, mais cela expliquait peut-être pourquoi Broddi avait mieux réagi à sa demande qu'il ne l'aurait fait dans d'autres circonstances. D'habitude, il refusait de parler des événements qui avaient eu lieu dans le Nord de nombreuses années auparavant. Mais le jour où Helgi lui avait téléphoné, Broddi se sentait seul, sa femme lui manquait, et il avait spontanément accepté de le recevoir.

Lorsque sa femme était tombée malade, les médecins avaient rapidement conclu qu'elle souffrait d'un mal incurable et qu'il ne lui restait que quelques mois à vivre. La nouvelle avait été un immense choc pour eux deux, et dès le premier jour, elle s'était laissé emporter par la dépression, tandis que Broddi s'efforçait de ne pas sombrer, de planifier les semaines à venir, de leur trouver des choses à faire qui resteraient gravées dans sa mémoire, mais elle ne voulait pas en entendre parler. Peu de temps après, par un froid matin d'hiver, il l'avait retrouvée dans le garage ; elle avait baissé les bras durant la nuit, s'était enfermée dans la voiture et avait fait ses adieux à la vie. Il savait bien que c'était une libération pour elle, car la maladie promettait de lui faire subir de terribles souffrances jusqu'au dernier jour. Dans une certaine mesure, il comprenait sa décision, mais il avait d'abord éprouvé une profonde colère. Il n'avait même pas pu lui dire au revoir. Puis la nostalgie avait pris le pas et aujourd'hui, neuf ans plus tard, c'était toujours le sentiment dominant. Il était seul à présent, car ils n'avaient pas eu d'enfants.

À la surprise générale, il avait fait le choix de ne pas revendre le vieux break blanc dans lequel elle était morte. Il l'avait gardé et l'utilisait toujours. D'une étrange manière, c'était comme s'il percevait la présence de sa femme dans cette voiture, et cela le réconfortait, bien que le véhicule eût été le lieu et l'instrument du suicide. En revanche, il avait déménagé, vendu leur petit pavillon ainsi que le garage ; avec la recette, il s'était acheté un appartement de taille décente au troisième étage d'un vieil immeuble dans le quartier Ouest de Reykjavík.

Sa femme et lui s'étaient rencontrés relativement tard dans la vie, à cinquante ans passés. Ils n'étaient que tous les deux, sans enfants, et Broddi avait vu en elle une véritable âme sœur, enfin. Les premières années, ils habitaient Akureyri, mais par la suite, elle s'était vu offrir un poste à Reykjavík, et il avait décidé de la suivre ; à cinquante-cinq ans, il était sans emploi et avait du mal à retrouver du travail, n'ayant jamais entrepris d'études et se sentant toujours marqué au fer rouge à Akureyri.

Helgi, le jeune homme qui devait arriver d'une minute à l'autre, était resté plutôt vague au téléphone, lui expliquant simplement qu'il écrivait un mémoire sur les morts du sanatorium. Il avait assuré à Broddi que ses propos ne seraient utilisés que dans le cadre de ses recherches, et ne se retrouveraient pas publiés dans la presse. Un mémoire en criminologie, avait-il dit. Criminologie – il y avait vraiment des diplômes pour tout et n'importe quoi, de nos jours.

L'interphone émit une sonnerie discordante – comme tant de choses dans cet immeuble, il n'était pas de première jeunesse. Broddi se leva de sa chaise dans la cuisine et alla décrocher.

– Ici Helgi Reykdal, je viens rencontrer Broddi.

Indistincte et distordue, sa voix peinait à l'emporter sur le grésillement de l'interphone.

– Montez, je suis au troisième étage.

Broddi se tenait sur le seuil de sa porte lorsque Helgi apparut, à bout de souffle, à l'angle de la cage d'escalier. Le vieil immeuble n'était pas doté d'un ascenseur, ce qui signifiait que tôt ou tard, il devrait se trouver un nouveau logement.

– Bonjour, je m'appelle Helgi, se présenta le jeune homme en lui tendant la main.

Il était plus petit que ce à quoi Broddi s'était attendu en entendant sa voix puissante et déterminée. La barbe fournie et soigneusement taillée, les cheveux noirs, il devait avoir trente ans – peut-être un peu plus, peut-être un peu moins. *Voilà à quoi ressemble un criminologue*, songea Broddi avant de l'inviter à s'asseoir dans le salon, où les pâtisseries danoises attendaient déjà sur la table, tandis que le café était prêt dans la cuisine. Broddi alla le chercher puis remplit deux tasses avant de proposer du lait et du sucre à son invité, qui lui dit préférer boire son café noir.

– Vous disiez donc que vous écriviez un mémoire, c'est ça ? demanda Broddi après un bref silence.

– C'est ça, mon projet de fin de master en Angleterre.

– En criminologie ?

– Tout à fait.

– Figurez-vous qu'on a beaucoup écrit dans cet appartement, commenta Broddi. Un auteur célèbre y a habité pendant plusieurs décennies. Il vivait seul, comme moi.

– Vraiment ? demanda Helgi par politesse.

– Bref, qu'est-ce qui vous intéresse dans ces morts du sanatorium ?

– C'était une affaire assez particulière. Particulièrement brutale.

Broddi hocha la tête.

– Et elle n'a jamais été résolue, reprit Helgi, ce qui la rend encore plus intrigante.

– Vous croyez ça ?

– Que voulez-vous dire ?

– Vous croyez qu'elle n'a jamais été résolue ? *A priori*, la plupart des gens ont fini par rassembler les pièces du puzzle et... eh bien, par considérer comme un aveu le fait que...

Helgi l'interrompit :

– Considérer comme un aveu ? Intéressant que vous le formuliez comme ça. Cela ne pouvait pas constituer une preuve pour la police, mais naturellement je traiterai cette affaire sous plusieurs angles dans mon mémoire. C'est le but.

– L'enquête n'a-t-elle pas pris fin peu de temps après ? demanda Broddi. La police devait être relativement sûre d'elle.

Helgi hocha la tête.

– La police peut commettre des erreurs.

Broddi but une gorgée de café et dit :

– Vous avez donc votre propre théorie, c'est ça ? Ne me dites pas que vous espérez résoudre cette affaire maintenant, après... quoi, presque trente ans ?

Broddi ne voulait pas faire fuir le jeune homme alors qu'ils venaient à peine d'entamer leur conversation, mais il ne résistait pas à la tentation de le taquiner un peu. Le café était encore chaud et les pâtisseries danoises toujours intactes sur la table.

Helgi ne sembla pas se formaliser.

– Non, ce n'est pas du tout mon intention, répondit-il avec un sourire. Je crois qu'il y a suffisamment de choses à analyser dans cette affaire sans essayer de faire le boulot de la police. Par ailleurs, comme vous le dites, ça fait trop longtemps.

– Oui, acquiesça Broddi. J'espère en tout cas pouvoir vous aider un peu. Même si je ne me rappelle pas tous les détails.

– Avant de nous pencher sur les faits...

Helgi marqua une pause.

Son ton si formel replongea d'un coup Broddi dans le passé et lui donna l'impression de ne plus discuter autour d'un café, mais de subir un véritable interrogatoire. Le jeune homme face à lui n'était cependant qu'un étudiant – en criminologie, certes –, pas un inspecteur.

Helgi poursuivit :

– Je me suis renseigné sur le personnel du sanatorium, les noms mentionnés dans les rapports de police de l'époque, les gens qui travaillaient avec vous... Ils sont tous encore en vie, n'est-ce pas ?

– Je suis le premier à qui vous vous adressez ? demanda Broddi en guise de réponse.

– Oui, acquiesça Helgi après un bref silence.

– Comment ça se fait ?

– Eh bien… Pour plusieurs raisons. Déjà, vous habitez à Reykjavík…

– Oui, comme Tinna.

– En effet, comme Tinna. J'ai cru voir qu'elle habitait en ville.

– Absolument.

– Vous vous voyez toujours, vous êtes amis ?

– Je ne dirais pas ça, mais il arrive que nous nous croisions.

– Vous avez son numéro ? Elle n'est pas dans l'annuaire.

Broddi ne répondit pas immédiatement. Peut-être que Tinna ne voulait pas que cet homme puisse la joindre. Il envisagea un instant de mentir pour la protéger, de prétendre qu'il n'avait pas ses coordonnées. Mais l'envie grandissante de se mettre en valeur, de montrer au jeune homme qu'il pouvait apporter sa contribution finit par l'emporter, et il se leva, alla chercher son vieux téléphone portable et lui dicta le numéro de Tinna.

– Merci. Avec un peu de chance, j'arriverai enfin à lui parler.

– Plusieurs raisons, vous disiez ? dit Broddi après un court silence.

Helgi haussa les sourcils. Broddi reprit :

– Vous m'expliquiez que vous m'aviez contacté en premier pour plusieurs raisons, parmi lesquelles le fait que j'habite à Reykjavík. Quelles étaient les autres ? demanda-t-il, même s'il estimait connaître la réponse.

– Eh bien… Je me suis dit que ce serait sans doute intéressant de vous parler étant donné… étant donné le

traitement que vous avez subi à l'époque. La manière...
la manière dont mes collègues...

– Vos collègues ? répéta Broddi.

– Je veux dire... la police..., précisa Helgi, une
pointe d'incertitude dans la voix.

– Je croyais que vous étiez étudiant ? répliqua
Broddi en s'efforçant de contenir son irritation.

– Quoi ? Je... oui, bien sûr, je suis étudiant. Mais
j'ai travaillé pour la police par le passé – c'est ce qui
m'a poussé vers la criminologie.

Broddi hocha la tête, mais il garda le silence
quelques instants.

– Bon, que voulez-vous savoir ? demanda-t-il ensuite.

– Je... J'aimerais entendre votre version de l'histoire. Si vous avez des hypothèses sur ce qui s'est
vraiment passé...

– Yrsa a été assassinée, c'est un fait, et nous savons
très bien qui était le coupable, répondit Broddi d'une
voix égale. Mais pour être honnête, je pense que nous
n'aurons jamais d'explication à ce meurtre. Il n'y avait
aucun indice à l'époque, ce n'est pas trente ans plus
tard que nous allons en retrouver.

L'expression de Helgi se fit pensive, puis il se
pencha, comme s'il s'apprêtait à dire quelque chose, au
lieu de quoi il attendit avant de s'appuyer de nouveau
au dossier de son siège et de reprendre :

– Donc, la police s'est plantée au début en arrêtant
le mauvais suspect, mais finalement elle a réussi à
résoudre l'enquête de manière satisfaisante, c'est ça ?

Broddi laissa échapper un rire profond et sincère :

– Résoudre l'enquête ? Nom de Dieu, absolument

pas ! L'enquête s'est résolue toute seule, la police n'a rien à voir là-dedans. Mais comme tout le monde, ils ont fini par se rendre compte que l'affaire était close. C'est cet officier, Sverrir, qui était responsable du plantage, un incapable complet, il a juste eu de la chance que la solution lui tombe entre les mains. Je parie que ça ne l'a pas empêché de recevoir les honneurs, je me trompe ? J'en suis certain.

– Je ne suis pas sûr, pour être honnête, répondit Helgi.

– Pas sûr de quoi ?

– Je ne suis pas sûr que la résolution de l'enquête ait été si satisfaisante, mais comme je vous l'ai dit, mon but n'est pas forcément de tirer ce mystère au clair. Mon mémoire se concentre surtout sur le déroulé de l'enquête elle-même, sur son exécution.

Broddi acquiesça, puis il sourit amèrement.

– Ouais... Je ne vais pas me mêler de ça. Je l'ai vécu aux premières loges, ça m'a touché à un niveau beaucoup trop personnel, donc en ce qui me concerne, toute cette affaire est terminée depuis longtemps. Je n'ai jamais envisagé une seule seconde qu'un autre ait pu faire ça à Yrsa. Pour moi, c'est impensable.

– Vous voulez dire, parmi les gens qui travaillaient avec elle ?

– Hein ? Oui, c'est ça. Je crois que la police a exploré la possibilité que le coupable ait été un parfait inconnu, mais c'était tout aussi tiré par les cheveux.

– Dois-je en conclure que vous n'allez pas me suggérer d'autres suspects ?

– Certainement pas.

– Quel genre de personne était Yrsa ?

Broddi ne s'attendait pas du tout à cette question. Il réfléchit un instant avant de répondre :

– Je la connaissais depuis longtemps. Elle travaillait au sanatorium bien avant moi. Alors...

Il hésita, puis reprit :

– Oui, je la connaissais depuis longtemps, comme je disais, mais pas intimement. En fait, je crois que personne ne la connaissait vraiment. C'était une bosseuse, elle arrivait en avance, repartait tard le soir, et elle était toujours prête à prendre des gardes supplémentaires, ça, je m'en souviens. Je ne pense pas qu'elle se soit fait le moindre ennemi, vous voyez, mais elle ne s'est pas fait d'amis non plus.

– Et ces sévices qu'elle a subis, de la torture en vérité, vous ne vous êtes jamais demandé quelle pouvait être l'explication ? L'enquête n'a rien révélé à ce sujet.

Broddi secoua la tête.

– Bien sûr que je me le suis demandé, le contraire aurait été étrange. Je n'ai jamais vu le corps, c'est la pauvre Tinna qui a dû endurer ce cauchemar, mais la description m'a suffi. Je n'ai jamais pu trouver la moindre explication rationnelle à cela ; je veux dire, il n'y a rien de rationnel dans un acte pareil.

– Et Fridjón ? demanda Helgi.

– Fridjón ?

– Vous pouvez m'en dire plus à son sujet ?

– Il n'y a pas grand-chose à dire. C'était le chef du service. Il a commencé avant moi et a dirigé le département pendant des décennies. Personne n'osait le contredire.

– C'était un bon médecin ?

– Un bon médecin ? Je ne suis pas le mieux placé pour en juger, mais j'imagine qu'il savait ce qu'il faisait. Je n'ai aucune raison de penser le contraire.

– Passons à Thorri, il exerce toujours en tant que médecin, non ?

– Principalement dans le Nord, d'après ce que j'ai entendu. Je ne l'ai pas vu depuis des années. C'est lui qui a voulu se débarrasser de moi, comme vous le savez peut-être.

– Non, je l'ignorais, répondit Helgi.

Broddi se rendit compte qu'en effet le jeune homme n'avait aucun moyen de le savoir. Ce n'était pas comme si les problèmes liés au personnel du sanatorium avaient intéressé les journaux une fois l'enquête close. Le gardien avait simplement été poussé vers la sortie, et tout le monde s'en fichait.

– Ben... il ne voulait plus de moi là-bas.

– Vous savez pourquoi ?

– Ça me paraît évident, non ?

D'abord silencieux, Helgi finit par dire :

– Vous ne voulez pas me raconter ce qui s'est passé ?

– C'était à cause de ma garde à vue, bien sûr. Il a inventé d'autres prétextes, mais tout a changé après mon arrestation. Difficile de récupérer sa bonne réputation dans une petite ville comme celle-là.

Broddi sentit ses yeux le piquer, et il s'efforça de retenir ses larmes. Il refusait de montrer le moindre signe de faiblesse. Ce n'était pas digne de lui.

– Broddi..., dit Helgi en se penchant de nouveau.

Broddi, vous voulez bien m'en dire un peu plus... sur la garde à vue ?

Sa voix était douce et encourageante.

Broddi se leva d'un bond.

– Désolé. Je n'ai pas très envie d'en parler, et à vrai dire, il faut que je m'en aille, j'ai un rendez-vous que j'avais complètement oublié. Content de vous avoir rencontré, Helgi.

1983

Tinna

Tinna ne s'attendait pas à devoir s'entretenir de nouveau avec la police aussi vite. Elle estimait avoir répondu sans détour aux questions de Sverrir. D'un autre côté, elle avait tout à fait conscience d'être un témoin important, et elle devait admettre que ce n'était pas pour lui déplaire. Les gens se montraient particulièrement prévenants envers elle ces jours-ci, ils lui demandaient si elle parvenait à surmonter le choc, s'ils pouvaient faire quelque chose pour lui faciliter la vie ; et bien sûr, il y avait ceux qui voulaient entendre le récit de ce qu'elle avait vu. Parfois, elle cédait, toujours « en toute confidentialité », car la police lui avait interdit d'en parler tant que l'enquête était en cours. Prenant garde de ne pas tout révéler, elle ne boudait toutefois pas son plaisir lorsqu'elle évoquait les deux doigts sectionnés, abandonnés dans une mare de sang sur le bureau. C'était exactement le genre de détails que ses amis cherchaient, et ces derniers temps, elle s'était fait quantité de nouveaux « amis ». Au fond, elle savait qu'elle avait peut-être en fait peur, et que la légèreté avec laquelle elle parlait de tout cela n'était qu'une sorte de mécanisme de défense. Sa collègue avait été sauvagement assassinée et non seulement le meurtrier courait toujours, mais il travaillait peut-être avec elle. Après l'autopsie, la police avait annoncé au personnel du sanatorium qu'Yrsa était morte d'une asphyxie par strangulation. Ses mutilations n'avaient pas été révélées au grand public.

Cette fois, la police avait enjoint à Tinna de se rendre au commissariat d'Akureyri. Ils l'avaient appelée à l'hôpital à midi, et elle avait aussitôt demandé la permission de s'absenter pour prêter assistance dans l'enquête – ainsi qu'elle l'avait formulé.

Elle était repassée par chez elle en chemin – c'était presque sur sa route – afin d'enfiler un manteau un peu plus élégant. Elle n'avait pas revu Sverrir depuis sa première déposition et avait un peu hâte de le retrouver. Ayant perçu une étincelle entre eux, elle était déterminée à agir avant qu'il ne doive retourner à Reykjavík. Cela l'arrangerait presque que l'enquête prenne un peu de temps, même si sentir cette ombre peser sur ses épaules risquait d'être désagréable. De toute façon, elle était certaine qu'aucune personne saine d'esprit ne l'imaginait coupable de cet effroyable crime.

Au commissariat, on la mena dans un bureau où, à sa grande déception, elle trouva une inconnue assise à la table, et non Sverrir. Elle resta un instant debout, hésitante, entretenant le maigre espoir que l'une d'entre elles se soit trompée d'endroit.

– Excusez-moi, je devais voir Sverrir, de la brigade criminelle, finit-elle par dire d'une voix ferme, habituée à ne pas se laisser marcher sur les pieds.

La femme ne bougea pas, mais elle esquissa un sourire indéchiffrable.

– Sverrir est occupé, je crains que vous deviez vous contenter de moi. Je vous en prie, asseyez-vous.

Tinna obtempéra à contrecœur, balayant une poussière invisible sur ce beau manteau blanc que Sverrir ne verrait pas cette fois.

La femme lui tendit la main.

– Enchantée, je m'appelle Hulda. Hulda Hermannsdóttir. Je travaille également au sein de la brigade criminelle.

Elle avait l'air nettement plus âgée que Sverrir et devait approcher la quarantaine – la simple pensée d'être aussi vieille emplit Tinna d'effroi –, ce qui signifiait sans doute qu'elle était sa supérieure.

– Oh, bonjour, enchantée. Excusez-moi, je m'attendais à voir Sverrir, dit Tinna avant d'ajouter d'un ton doucereux : J'imagine qu'il travaille pour vous.

Avec un peu de chance, ce commentaire lui attirerait les bonnes grâces de cette femme.

Mais Hulda eut seulement l'air déconcerté. Elle baissa les yeux sur les feuilles étalées devant elle, semblant un instant ne pas avoir l'intention de lui répondre, puis elle marmonna finalement :

– En fait, c'est Sverrir qui dirige cette enquête, je suis venue de Reykjavík avec lui pour... pour l'assister.

Tinna crut déceler une pointe d'amertume dans sa voix.

– Oh. D'accord.

– J'ai relu le rapport qu'il a rédigé après s'être entretenu avec vous, le jour où vous avez découvert le corps, reprit Hulda sur un ton excessivement formel. Si j'ai bien compris Sverrir, vous avez émis la théorie selon laquelle Broddi, le gardien, aurait commis ce meurtre.

Tinna ne s'était pas attendue à ça.

– Je... euh... oui, c'est peut-être ce que j'ai suggéré. Pour être honnête, je me disais que c'était le coupable le plus probable.

– Vous aviez des raisons de le croire coupable ?

– Non, je ne peux pas vraiment dire ça, mais... bon... vous voyez, c'était un meurtre barbare, vraiment choquant. Et je ne peux pas imaginer que beaucoup de gens seraient capables d'un acte pareil.

– Donc, vous avez décidé de nous mettre sur la piste de Broddi.

– Oui, non, si on veut. Disons que ça me paraissait naturel qu'on s'intéresse à lui en priorité.

Elle avait creusé sa propre tombe avec cette histoire, et maintenant, elle allait devoir faire de son mieux pour s'en tirer. Elle visualisa Broddi, cet homme si sympathique, toujours prêt à rendre service.

– Sverrir va l'interroger aujourd'hui, c'est pourquoi nous voulions clarifier les choses avec vous, dit Hulda après un bref silence.

– Oui, oui... euh... c'est aussi simple que ça. Ce sera tout ?

Tinna s'apprêta à se lever.

– Pas tout à fait, Tinna, pas tout à fait. Un meurtre

barbare, ce sont les termes que vous venez d'employer, il me semble ?

– Euh, oui. Je ne vois pas comment qualifier autrement le fait de couper les doigts de quelqu'un.

– Effectivement. Vous savez que ces informations doivent rester strictement confidentielles, nous sommes d'accord ?

Tinna comprit alors quel était l'objet de cette convocation au commissariat. Elle commença à transpirer et son rythme cardiaque s'accéléra.

Elle hocha la tête.

– Oui, oui, bien sûr.

– Vous en avez parlé à quelqu'un d'autre, Tinna ?

Elle hésita une seconde, puis :

– Ben... j'ai peut-être abordé le sujet au détour d'une conversation, vous savez ce que c'est...

– Et vous avez raconté ce que vous avez vu ?

Hulda la fixa d'un regard perçant. Tinna eut immédiatement l'intuition qu'elle avait affaire à une femme d'une vive intelligence, et qu'il valait mieux ne pas s'en faire une ennemie. De la même façon, il serait sans doute malavisé de lui mentir.

– Je... Je l'ai peut-être mentionné à un ou deux de mes amis, en toute confidentialité, bien sûr. Quelqu'un en a parlé ?

Hulda garda le silence un instant, les yeux toujours rivés sur Tinna, dont le malaise grandissait à chaque seconde qui passait.

– Nous en avons eu vent, je le crains. Vous devez comprendre, Tinna, que cette affaire est particulièrement délicate. Je ne pense pas que vous vouliez compromettre une enquête aussi sérieuse, n'est-ce pas ?

– Non, bien sûr que non, pas du tout, répondit Tinna en espérant que cela suffirait à la tirer d'affaire et que cette petite erreur n'aurait pas de conséquences plus graves.

Hulda se leva.

– Parfait, Tinna, parfait. Heureuse d'avoir pu discuter avec vous. J'espère que vous vous êtes remise du choc que vous avez vécu.

Tinna hocha la tête et se leva à son tour. En sortant du bureau, elle tomba presque dans les bras de Sverrir.

– Bonjour, dit-il poliment.

Cette fois, elle était certaine d'avoir décelé une lueur dans son regard, le signe d'un intérêt réciproque.

– Bonjour, contente de vous revoir, dit-elle, embarrassée.

Elle n'avait pas l'habitude de se comporter comme cela, mais quelque chose chez cet homme lui faisait perdre ses moyens.

Il jeta un œil à Hulda, puis reporta son attention sur Tinna.

– Tout s'est bien passé, non ?

Tinna n'aurait su dire avec certitude à qui cette question s'adressait, mais il était clair que Sverrir connaissait la raison de leur entretien, ce qui n'avait rien de surprenant, dans la mesure où Hulda travaillait pour lui. Tinna acquiesça, songeant avec crainte qu'elle devait avoir l'air honteuse.

– Très bien, dit-il, la regardant un instant dans les yeux avec une expression insondable.

Puis il se tourna de nouveau vers sa collègue :

– Hulda, ta fille a encore téléphoné pour demander à te parler.

À en juger par le ton de sa voix, il n'approuvait guère ce genre d'appels personnels au travail.

– Oh, OK, répondit Hulda. Je la rappellerai tout à l'heure.

Tinna saisit l'occasion pour s'éclipser sans dire au revoir.

2012

Helgi

Il était dix-neuf heures passées. Helgi s'était rendu dans un café après sa rencontre avec Broddi, emportant son roman policier mettant en scène Peter Duluth, qu'il avait terminé sur place. Il avait décidé de dîner au même endroit, commandé un club-sandwich avec des frites et pris le temps de manger tranquillement, profitant d'un instant de répit. Il n'avait pas de nouvelles de Bergthóra, mais ne cherchait pas spécialement à en obtenir. Ils avaient tendance à s'éviter après leurs violentes disputes, qui malheureusement semblaient se multiplier au fil des années. Parfois, il s'autorisait à se demander s'ils n'étaient pas arrivés au bout de leur route commune, mais ni l'un ni l'autre n'avait formulé cette possibilité, en tout cas pas sérieusement. Au fond de lui, il était démoralisé par l'état de leur relation.

Helgi avait fini son livre et son repas depuis un moment, mais il s'attarda encore un peu, repensant à sa conversation avec Broddi. Il avait du mal à cerner cet homme, même s'il comprenait sa réticence à discuter de ces événements douloureux, surtout dans la mesure où il avait été le seul suspect dans l'histoire, le seul à avoir subi une garde à vue, le seul à avoir vu son nom traîné dans la boue par la presse. Helgi s'était efforcé de lire tous les vieux journaux traitant de l'affaire avant d'entamer les recherches pour son mémoire, et de toute évidence, les médias n'avaient pas été tendres envers le pauvre homme. C'était le parfait bouc émissaire : le seul employé de l'hôpital perçu comme extérieur au groupe. Médecins et infirmières se serraient les coudes, mais tout le monde se fichait du gardien qui pourtant était employé là-bas depuis plus longtemps que la majorité d'entre eux. À l'époque où cette maladie hautement contagieuse décimait tant de victimes, il fallait du courage et de la ténacité pour travailler dans ce sanatorium, que l'on soit gardien ou membre de l'équipe médicale. Helgi, qui avait fait quelques recherches sur ces années-là, osait à peine imaginer à quel point les conditions devaient être difficiles.

Il aurait vraiment aimé pouvoir parler avec Broddi de sa garde à vue et de l'impact qu'elle avait eu sur sa vie. L'histoire valait sûrement la peine d'être entendue, mais cela attendrait. Si Helgi ne perdait pas l'espoir d'amener le vieux gardien à partager son expérience, pour l'instant, il donnait la priorité à Tinna. Il devait essayer de la convaincre d'accepter de discuter avec lui.

Son téléphone sonna. C'était Bergthóra.

S'apprêtant à répondre, Helgi se ravisa à la dernière seconde et se leva. Il était temps d'enterrer la hache de guerre après la dispute de la veille, mais il préférait avoir cette conversation en personne. Il paya la note et s'empressa de sortir. Le printemps se faisait déjà sentir dans l'air, mais cela n'empêchait pas le froid d'être mordant. Il n'était manifestement pas assez couvert et regretta de ne pas avoir mis sa doudoune, ce qui aurait néanmoins constitué un aveu de défaite, le signe que le printemps islandais n'était guère qu'une illusion, rien de plus qu'un hiver habilement déguisé.

2012

Helgi

La conversation avec Bergthóra ne s'était pas achevée sur une heureuse réconciliation. Pas de hurlements comme la veille au soir, fort heureusement – il ne voulait pas d'une nouvelle visite de ses camarades en uniforme –, mais ils n'avaient pas fait la paix non plus. Il allait falloir se montrer patient et laisser la tempête passer. Parfois, lorsque tout allait pour le mieux entre eux, ils avaient parlé de la possibilité d'avoir un enfant ; ils désiraient tous les deux fonder une famille, mais ne cessaient de repousser ce projet, trop occupés par le travail et les études. L'idée semblait absurde aujourd'hui, étant donné l'état de leur couple.

Helgi priait pour que les deux policiers venus frapper à sa porte hier n'aient rien raconté à leurs collègues, car la nouvelle atteindrait vite les oreilles de Magnús, le chef de service qui voulait tant l'engager.

Pour le moment, tout portait à croire que Helgi allait passer une deuxième nuit sur le canapé. Bergthóra était allée se coucher à tout juste vingt et une heures, et il avait la soirée devant lui.

Était-il trop tard pour appeler Tinna ? Il avait très envie de prendre rendez-vous avec elle pour faire avancer son mémoire. Ensuite, il s'installerait devant son ordinateur et essaierait d'écrire un peu, avant de se récompenser en choisissant un nouveau livre dans sa collection de classiques.

Il ne se laissa pas le temps de tergiverser et s'empressa de sélectionner son numéro. Se fier à son instinct était souvent le meilleur moyen d'agir.

Le téléphone sonna et sonna. Helgi n'espérait plus que quelqu'un décroche lorsqu'une voix lança soudain : « Oui, allô ? » Le ton interrogateur voire hésitant, la femme au bout du fil semblait sur ses gardes, sans doute parce qu'elle ne reconnaissait pas le numéro qui l'appelait.

– Vous êtes bien Tinna Einarsdóttir ?

– Oui ? répondit-elle, la voix toujours méfiante.

– Excusez-moi de vous déranger à une heure aussi tardive. Je m'appelle Helgi.

Un instant, il eut envie d'ajouter qu'il était de la police, mais c'était faux et trompeur.

– J'ai eu votre numéro par l'intermédiaire de Broddi. Vous le connaissez, n'est-ce pas ?

Elle laissa passer un bref silence, puis dit :

– Broddi ? Oui, oui, je le connais. Qu'est-ce que vous me voulez ?

– Rien de très pressant, mais j'écris mon mémoire de master sur les événements qui ont eu lieu au sanatorium en 1983, les morts...

Il fut coupé en milieu de phrase. Elle avait raccroché. Et merde.

Décidément, ses recherches semblaient au point mort. D'abord, il s'était retrouvé face à un mur au cours de sa conversation avec Broddi, et maintenant Tinna refusait purement et simplement de lui adresser la parole – le message était clair. Par chance, il avait déjà bien entamé son mémoire, surtout en bûchant sur de vieux comptes rendus, mais les interviews des personnes impliquées dans l'affaire étaient supposées constituer la colonne vertébrale de son travail et, par ailleurs, elles étaient la raison principale pour laquelle son superviseur avait accepté ce sujet d'étude singulier.

Helgi ne comprenait pas bien les réactions de Broddi et Tinna. Bien sûr, il ne fallait pas s'attendre à ce qu'ils prennent plaisir à ressasser des événements traumatisants du passé, mais de là à refuser aussi catégoriquement de coopérer...

À vrai dire, leur attitude éveillait en lui un sentiment familier, une intuition qu'il avait parfois éprouvée lorsqu'il travaillait pour la police. Avaient-ils quelque chose à cacher ? La possibilité d'élucider une vieille affaire venait-elle de lui être servie sur un plateau d'argent ?

Il se dirigea vers sa bibliothèque pour essayer de se changer les idées.

Les étagères s'étendaient du sol au plafond, un mur entier de livres, principalement des romans policiers, où se mêlaient les ouvrages de son père et sa propre collection. Une source constante de conflit entre Bergthóra et lui. Elle lisait peu, estimait que tous ces livres prenaient trop de place, et avait particulièrement en horreur ces vieilles éditions de poche islandaises qui partaient en lambeaux. Lors d'une de leurs disputes, elle les avait qualifiées de bonnes à jeter. Certes, elles n'avaient pas beaucoup de valeur au sens strict du terme, mais difficile de mettre un prix sur un tel trésor : la collection presque complète des romans policiers traduits durant les années où son grand-père puis son père avaient géré la librairie – jusqu'au jour où son père s'était effondré au milieu de ses vieux volumes. Un client l'avait retrouvé, mais trop tard. D'après le médecin, il avait selon toute vraisemblance subi une crise cardiaque environ une heure auparavant – s'il avait été découvert plus tôt, on aurait peut-être pu le sauver.

Restait à déterminer quoi faire de la librairie. La mère de Helgi, proche de l'âge de la retraite, n'avait pas particulièrement envie de tenir le commerce jusqu'à mourir à son tour ; elle avait sa propre vie, ses propres centres d'intérêt. Et Helgi, enfant unique, ne se voyait pas en faire sa carrière non plus. Il étudiait déjà à Reykjavík, avait rencontré Bergthóra, et ne voulait pas retourner vivre dans le Nord, malgré son amour pour ces livres.

Il avait donc dû rester quelques jours supplémentaires après l'enterrement pour faire le tri, sélectionner les titres qu'il souhaitait conserver dans les rayons du magasin et la collection privée de son père. Une tâche difficile, mais les vieux polars avaient tout de suite figuré en haut de sa liste. Ensuite, il avait dû faire estimer le fonds de commerce : le stock, le bilan ainsi que le petit local que son père avait remboursé en totalité après des décennies de présence. Trouver un acheteur avait pris du temps. Des tas de gens manifestaient de l'intérêt pour le lieu, mais pas pour les livres, or Helgi tenait à ce que la boutique reste une librairie. Et il avait fini par obtenir satisfaction. Une veuve entre deux âges avait fait une offre, moins élevée que beaucoup d'autres. Ni lui ni sa mère ne roulaient sur l'or, mais il s'était autorisé à accepter un prix inférieur à la valeur de l'affaire, pour préserver l'héritage de son père et de son grand-père, au moins pendant un temps. Encore en pleine santé, sa mère vivait toujours dans le Nord, où elle travaillait pour le conseil municipal. Il avait parfois tendance à la considérer comme acquise et ne lui rendait pas assez souvent visite, alors qu'elle était venue le voir deux fois en Angleterre et descendait régulièrement à Reykjavík.

En proie à une soudaine nostalgie, il pensa à sa petite ville au bord du fjord, si loin de la capitale qui semblait s'étendre à n'en plus finir. En y réfléchissant, il avait toujours considéré Reykjavík comme une étape plutôt qu'un lieu de vie permanent. Akureyri, cernée de montagnes vertes durant l'été et de sommets enneigés l'hiver, lui paraissait bien plus romantique. En dépit de sa position géographique, à deux pas du cercle arctique, elle possédait un climat bien plus agréable : ensoleillée l'été, imprégnée d'une atmosphère de Noël l'hiver. Et même si Reykjavík lui semblait petite après son expérience en Angleterre, Akureyri avait en comparaison l'ambiance intimiste d'un village. Là-bas, tout le monde se connaissait et tirait fierté de sa ville.

Revenant à lui, il commença à piocher quelques livres dans sa bibliothèque et à les manipuler un à un.

Il avait remis le roman avec Peter Duluth à sa place, à côté d'un vieux titre d'un de ses auteurs préférés, Ellery Queen. En vérité, ce n'était pas un auteur, mais deux : les cousins Frederic Dannay et Manfred Bennington Lee. Helgi s'était passionné pour les premiers tomes de leur série, des énigmes typiquement américaines mettant en scène un protagoniste qui portait le même nom que les auteurs s'étaient choisi en guise de pseudonyme, Ellery Queen.

Helgi nourrissait un tel enthousiasme pour eux qu'il était allé jusqu'à traduire en islandais leur premier roman, *Le Mystère du théâtre romain*, publié en 1929. Cela lui avait pris deux ans, et il n'avait toujours pas trouvé le courage de le proposer à une maison d'édition. Il ne savait même pas s'il serait aisé d'obtenir les droits de traduction, mais il rêvait de le voir publié en Islande. Il s'était lancé dans ce projet après la mort de son père. Peut-être dans une certaine mesure par culpabilité pour ne pas avoir repris la boutique. Cette traduction était une manière pour Helgi de contribuer au monde de la fiction policière, auquel son père et lui vouaient tous deux une si grande admiration.

Il adorait les puzzles intellectuels que contenaient ces romans, ces mystères et leurs résolutions parfaitement calibrées qui contrastaient avec le chaos de la vraie vie. Et leur évocation du passé, aussi. Il ne pouvait s'empêcher de comparer la fadeur de la vie de bureau que menaient les policiers d'aujourd'hui avec le glamour de parcourir la ville en chapeau et trench-coat comme les détectives de ces histoires. Tout ça n'était qu'une façon de s'évader, bien sûr.

Le seul tome des aventures d'Ellery Queen disponible en islandais, *Le Mystère du soulier blanc*, figurait parmi ses préférés. La traduction islandaise avait été publiée en 1945 à Akureyri, et ce lien avec leur ville expliquait peut-être pourquoi il occupait une place à part dans sa collection et celle de son père. Helgi se rappelait encore la première fois qu'il l'avait lu. Âgé de douze ou treize ans, il n'avait pas école en ce jour d'hiver, et il s'était assis par terre dans un coin de la librairie, où il avait dévoré le roman. Le livre n'avait peut-être pas très bien vieilli par rapport à certains de ses contemporains, mais Helgi se sentait toujours envahi d'une certaine tendresse lorsqu'il le tirait de sa bibliothèque. Il redevenait un petit garçon, et les problèmes du quotidien disparaissaient quelques instants. Même ses disputes avec Bergthóra lui semblaient lointaines et brumeuses, comme si elles ne le touchaient pas directement.

Et c'était exactement le sentiment qu'il cherchait à présent. Oublier la réalité autant que possible.

Il s'empara du *Mystère du soulier blanc*, s'assit par terre dans un coin et commença à lire.

1983

Tinna

Tinna était allongée sur son lit, dans son petit appartement, à quelques pas du lycée où elle avait achevé sa scolarité. Elle avait fait l'acquisition de ce logement dans le but de gagner un peu en indépendance, même si elle ne s'était guère éloignée de la maison familiale, située dans la rue voisine. Elle savait qu'un repas chaud l'attendait là-bas quand elle le voulait.

Il était trois heures du matin. Tinna avait dû dormir à peu près une heure avant qu'un cauchemar ne la réveille.

Elle parlait de manière détachée de la découverte du corps, racontait son histoire comme s'il n'y avait rien de plus naturel, comme si elle décrivait les scènes d'un film et non pas la réalité. Elle prétendait ne pas être affectée par tout ça, être suffisamment armée pour faire face, mais quand la nuit tombait, les événements prenaient une tout autre allure. Elle revoyait l'image d'Yrsa dès qu'elle fermait les paupières, le sommeil se refusait obstinément à elle et, lorsqu'il venait enfin, ses rêves ne cessaient de se transformer en cauchemars.

L'expression terrifiante sur le visage de la défunte, la flaque de sang sombre sur le bureau à côté du téléphone noir, de la petite radio et de l'encrier – tout ce qu'elle avait vu s'intensifiait dans un cauchemar en noir et blanc. Elle se réveillait alors en sueur en plein milieu de la nuit.

Elle savait qu'elle ne parviendrait pas à se rendormir. Une fois encore, elle arriverait épuisée à l'hôpital. Cela ne pouvait plus durer. Et pour ne rien arranger, il fallait qu'elle les revoie – ces gens avec qui elle travaillait. Elle se sentait mal à l'aise parmi eux, mal à l'aise dans les couloirs du sanatorium, comme si la menace planait toujours ; à vrai dire, elle avait la conviction que ce n'était pas fini. La mort d'Yrsa lui donnait l'impression d'un début et non d'une fin. Par-dessus tout, elle craignait Broddi. Jusqu'ici, elle l'avait toujours apprécié, elle bavardait avec lui lorsqu'ils se retrouvaient seuls dans le service le soir venu, elle éprouvait même de la pitié à son égard, car sa famille n'avait pas été épargnée par la tuberculose. Il était intimement lié à l'histoire de cette terrible maladie que le personnel du sanatorium avait si héroïquement combattue par le passé.

Mais désormais, la présence de Broddi la rendait nerveuse. Responsable de toutes sortes de tâches au sein de l'hôpital, il ne quittait pour ainsi dire jamais l'établissement, et la mort d'Yrsa n'avait rien changé à ses habitudes – de fait, il n'y avait aucune raison qu'elle y change quoi que ce soit. Tinna commençait à croire sa propre théorie selon laquelle Broddi était l'assassin. C'était soit lui, soit quelqu'un d'extérieur. Sans qu'elle sache vraiment pourquoi, le fait de pouvoir mettre un visage sur la menace la rassurait, et son choix s'était porté sur le gardien. Son regard autrefois si amical lui semblait à présent sinistre, ses salutations chaleureuses au détour des couloirs paraissaient aujourd'hui dénuées de sentiment.

Elle se répétait sans cesse que ses craintes étaient infondées, irrationnelles, qu'elle les avait elle-même façonnées, mais alors la peur s'insinuait de nouveau en elle et la persuadait qu'il fallait mettre Broddi hors circuit, ou quelle que soit l'expression consacrée – en tout cas encourager la police à se renseigner sur lui. Déterminer une bonne fois pour toutes s'il était coupable ou innocent.

Elle s'efforçait de dissimuler son angoisse, même si elle devait paraître moins bavarde qu'à l'accoutumée. D'un autre côté, rien n'était comme avant à l'hôpital, toutes les interactions semblaient forcées, rigides.

Tinna avait toujours évité les anciennes chambres du sanatorium, leur atmosphère macabre lui donnait l'impression que la mort se cachait dans chaque recoin, et les étroits couloirs qui les reliaient avaient quelque chose d'oppressant et d'inquiétant.

Mais ces derniers temps, les fantômes des patients disparus passaient au second rang : c'était le souvenir glaçant de ce qui était arrivé à Yrsa qui paralysait tout le monde.

2012

Helgi

– Helgi ! Ici Magnús. Je ne te dérange pas ?

La voix lui fit l'effet d'un liquide visqueux s'insinuant dans son oreille. Helgi avait déjà parlé à Magnús au téléphone à plusieurs reprises, mais ils ne s'étaient rencontrés qu'une seule fois. Tout semblait cependant indiquer qu'il travaillerait bientôt sous sa direction. Le poste l'intéressait ; à vrai dire, c'était sans doute l'une des meilleures offres qu'il puisse espérer en Islande, mais il fallait bien admettre qu'il n'appréciait pas beaucoup Magnús. Difficile de dire ce qui le dérangeait précisément chez lui, en dehors peut-être d'une attitude un peu fausse, un peu superficielle. Mais à sa décharge, Magnús semblait sincèrement vouloir l'engager.

– Bonjour. Non, non, pas du tout. Comment ça va ?

– Je voulais juste savoir quand tu pouvais commencer. Nous avons hâte que tu rejoignes notre équipe, Helgi.

– Ah, oui, euh… Je suis toujours sur mon mémoire. Peut-être cet été, ou à l'automne ?

Tandis qu'il prononçait ces mots, Helgi sentit son rêve de travailler à l'étranger glisser entre ses doigts.

Il avait éprouvé une émotion comparable en revenant vivre en Islande après ses études ; son instinct semblait lui dire de ne pas rentrer. Lorsqu'il avait atterri à l'aéroport de Keflavík, il avait eu l'impression qu'une porte se fermait devant lui, comme s'il avait abandonné la chance d'une vie.

Cette fois, il s'engageait à rester en Islande pour une durée indéterminée, et cette perspective lui nouait l'estomac. Il ne pouvait se montrer ingrat ; on le convoitait, et il savait que beaucoup de gens auraient aimé être à sa place. Magnús lui avait expliqué qu'il ne comptait pas publier d'annonce, le poste lui était réservé.

– Le plus tôt sera le mieux, Helgi. On peut te donner un peu de latitude afin que tu termines ton mémoire en parallèle de ton travail ici les premières semaines, ça ne pose aucun problème.

– Je vais y réfléchir, répondit-il.

L'idée n'était pas si désagréable : rompre la monotonie de l'écriture et, surtout, sortir de la maison lui permettraient de préserver sa santé mentale et de maintenir à flot sa relation avec Bergthóra.

– Quand as-tu besoin d'une réponse ? reprit-il.

– Quand ? Quand tu veux, nous nous organiserons dès que tu auras pris ta décision. Nous avons une vieille collègue ici qui a depuis longtemps dépassé sa date de péremption, si j'ose dire. Elle doit partir en retraite à la fin de l'année dans tous les cas, je suis sûr qu'elle ne serait pas mécontente qu'on la libère un peu plus tôt. Tu sais ce que c'est, quand les gens ont atteint cet âge : son bureau est un bordel pas possible, il y a des vieux dossiers partout, des fantômes du passé. Pour être honnête, ce serait presque faire œuvre de charité de la laisser partir plus tôt que prévu.

– OK, je comprends. Je vais sérieusement y réfléchir, promis. Je te rappelle bientôt.

– Parfait, Helgi. J'attends ton appel.

1983

Elísabet

Elísabet s'était retrouvée à Akureyri par hasard. Elle avait grandi à Reykjavík, où elle pensait faire sa vie, jusqu'à ce qu'elle rencontre le prince charmant qui l'avait attirée dans le Nord.

Ils étaient encore mariés, elle et ce soi-disant prince charmant, mais tout le charme s'était évaporé ; plus une trace de romantisme, seul leur fils les maintenait ensemble. Il avait cinq ans et, par égard pour lui, Elísabet ne pouvait se résoudre à mettre fin à son mariage, elle s'efforçait de tenir en espérant que la situation s'arrange avec le temps. Bien qu'elle fût certaine de ne pas finir sa vie avec son mari, elle avait décidé de donner encore dix ans à son couple, jusqu'à l'adolescence de son fils. Jusqu'à ses quinze ans, au maximum. La situation n'était pas si terrible : elle avait un emploi intéressant, s'était fait des amis dans le Nord, simplement elle n'aimait plus son mari. De temps en temps, elle parvenait à s'échapper pour de brefs séjours, rendant visite à des proches dans d'autres régions ; elle pensait alors à l'existence qu'elle aurait pu mener si elle n'avait jamais rencontré cet homme, n'était pas tombée amoureuse de lui et ne l'avait pas épousé dans un moment de folie.

Le soir, elle aimait se détendre devant la télévision ; son plus grand plaisir était de regarder les mésaventures de J.R. Ewing et ses comparses dans *Dallas* le mercredi soir. *Philip Marlowe, détective privé*, nouvelle série diffusée récemment, avait attisé sa curiosité. En dehors de cela, elle lisait pour passer le temps. Quelques années plus tôt, ses amis avaient tenté de l'intéresser à la pratique du ski. « C'est tellement dommage de vivre ici et de ne pas skier », disaient-ils. Elle avait bien essayé, pris un cours ou deux, mais très peu pour elle ; elle n'était tout simplement pas faite pour les activités au grand air. Son bonheur, elle le trouvait surtout au travail.

Du moins, par le passé. Car tout avait changé.

La mort d'Yrsa avait eu un impact dévastateur sur les employés du sanatorium. Ils s'adressaient à peine la parole désormais, parcouraient les couloirs en silence, sauf lorsque quelqu'un abordait le sujet du drame. Tinna était la pire, toujours à cancaner et raconter des ragots. Au début, Elísabet s'entendait bien avec la jeune femme, qui semblait prometteuse et consciencieuse, mais ces derniers temps, on aurait dit qu'elle tirait fierté d'avoir découvert Yrsa, et qu'elle se délectait d'être au centre de l'attention. Un comportement qu'Elísabet estimait tout à fait inapproprié.

Un nuage semblait flotter au-dessus de chaque employé du service, et ça ne pouvait pas durer éternellement.

La police ne partageait presque aucune information sur l'avancée de l'enquête, ce qui ne faisait que nourrir les rumeurs. Yrsa avait été retrouvée dans son bureau, tout au fond du bâtiment, trop loin du hall d'accueil pour qu'elle ait entendu frapper à la porte et ouvert à quelqu'un. Il n'y avait qu'une entrée et pas de sonnette. Le seul moyen de pénétrer dans l'hôpital en dehors des horaires d'ouverture, c'était de posséder les clés – à moins que le tueur ne lui ait donné rendez-vous. Une possibilité évidemment envisageable, mais il était clair que la police concentrait désormais son attention sur le personnel. Et le groupe était restreint : Elísabet elle-même, Fridjón, le chef du service, Thorri, l'interne, Tinna et enfin Broddi.

Elísabet avait bien remarqué l'intérêt tout particulier de la police pour Broddi. Peut-être parce que la nervosité qu'il affichait tout le temps le rendait suspect, ou peut-être simplement parce qu'il représentait le coupable idéal. Elle ne cessait de se demander si elle ne devrait pas aller parler au jeune inspecteur, le dénommé Sverrir, ou bien à la femme qui travaillait avec lui, Hulda. Celle-ci semblait plus accessible, plus chaleureuse, mais à les voir ensemble, il ne faisait aucun doute que c'était Sverrir qui dirigeait les opérations, et qu'elle n'avait pas beaucoup de marge de manœuvre. Elísabet aurait pu leur dire que, placide et réservé comme il l'était, Broddi ne lui paraissait pas du genre à commettre un meurtre. Mais elle n'en fit rien, parce qu'en vérité, le fait que l'attention de la police soit centrée sur ce pauvre homme l'arrangeait bien – elle comme les autres.

Personne ne veut être sous le feu des projecteurs dans une enquête pour meurtre.

1983

Tinna

Le soleil daignait se montrer ce matin, ce qui mit Tinna en joie tandis qu'elle se rendait au travail. Le trajet était beaucoup plus agréable par un temps pareil – la vallée verte, le ciel d'un bleu prometteur, les bâtiments de l'hôpital aussi blancs que les sommets enneigés alentour. Elle espérait que sa bonne humeur tiendrait toute la journée, en dépit de l'ambiance toujours aussi lourde au sanatorium. Si seulement la police pouvait se dépêcher de résoudre cette enquête, afin que la vie reprenne son cours normal. Cinq jours avaient passé depuis la mort d'Yrsa, et rien n'indiquait le moindre progrès, même si Sverrir et Hulda, les inspecteurs de Reykjavík, se trouvaient encore à Akureyri.

Fridjón, le chef de service, n'avait pas vraiment fait d'efforts pour améliorer le moral de ses troupes, en dehors d'une brève réunion le lendemain de la découverte du corps, pendant laquelle il semblait si abattu qu'il avait été incapable de redonner du courage à son personnel. Depuis, on l'avait à peine vu dans les couloirs de l'hôpital, et les rares fois où Tinna l'avait aperçu, il n'était plus que l'ombre de lui-même.

Mais ce n'était pas l'unique raison pour laquelle Tinna avait hâte que cette affaire se termine. Dès lors, elle comptait bien tenter sa chance avec Sverrir. Elle avait découvert qu'il était célibataire en interrogeant Hulda de manière détournée, lorsqu'elle avait eu un moment seule avec elle.

Elle se gara à sa place habituelle, tout près du bâtiment, puis elle parcourut à pied la courte distance qui la séparait de l'entrée.

Étant donné la direction que ses pensées avaient prise, elle fut décontenancée en apercevant Sverrir devant la porte tandis qu'elle approchait. La voiture de police était garée un peu plus loin, à moitié dissimulée derrière les arbres. Elle accéléra le pas.

– Sverrir ! appela-t-elle.

Il avait déjà ouvert la porte, mais il se retourna et sourit en entendant sa voix. Il l'examina un instant sans rien dire.

– Bonjour Tinna, répondit-il d'un ton étonnamment chaleureux. Vous êtes toujours la première arrivée, n'est-ce pas ?

Elle hocha la tête.

– Je voulais juste jeter un nouveau coup d'œil à la scène de crime, nous essayons encore de nous faire une image plus précise de ce qui s'est passé. Je ne m'attendais pas à croiser quelqu'un à cette heure-ci.

– Je suis matinale, en général je me réveille à l'aube et je ne parviens pas à me rendormir. Dans ce cas, autant venir au travail, plutôt que de rester seule à la maison à boire du café.

Elle s'efforça d'accentuer le mot *seule*. Puis elle ajouta sur le ton de la plaisanterie :

– En plus, on se fait payer les heures supplémentaires. Et puisqu'on doit utiliser notre quota chaque mois, je préfère arriver tôt plutôt que de repartir tard le soir.

– Je suis pareil.

– Vous avez bu un café ? demanda-t-elle lorsqu'ils furent entrés.

Une puissante odeur d'hôpital les accueillit dans le hall peint en vert. Elle ne s'y habituait pas vraiment, même si elle la remarquait moins au fil de la journée.

– Non, à vrai dire, répondit-il en lui souriant de nouveau.

– Je vais le préparer, je connais le dosage parfait, dit-elle, ayant presque l'impression d'être à leur premier rendez-vous galant.

– Vous ne pourriez pas me faire plus plaisir.

Ils prirent place à la table de la salle de pause. Un doux arôme de café émanait de leurs mugs fumants, qui arboraient le logo de l'hôpital.

– Vous avez évoqué Broddi l'autre jour, dit Sverrir.

– Oh... oui, en effet.

– Pour une raison particulière ? demanda-t-il d'une voix innocente – elle n'aurait su dire s'ils ne faisaient que bavarder ou s'il s'agissait d'un interrogatoire en bonne et due forme.

– Euh... comment ça ?

– Vous pensiez qu'il était peut-être impliqué dans la mort d'Yrsa, précisa-t-il d'une voix plus sérieuse.

– Ah. Oui, en effet, admit-elle, hésitante.

– Pourquoi ?

– J'ai juste trouvé son comportement un peu étrange lorsqu'il s'est présenté au travail ce matin-là.

Broddi était arrivé peu après Tinna, avant que la police ne rejoigne les lieux, puis il avait disparu dès que Tinna lui avait appris ce qui s'était passé. Un comportement qui pouvait sembler suspect, mais qu'elle comprenait aussi dans une certaine mesure, car personne ne veut se retrouver pris dans le tourbillon d'une enquête pour meurtre.

Elle avait envie de prêter main-forte, et les questions de Sverrir suggéraient que Broddi figurait parmi les suspects. Aussi désireuse fût-elle que cette histoire se termine, elle voulait faire partie de la solution, aider Sverrir à élucider le mystère. Travailler ensemble les mènerait forcément à se rapprocher.

Elle dit alors de but en blanc, sans le moindre fondement :

– À vrai dire, à son arrivée, j'ai remarqué une tache qui ressemblait à du sang sur son pantalon.

Elle n'hésita pas une seconde – après tout, ce pouvait être vrai, même si ça ne l'était pas. Elle avait l'habitude de mentir, sur des broutilles principalement, mais parfois sur des choses plus sérieuses, et elle s'en tirait à chaque fois grâce à son sourire charmeur. Elle le faisait depuis toute petite. Tout le monde en rajoutait un peu en racontant des histoires, alors elle ne s'en privait pas non plus, même si elle allait en général plus loin que les autres. Dans son souvenir, elle avait toujours été douée pour pimenter la vérité ; petite, elle se faisait souvent gronder pour ses mensonges, mais avec le temps, elle avait appris à mieux les dissimuler. Modifier un peu la réalité en sa faveur facilitait la vie, tout simplement.

– Vous êtes sérieuse ? lança Sverrir – elle avait enfin toute son attention. Pourquoi vous n'avez rien dit plus tôt ?

Employant son arme secrète, elle esquissa un sourire en écarquillant les yeux.

– Je ne voulais pas lui attirer d'ennuis. Je l'aime bien. Et peut-être que j'ai mal vu. J'étais bouleversée, naturellement.

– Bien sûr, bien sûr, mais nous allons devoir vérifier cela, répondit Sverrir d'un air sombre.

– Je comprends.

Elle pensait regretter son mensonge, comme cela arrivait parfois, mais à sa surprise, ce ne fut pas le cas. Elle demeurait parfaitement sereine. Elle savait qu'elle venait peut-être de causer du tort à Broddi, mais sans doute rien de grave. Il y avait bien plus important à ses yeux : Sverrir et elle étaient désormais plus proches que jamais.

Elle songea à l'inviter chez elle prendre un café, pour profiter de l'étincelle qu'elle percevait entre eux à cet instant, et les mots s'étaient presque échappés de ses lèvres lorsqu'elle se ravisa à la dernière minute. L'enjeu était trop grand ; elle ne devait pas se précipiter. Sverrir ne quitterait pas Akureyri tout de suite, elle avait encore du temps devant elle. La clé était d'attendre la résolution de l'affaire. Peu importe comment elle s'achèverait – ça ne la concernait pas vraiment.

1983

Sverrir

Sverrir était loin de se réjouir de la mission qui l'attendait. Tandis qu'ils remontaient la vallée en direction du sanatorium dans le crépuscule, il ne cessait de se demander s'il prenait la bonne décision.

Il n'en était pas sûr, mais au fond, élucider cette affaire relevait de sa responsabilité, et pour atteindre ce but, il devait avoir foi en son propre jugement. Assise à côté de lui sur le siège passager, Hulda gardait le silence. Elle ne parlait jamais beaucoup, n'en savait que mieux écouter ; fréquemment, elle comprenait plus vite que lui ce qui se passait. Elle se montrait aussi prudente, comme si elle avait trop souvent dû faire face à un mur dans son travail. Naturellement, ils avaient discuté de cette prochaine étape, et elle n'était pas d'accord avec lui. À sa décharge, elle avait le mérite de toujours dire le fond de sa pensée. Malgré cela, elle demeurait assez secrète, et il ne la connaissait pas si bien. Ils travaillaient ensemble sur cette enquête, mais pendant son temps libre, elle ne cherchait pas la compagnie, préférant rester dans sa chambre à la pension de famille ou dîner en solitaire. Elle ne manifestait jamais la moindre envie d'aller avec lui au restaurant ou boire un verre après une dure journée. Il ne voulait pas spécialement faire sa connaissance, mais à deux reprises ces derniers jours il l'avait invitée à manger un hamburger avec lui. Il était son supérieur, et à ce titre il se sentait obligé de passer un peu de temps avec elle en dehors de leur mission, pour ne pas l'abandonner à son sort dans une ville inconnue. Les deux fois, elle avait décliné, lui répondant qu'elle se contenterait de grignoter un encas dans sa chambre. Finalement, Sverrir avait reporté son attention sur les agents de la police locale, songeant qu'avoir des amis et des alliés aux quatre coins du pays était toujours un atout dans son milieu professionnel. Une approche qui avait porté ses fruits, car le travail avec eux avait surpassé ses attentes, et il avait la sensation que l'enquête se déroulait dans un bel esprit de coopération.

Il s'immobilisa dans le hall d'accueil et regarda Hulda :

– Tu penses toujours que je fais une erreur ?

Elle hésita, comme si elle estimait qu'à ce stade, il n'y avait plus de raison de soulever la moindre objection. Puis elle répondit :

– J'en ai l'impression, Sverrir. Selon moi, on devrait ralentir la cadence et creuser un peu plus avant d'agir.

Il sourit. Il avait pris sa décision, et il fut presque heureux de constater que cet avertissement demeurait sans effet sur lui. Son choix était fait. Même si quelque chose allait de travers, ce ne serait pas de sa faute. Ce n'était pas lui qui avait mutilé et assassiné une dame âgée, la responsabilité incombait au meurtrier, et au meurtrier seul – la responsabilité du crime et de ses conséquences. Sverrir espérait simplement qu'ils s'apprêtaient à arrêter le vrai coupable.

Hulda ajouta :

– Ne te méprends pas, Sverrir, je ne dis pas que tu te trompes d'homme. J'ai seulement l'impression que nous allons trop vite en besogne.

Il appréciait l'effort de Hulda. Elle devait avoir compris qu'il ne changerait pas d'avis, c'est pourquoi elle rétropédalait légèrement. C'était une femme d'une grande intelligence qui travaillait dur sans jamais baisser les bras en dépit d'un manque de reconnaissance de leur hiérarchie. Et il devait bien admettre que de son côté, il n'avait aucune intention de l'aider à gravir les échelons. Ce n'était pas dans son intérêt – elle pouvait se débrouiller toute seule –, mais travailler avec elle et apprendre de son expérience possédait ses avantages, car elle avait l'œil plus affûté que lui pour certains détails.

Tinna fut la première personne qu'ils croisèrent dans les couloirs de l'hôpital. Sans surprise. Il faut dire qu'elle les avait beaucoup aidés, qu'elle s'en rende compte ou pas. Et elle lui adressait toujours un sourire bienveillant. Une jeune fille sympathique, et jolie de surcroît. Dans d'autres circonstances, il se serait peut-être passé quelque chose entre eux. Mais pour le moment, il n'avait pas le luxe de se laisser aller à ce genre de pensées.

Hulda prit la parole en premier :

– Bonjour Tinna, est-ce que Broddi travaille aujourd'hui ?

– Euh… oui, je l'ai vu il y a un instant. Il était dans la salle de pause. Vous voulez que je…

Hulda l'interrompit :

– Non, non, on va se débrouiller. On veut juste lui parler un peu.

Sverrir s'y serait pris différemment. Tinna n'avait pas besoin de connaître la raison de leur venue, même si ce ne serait sans doute plus un secret pour très longtemps. Il détestait les hôpitaux, n'en supportait ni l'odeur ni l'atmosphère, et il aurait aimé se trouver n'importe où sauf ici à cet instant, mais avec un peu de chance, cette journée marquerait un tournant dans l'affaire, et il pourrait rentrer chez lui, retrouver sa routine. Devoir dormir pendant des jours et des jours dans un lieu inconnu le fatiguait. Hulda et lui logeaient dans une pension de famille de la ville ; sa chambre, bien que propre, était triste et terne, et nuit après nuit il claquait des dents à cause du chauffage défectueux. Tout cela le poussait à vouloir mettre un terme à cette affaire le plus vite possible. Il avait essayé de le faire savoir à sa hiérarchie et réclamé qu'on lui fournisse une chambre d'hôtel, en tant que responsable de l'enquête. En ce qui le concernait, Hulda pouvait rester dans cette maison – après tout, elle ne s'en plaignait pas.

Broddi était assis dans la salle de pause, penché sur son mug, la mine sombre. Une odeur de café frais flottait dans l'air, et l'homme ne sembla pas remarquer l'arrivée des deux policiers. Sverrir resta un instant sur le seuil, Hulda derrière lui.

Broddi n'était pas si âgé, pourtant il avait le visage profondément ridé, les cheveux épars – à supposer qu'ils aient un jour été plus fournis – et, de manière générale, la posture d'un homme accablé de malheurs. Bien sûr, être malheureux ne faisait pas de vous un tueur de sang-froid, mais Sverrir espérait que c'était le cas, en l'occurrence. Car s'il était innocent, l'arrêter pour homicide ne ferait qu'ajouter à sa souffrance.

– Bonsoir, Broddi, dit-il d'une voix autoritaire, faisant sursauter le gardien.

Broddi leva les yeux, d'abord sur lui, puis sur Hulda, l'air de pressentir ce qui l'attendait. Comme si sa vie n'avait été qu'une longue succession de coups du sort, comme si plus rien ne le surprenait, sauf peut-être les bonnes nouvelles. Mais ce jour-là, ce n'était pas ce qu'ils lui apportaient.

– Nous voulions…, commença Hulda.

Sverrir la coupa. Il n'allait certainement pas lui laisser prendre les rênes à cet instant. C'était son enquête à lui, sa décision à lui. Et ce serait sa victoire à lui, si tout se passait bien.

– Je suis désolé, Broddi, mais nous allons vous demander de nous accompagner au commissariat, dit-il.

Sans avoir à regarder par-dessus son épaule, il sentit que Hulda était choquée par la manière dont il l'avait interrompue.

Broddi ne bougea pas de sa chaise. Il but une gorgée de café, la main tremblante.

– Vous accompagner ? Pourquoi ?

– Il vaut mieux qu'on en parle là-bas, Broddi, répondit Sverrir, s'efforçant de paraître calme et résolu.

– On… on peut très bien parler ici.

Broddi avait légèrement haussé le ton, et Sverrir commençait à craindre que le reste du personnel l'entende. Il n'avait aucune envie de compliquer une situation déjà difficile.

Il avança d'un pas.

– Il vaudrait mieux qu'on discute ailleurs.

– Non, je travaille. J'ai des tâches à accomplir, je ne peux pas me permettre d'aller à droite et à gauche. J'ai travaillé toute ma vie ici, ce n'est pas aujourd'hui que je vais négliger mes devoirs.

Malgré ces paroles de défi, la voix de Broddi chevrotait.

– Très bien, puisque vous le prenez comme ça. Broddi, nous avons des raisons de penser que vous êtes responsable de la mort d'Yrsa.

Son expression était dure à déchiffrer mais, plutôt que la surprise, l'émotion qui semblait dominer en lui était la colère, peut-être même la fureur.

– Vous... Vous ne pouvez pas... Pourquoi ? Pourquoi moi ?

Sverrir haussa le ton à son tour :

– Nous avons des motifs valables de vous considérer comme suspect dans cette affaire. C'est aussi simple que ça. Je crains que vous n'ayez pas le choix, Broddi. Vous devez venir avec nous.

Sverrir n'avait aucune envie de menotter ce type, le mettre en état d'arrestation était déjà suffisamment difficile. Pire encore : il commençait sérieusement à douter que Hulda et lui aient bien compris la situation. Mais il ne ferait pas machine arrière, hors de question. Il ne devait pas montrer le moindre signe de faiblesse devant un suspect – ni devant sa collègue, d'ailleurs –, car cela finirait par se savoir et lui porterait préjudice.

– Je ne bougerai pas d'ici, répliqua Broddi, la voix vacillante. Il faut toujours que vous vous en preniez à nous. Ma mère n'a jamais eu sa chance. Tous les hommes qu'elle rencontrait finissaient par la trahir, y compris mon père, et je ne sais même pas qui c'est. On a toujours été pauvres. Maintenant, Maman est morte et je suis seul. J'essaie de me reconstruire, de faire quelque chose, de trouver un équilibre, et vous voulez me traîner dans la boue, me laisser croupir derrière les barreaux, juste parce que je suis la cible parfaite, c'est ça ?

Ses mots sortaient en cascade, et il ne s'arrêta que lorsqu'il fut à bout de souffle.

– Broddi, je ne connais pas votre histoire, votre passé, et vous avez toute ma sympathie si ce que vous venez de dire est vrai, mais un grave crime a été commis ici et nous devons… eh bien, nous devons vous emmener afin que vous puissiez répondre à nos questions.

– Quelles questions ? Qu'est-ce qui se passe si je dis non ? Vous comptez faire quoi ?

Sverrir réfléchit. Après une courte pause, il dit :

– Vous savez que nous pouvons faire usage de la force, mais nous ne voulons pas en arriver là. Si vous venez avec nous volontairement, ce sera mieux pour tout le monde, et nous pourrons discuter en toute tranquillité au commissariat. Qu'en pensez-vous ?

Broddi restait silencieux, mais Sverrir eut l'impression qu'il était en train de se calmer.

– Je n'ai rien fait, lâcha le gardien. Vous le savez, n'est-ce pas ? Je n'ai tué personne.

Il avait soudain cessé de résister, l'air abattu.

Sverrir hocha la tête, jeta un rapide regard à Hulda, qui semblait sur le point de dire quelque chose, mais les mots ne sortirent pas.

– Nous allons en parler ailleurs, Broddi. Venez avec nous.

Il s'empara prudemment de son bras et l'aida à se lever.

– D'accord, je viens. Je veux bien vous parler, mais vous faites erreur.

Il baissa la tête et se mit à marcher à pas lents.

– Je serai libéré ce soir, hein ? demanda-t-il, une pointe d'espoir dans la voix.

– On verra, répondit Sverrir, même s'il savait bien qu'il allait garder Broddi en cellule toute la nuit, dans l'espoir d'obtenir un aveu après cela.

À vrai dire, Sverrir projetait de le maintenir en garde à vue pendant plusieurs jours. Autant ne pas faire les choses à moitié. Il avait misé sur Broddi, et ne voulait surtout pas que sa théorie se révèle fausse.

1983

Hulda

– On ne peut pas le maintenir en garde à vue plus longtemps, Sverrir. C'est évident, non ?

Hulda n'était pas habituée à hausser la voix envers ses supérieurs, mais cette fois elle n'avait pas le choix. Ils ne possédaient aucune preuve contre Broddi.

– Le mandat du juge nous autorise à le garder encore quelques jours, répliqua Sverrir, avec toutefois une pointe de doute dans la voix.

– Et s'il est innocent ? On va vraiment gaspiller toute notre énergie à tenter de mettre ce meurtre sur le dos de quelqu'un dont le seul crime est d'être un marginal ? Tu sais autant que moi, Sverrir, que nous n'avons eu l'autorisation de l'arrêter que parce qu'il fait un coupable bien pratique.

Sverrir hocha la tête.

– Peut-être, mais ça ne le rend pas automatiquement innocent.

Il fallait qu'elle se calme. Elle n'était pas tout à fait elle-même ces jours-ci, se sentait très seule à Akureyri. Jón et Dimma lui manquaient. Le temps passait si vite :

elle n'arrivait pas à croire que Dimma aurait dix ans l'année suivante. Les affaires de Jón marchaient bien, au point qu'ils planifiaient un voyage à l'étranger pour bientôt. Ils formaient une famille si soudée que leur parler une fois par jour ne lui suffisait pas. Elle s'était aussi disputée avec sa mère la veille de son départ, et cela lui restait en travers de la gorge. Hulda avait osé aborder le sujet de son père, un soldat américain dont elle ne savait rien et qui, d'après elle, ignorait probablement qu'il avait une fille en Islande. Comme d'habitude, sa mère refusait d'en parler, et elle était encore moins disposée à l'aider à retrouver sa trace. Hulda ressentait parfois un vide en elle lorsqu'elle pensait à son père, elle aurait tant aimé le rencontrer, faire sa connaissance. Bien sûr, elle aurait pu partir seule à sa recherche, mais pour une raison qu'elle avait du mal à expliquer, agir contre la volonté de sa mère était inenvisageable pour elle. Peut-être devrait-elle attendre la mort de cette dernière avant de s'engager sur ce terrain.

— Tu ne vois pas qu'il souffre, Sverrir ? reprit-elle, moins intense.

Elle était allée voir Broddi deux fois et, visiblement, son arrestation l'affectait sérieusement, même s'il n'avait passé qu'une nuit en cellule pour l'instant. Elle s'inquiétait sincèrement pour le pauvre homme.

— Je sais, mais je ne peux pas y faire grand-chose. Il est évident que personne n'a envie de se retrouver dans cette situation.

Il marqua une pause puis ajouta :

— Hulda, tu sais la pression que nous subissons pour élucider cette affaire. Sans surprise, les meurtres

violents tels que celui-ci ne laissent pas les gens indif-
férents. C'est sans doute un cas isolé, mais tu peux
imaginer ce que ressentent les habitants du coin à
l'idée que l'assassin coure toujours.

– On ne va pas régler ce problème en maintenant
le mauvais homme en garde à vue, nota Hulda avec
froideur.

Elle n'insista plus. Après tout, c'était la décision de
Sverrir.

1983

Tinna

Il était vingt-deux heures passées lorsque le téléphone se mit à sonner. Assise devant la télévision, Tinna commençait à s'assoupir quand la sonnerie bruyante la ramena brusquement à la froide réalité. Elle n'avait pas l'habitude de recevoir des appels téléphoniques à une heure aussi tardive ; même ses parents ne l'appelaient jamais après le dîner, pour ne pas la déranger. Elle se leva et se précipita dans l'entrée pour répondre.

– Tinna ?

Elle reconnut immédiatement Sverrir. Que lui voulait-il ? Allait-il enfin faire un premier pas vers elle, bien que l'enquête ne soit pas encore terminée ? N'était-elle pas considérée comme suspecte... ?

– Oui, allô... Bonsoir..., répondit-elle d'une voix vacillante, ce qui ne lui ressemblait pas.

– Ici Sverrir, de la police.

– Oui, je vous ai reconnu.

– Excusez-moi de vous déranger aussi tard.

– Non, je vous en prie, ce n'est pas un souci. J'étais réveillée.

– Tant mieux, tant mieux. Je voulais vous dire un mot.

Elle sentit son rythme cardiaque s'accélérer.

– Cela concerne Broddi, poursuivit-il, anéantissant ses espoirs. Vous avez affirmé avoir vu une tache de sang sur son pantalon.

Une vague de culpabilité l'envahit. Merde alors, elle n'aurait pas dû mentir.

– Euh, oui, oui, je crois, répondit-elle. Il m'a semblé voir du sang.

– Vous êtes sûre ?

Elle hésita.

– Peut-être pas complètement, c'est ce que j'ai cru sur le moment.

– Malheureusement, nous n'avons pas trouvé de preuve corroborant votre témoignage. Mais Broddi est toujours en garde à vue.

– Je vois. Il n'est pas exclu que je me sois trompée.

Silence au bout du fil.

– Entre nous, Tinna, il va falloir que je prenne une décision quant à la prochaine étape : soit je le maintiens en garde à vue, soit je le libère pour l'instant. J'espérais que vous pourriez nous éclairer un peu plus.

– Non, enfin... non, pas vraiment. J'espère ne pas vous avoir mis dans une situation délicate.

– Ne vous inquiétez pas. Nous commettons tous des erreurs. Je pense que je vais le laisser sortir ce soir.

– Vous êtes revenus à la case départ, c'est ça ?

– Quoi ? Non, pas du tout. Non, non. Mais je ne peux pas révéler de détails en l'état, répondit-il, plutôt convaincant, même si elle décelait dans sa voix une nuance suggérant qu'il embellissait la réalité.

Nouveau silence.

– Bon, encore toutes mes excuses pour le dérangement, Tinna. Et n'oubliez pas de nous recontacter si quelque chose vous revient.

Broddi était déjà sur place lorsque Tinna arriva à l'hôpital le lendemain, pourtant à la même heure que d'habitude. Il était venu en avance, sans doute reconnaissant d'avoir recouvré sa liberté. Ne comprenant pas tout de suite pourquoi la porte n'était pas fermée à clé, elle avait été prise d'un effroyable sentiment de déjà-vu, puis il l'avait appelée depuis la salle de pause.

– C'est toi, Tinna ?

Reconnaissant sa voix, elle avait senti un pincement dans son ventre, non pas de peur mais de culpabilité. C'était en partie de sa faute si le pauvre homme s'était retrouvé derrière les barreaux. Mais il représentait le suspect idéal, elle n'y était pour rien, et tôt ou tard Sverrir aurait fini par s'intéresser à lui, avec ou sans son intervention. D'ailleurs, bien que libéré, il pouvait toujours être le meurtrier. Elle jura en silence, frustrée que l'enquête ne soit toujours pas résolue.

– Oui, c'est moi.

Elle suspendit son manteau à la patère et monta le rejoindre, le trouvant assis à la table avec une tasse de café, comme si de rien n'était.

– Contente de te revoir, Broddi, dit-elle d'un ton chaleureux, peut-être pas tout à fait sincère.

115

– Oui… merci. Ils ont fait une erreur.

– Ça arrive à tout le monde.

– Oui, acquiesça-t-il avec un sourire humble. Ça fait du bien d'être de retour.

1983

Tinna

Tinna avait encore passé une nuit agitée. Elle avait rêvé qu'elle se trouvait de nouveau dans le bureau d'Yrsa ce matin fatidique, à côté du cadavre, entendant l'écho de la pluie, les deux doigts amputés gisant dans la mare de sang qui gouttait lentement du bureau, en rythme avec cette averse imaginaire. Lorsqu'elle s'était réveillée, elle discernait toujours ce même bruit, et s'était rendu compte qu'il pleuvait dehors.

Se redressant, elle alluma la lumière. Il était cinq heures quinze, à peu près l'heure à laquelle elle émergeait chaque matin depuis quelques jours, et elle était seule dans son appartement, seule avec ses cauchemars. Rien d'autre à faire que se lever aux aurores, essayer de prétendre que tout allait bien et préparer du café pour réussir à disperser les brumes du sommeil. Consciente qu'elle se réveillerait à l'aube de toute façon, elle avait commencé à prendre l'habitude de se coucher plus tôt le soir, créant un véritable cercle vicieux. Pour la même raison, elle avait cessé de retrouver ses amis en soirée. Mais elle demeurait persuadée que la situation

117

s'arrangerait une fois que l'enquête serait terminée et que le calme reviendrait à l'hôpital.

Tinna éteignit la lumière et se glissa de nouveau sous sa couette, observant pendant une minute ou deux les ténèbres par la fenêtre, bercée par le bruit de la pluie. Elle s'imagina ailleurs, n'importe où, un endroit où elle se sentirait un peu plus sereine.

Une demi-heure plus tard, prête à affronter la journée, elle avait enfilé son ciré jaune. Bien qu'il fût irrémédiablement lié dans son esprit à la découverte du corps d'Yrsa, impossible de le jeter. Elle ne pouvait se permettre le luxe de se débarrasser d'un manteau en parfait état. La pluie avait cessé, comme si ce jour avait tout compte fait décidé de l'épargner, contre toute attente. Elle sentit poindre en elle le maigre espoir de passer une journée correcte. Pas nécessairement bonne, juste correcte. Elle n'en demandait pas plus pour le moment.

Elle sortit dans les ténèbres matinales. Elle aimait bien la nuit, s'y sentait à l'abri plus qu'elle n'en avait peur. Sa voiture était garée à quelques pas, et elle avait tout son temps. Remplissant ses poumons d'air froid, elle savoura la sensation d'avoir la ville pour elle toute seule.

Nul besoin de se presser, personne ne l'attendait à l'hôpital, mais au moins elle pourrait valider un peu de temps de travail supplémentaire.

Tandis qu'elle remontait la vallée en direction du sanatorium, un inquiétant malaise s'insinua en elle, la conviction que ce qu'elle s'apprêtait à vivre serait bien pire que ce qu'elle croyait, comme si quelque chose de grave allait se passer. Un pressentiment si puissant qu'elle faillit faire demi-tour et rentrer chez elle, avant de se dire que c'était idiot. Lorsqu'elle eut garé sa vieille Mazda bleue à sa place, elle parcourut à pied les derniers mètres qui la séparaient de l'hôpital. Il faisait un froid mordant, l'obscurité englobait tout et le vent avait commencé à se lever, faisant naître un hurlement sinistre parmi les pins du jardin au pied des bâtiments – un son menaçant et inhabituel dans ce paysage dépourvu d'arbres.

Elle se fit violence.

Après tout, qu'avait-elle à craindre ?

1983

Tinna

– Vous êtes sûre que ça va aller, Tinna ? demanda Sverrir.

Sa voix chaleureuse n'était que sollicitude, du moins en apparence. Aucune suspicion – pas encore.

– Personne ne devrait avoir à découvrir deux corps en l'espace de quelques jours.

Elle hocha la tête.

– Vous êtes absolument sûre ? Nous pouvons remettre ça à plus tard, nous pouvons… euh… faire venir quelqu'un si vous avez besoin de parler. Un psychologue, un médecin ?

Elle percevait une inquiétude sincère chez lui, peut-être – avec un peu de chance – parce qu'il commençait à éprouver des sentiments pour elle.

– Très bien, alors allons-y.

Ils étaient installés dans la salle de pause du sanato rium. Personne n'avait préparé de café ce matin, Tinna devait encore tenir avec celui qu'elle avait bu dans sa cuisine. Elle aurait pourtant tout donné pour une bonne tasse de café fumant, mais ne se sentait pas de la réclamer.

– OK.

– Décrivez-moi à nouveau ce qui s'est passé – cette fois, je vous demande une déposition formelle, comme je vous l'ai expliqué. Racontez-moi avec vos mots ce que vous avez découvert ce matin.

Tinna inspira profondément.

– Il gisait là quand je suis arrivée. Il... Il était juste devant moi, mais je ne l'ai remarqué qu'en m'approchant du bâtiment...

– Essayez de me décrire la scène en détail, si vous le pouvez, Tinna.

– Eh bien, il faisait sombre, bien sûr, mais j'ai discerné cette forme noire sur la pelouse devant le sanatorium. Et quand je suis arrivée à sa hauteur, j'ai vu qu'il s'agissait de Fridjón... Il gisait simplement là. Il ne bougeait pas, évidemment. J'ai tout de suite compris qu'il était mort, ou du moins je l'ai immédiatement pensé.

– Vous avez vérifié ?

– Oui, bien sûr que j'ai vérifié. Sans doute un réflexe. Mais je n'ai pas senti de pouls, et c'était assez effroyable à voir, pour être honnête. Clairement, il...

Elle déglutit, puis reprit :

– Il était tombé de haut. Du balcon du dernier étage, j'imagine.

Sverrir acquiesça. Elle attendit une question qui ne vint pas et se sentit obligée d'ajouter :

– Il a dû sauter du balcon. Je ne vois pas d'autre possibilité. C'était une chute de plusieurs étages. Il n'est quand même pas monté sur le toit.

Sverrir hocha de nouveau la tête, silencieux.

– C'est si triste, poursuivit Tinna. Qu'il ait choisi cette issue plutôt que de venir vous voir et d'avouer.

– Avouer ? Vous voulez dire que...

– Il me semble évident que c'est Fridjón qui a tué Yrsa, non ? Ça a dû être sa manière de l'admettre. Ils se connaissaient depuis des années, il y avait sans doute une histoire entre eux que nous ne connaissons pas, une tragédie...

– Quelque chose qui l'aurait poussé à tuer sa collègue avant de mettre fin à ses jours environ une semaine plus tard ?

Au timbre tout à fait neutre de Sverrir, Tinna n'aurait su dire s'il partageait son avis ou s'il se montrait sarcastique.

– Oui, exactement, dit-elle avant de demander : Vous ne croyez pas ?

– C'est la grande question, Tinna. Je ne sais pas comment interpréter ces événements, même si votre théorie peut s'entendre.

– Est-ce que... Est-ce qu'il a laissé un message ? s'enquit-elle.

Sverrir hésita.

– Cela reste à déterminer, répondit-il.

Elle en déduisit que ce n'était pas le cas, et que Sverrir ne comprenait pas ce que tout cela signifiait, mais cela semblait être une bonne conclusion : le meurtrier se jette d'un balcon, accablé de culpabilité ; justice faite et enquête résolue. Aucune autre action nécessaire. Le terrible brouillard qui pesait sur l'hôpital allait bientôt se dissiper et Tinna et ses collègues ne seraient plus considérés comme des suspects.

– À ce moment-là, vous êtes entrée pour appeler la police ? l'entendit-elle demander, possiblement pour la deuxième fois, car elle s'était perdue dans ses pensées.

Elle leva les yeux et lui sourit.

Oui, mieux valait pour tout le monde que l'affaire prenne fin avec cet incident, songea-t-elle. Deux effroyables morts, la seconde annulant la première, aussi cynique que cela puisse paraître.

– Oui, je me suis précipitée à l'intérieur, répondit-elle.

– Vous avez remarqué quelque chose sur votre 'chemin, ou une fois dans le bâtiment ? Quelqu'un d'autre, peut-être ? demanda-t-il.

Consciente que la réponse qu'elle allait donner à cette question serait cruciale, elle s'empressa de dire sans l'ombre d'une hésitation :

– Non, il n'y avait personne à part moi. Qui d'autre aurait pu traîner ici à une heure pareille ?

Immédiatement, elle eut la sensation que les murs se resserraient sur elle, et le vieux papier peint à rayures vertes de la salle de pause lui parut encore plus criard qu'à l'accoutumée. Elle frissonna en attendant que Sverrir lui réponde, mais il semblait mettre plus de temps qu'auparavant à reprendre la parole – peut-être un simple effet de son imagination.

– Bien. Vous étiez donc seule dans l'hôpital ?

– Quoi ? Oui. J'étais seule.

– Fridjón a-t-il dit quelque chose, laissé entendre d'une manière ou d'une autre qu'il aurait pu tuer Yrsa ?

Tinna secoua la tête – rien ne lui venait.

Son cœur s'accéléra. Elle ne se sentait pas bien. Tout ce qu'elle voulait, c'était sortir de cette pièce et rentrer chez elle, s'emmitoufler de sa chaude couette dans sa housse rayée. Oui, s'allonger, fermer les yeux et se convaincre que le monde était simple et bon.

– Comment vous entendiez-vous ?

La voix semblait lui parvenir de loin, très loin. Elle sursauta et essaya de reprendre ses esprits.

– Quoi ? Comment, qui... ?

– Excusez-moi, Tinna. Vous voulez qu'on fasse une pause ?

– Non, tout va bien. Il y en a encore pour long-temps ?

– Non, c'est bientôt terminé. Comment vous entendiez-vous ?

– Fridjón et moi ?

Il hocha la tête et elle réfléchit une seconde.

– Je n'ai pas grand-chose à dire. Fridjón était mon patron, même si au quotidien je recevais surtout mes ordres d'Yrsa. C'est elle qui m'a engagée et qui me confiait les tâches à accomplir. Il ne se préoccupait pas trop de ce que je faisais, mais en fait, il ne se préoccupait de personne. Je crois qu'il ne s'intéressait pas beaucoup aux gens. Je l'ai toujours trouvé un peu distant, voire un peu froid, peut-être. Comme s'il se fichait de moi, ou... je ne sais pas... comme s'il se fichait de la vie en général.

Elle n'avait pas voulu employer une tournure aussi forte, mais trop tard, cela lui avait échappé.

– Si nous partons du principe qu'il a... qu'il a sauté, Tinna, ça vous surprendrait ?

Elle fronça les sourcils et marqua une pause, plus pour les apparences qu'autre chose, car la réponse lui semblait évidente.

– Non, je ne crois pas. Il avait toujours l'air un peu déprimé.

Sverrir hocha la tête.

– Fridjón était célibataire, n'est-ce pas ? demanda-t-il.

– Oui, célibataire et sans enfant. Il n'avait pas de famille, comme Yrsa.

– Très bien, ça me suffit, Tinna. On se reparlera, mais pour l'heure je vous suggère de rentrer chez vous et de vous reposer.

– Oui, je crois que ce n'est pas une mauvaise idée.

Elle se leva, lui adressant un nouveau sourire.

Toujours vêtue de son manteau, elle avait la sensation de n'être jamais sortie de chez elle ce matin, comme si elle se trouvait encore devant la porte de son appartement, et que tout ce qui s'était passé ensuite appartenait au monde des rêves. Tandis qu'elle quittait le sanatorium, ressortant dans le matin sombre et lugubre, elle réfléchit à la facilité avec laquelle elle avait menti. C'en était presque perturbant. Elle s'était abstenue de mentionner le bruit qu'elle avait entendu en allant appeler la police. Quelqu'un s'était faufilé hors du bâtiment, mais elle n'avait pas vu de qui il s'agissait. Après cela, elle aurait pu jurer avoir perçu un bruit de moteur. Elle n'avait pas remarqué de voiture devant le sanatorium à son arrivée, en dehors de celle de Fridjón, bien sûr, mais il y avait des tas d'endroits où l'on pouvait se garer en toute discrétion autour de l'hôpital. Si quelqu'un était venu dans le but précis de commettre un meurtre, nul doute que cette personne aurait laissé son véhicule à l'abri des regards.

Elle ne comptait cependant rien raconter de cela à la police, car la mort de Fridjón avait fourni une explication bien pratique à cette affaire. Désormais, son but était d'organiser un rendez-vous avec Sverrir dans des circonstances plus agréables.

2012

Helgi

Elísabet avait accepté de rencontrer Helgi dans un café du centre-ville, plutôt calme en ce milieu de journée. Il n'était pas sûr de la reconnaître, même s'il avait vu une vieille photo d'elle dans les rapports de police : des cheveux bruns noués en queue-de-cheval, des lunettes, un regard distant, une expression crispée suggérant que la vie n'avait pas toujours été tendre avec elle. À moins que la photo ait été prise un jour sans. Il l'aperçut alors à une table, dans un coin ; malgré ses trente années de plus, elle n'avait presque pas changé.

Il resta immobile un instant à l'observer, attendant que leurs regards se croisent. Lorsqu'elle leva la tête, il sourit et s'approcha.

– Bonjour. Elísabet ? Je suis Helgi.

– Oh. Oui, c'est bien moi, Elísabet, confirma-t-elle d'une voix hésitante.

Une tasse de café à moitié vide se trouvait devant elle.

– Je peux vous en offrir un autre ? demanda Helgi.

Elle secoua la tête.

– Non merci. Je ne peux pas rester très longtemps.

Devant son regard fuyant, Helgi songea qu'il s'agissait d'un mensonge.

Il s'assit.

Au téléphone, il lui avait expliqué qu'il écrivait un mémoire sur l'enquête de police ; un changement de tactique pour lui, qui auparavant disait consacrer ses recherches aux morts du sanatorium. Il soupçonnait en effet que les réactions seraient plus bienveillantes si le projecteur était braqué sur la police et pas sur le personnel de l'hôpital. Les deux étaient vrais, de toute façon.

Elísabet ouvrit le bal :

– Je ne sais rien de cette enquête, et en plus, cela fait trente ans : difficile de se rappeler les détails d'un événement aussi lointain.

Son visage était grave, comme si elle rechignait à en parler.

– Pour tout vous avouer, j'ai failli refuser de vous rencontrer, mais je n'ai pas voulu me montrer impolie.

– Je vous en remercie, je vais essayer de ne pas vous déranger trop longtemps.

– Il n'y a pas de mal, répondit-elle, plus douce.

– Vous avez donc déménagé à Reykjavík ? demanda-t-il pour briser la glace, même si la réponse était évidente – il l'avait trouvée dans l'annuaire, elle habitait un immeuble récent de la rue Sóltún.

Étrangement, la question sembla la décontenancer.

– Oui, soupira-t-elle enfin.

Elle marqua une longue pause, mais son silence tendu laissait supposer qu'elle avait encore quelque chose à dire à ce propos.

– Oui, je m'y suis décidée, finit-elle par ajouter. L'année dernière. J'ai échangé ma maison dans le Nord contre un petit appartement ici. Il m'en est resté un peu d'argent, que je compte utiliser pour voyager.

Elle touchait à un sujet qui représentait une véritable pomme de discorde dans le couple de Helgi, à savoir si le moment n'était pas venu de mettre fin à leur location pour acheter un appartement. Il inspira profondément, s'efforçant de penser à autre chose, ce qui laissa à Elísabet le loisir de poursuivre :

– Mon mari est mort l'année dernière, c'était donc maintenant ou jamais.

– Toutes mes condoléances, dit Helgi.

Cela ne sembla pas provoquer le moindre effet chez son interlocutrice. Son récit était imprégné d'une torpeur trop profonde pour s'expliquer seulement par la mort de son mari, qu'elle avait évoquée d'un ton presque détaché.

– En fait, ça n'a pas été une décision si difficile à prendre, enchaîna-t-elle. J'avais besoin de changer d'environnement, j'avais trop de souvenirs de mon époux et de notre mariage à Akureyri.

– Oui, je peux comprendre, répondit Helgi avec douceur. Et vous travaillez ici, à Reykjavík ?

– Non, j'ai pu prendre ma retraite. Mais maintenant, je pense que c'était une erreur. On devrait continuer de travailler tant qu'on en a l'énergie. La compagnie des collègues, c'est quelque chose d'essentiel.

Helgi ne savait pas vraiment comment réagir à cela.

– Oui, c'est certain, vous avez raison, acquiesça-t-il après un moment.

À vrai dire, Elísabet respirait l'insatisfaction.

– Excusez-moi, c'était hors sujet, dit-elle brusquement. Parlez-moi donc de votre mémoire. Vous étudiez les méthodes de la police, c'est ça ?

– On peut dire ça.

– Quelque chose est allé de travers dans cette enquête ?

– Oh, non, pas du tout. L'idée est plutôt d'analyser l'affaire par le biais de la criminologie, en utilisant la méthodologie que nous avons étudiée en cours, vous comprenez ?

– Hmm.

Elle hocha la tête, comme si elle s'intéressait sincèrement à ce qu'il disait. Peut-être voulait-elle simplement parler d'autre chose que de la solitude qui semblait peser sur ses épaules.

– Vous vous souvenez bien de cette affaire ?

– Si je m'en souviens bien ? Comment pourrais-je l'oublier ? Ça a provoqué un vrai raz-de-marée, pas seulement au sanatorium, mais dans toute la ville. Je ne m'y suis plus jamais sentie à l'aise après ça.

– Vous avez démissionné ? Vous avez cherché un emploi ailleurs ?

– Non, j'ai décidé de tenir bon. L'hôpital évoluait sans cesse, ils essayaient de tirer parti du bâtiment au maximum, donc mon travail était assez varié, mais mon Dieu… ce que j'ai été heureuse le jour où j'ai parcouru ces couloirs pour la dernière fois.

Elle soupira.

– L'atmosphère a toujours été lourde là-bas. Il y a eu tant de morts tragiques à l'époque où c'était un sanatorium – cela suffisait déjà à rendre ces bâtiments déprimants, et puis il a fallu que ces événements affreux arrivent. Je n'ai pas vu le corps d'Yrsa, mais bien sûr on me l'a décrit. Tinna ne ratait jamais une occasion de nous en rebattre les oreilles.

Il y avait quelque chose de piquant dans son dernier commentaire.

– Comment se passait le travail avec elle ?

– Avec Tinna, vous voulez dire ? Ça allait. Elle était ambitieuse, sérieuse, elle arrivait toujours la première, mais elle n'a jamais eu l'intention de travailler de manière permanente au sanatorium. On n'était pas assez bien pour elle, elle voulait rejoindre un hôpital plus grand, et elle ne se privait pas de le dire. Peu après la résolution de l'enquête, elle a plié bagage et...

Elle laissa la phrase mourir dans un marmonnement inintelligible.

– Moins on en dit, mieux c'est, j'imagine.

Helgi se demanda ce qu'elle s'apprêtait à lui confier, mais il ne s'estimait pas en position d'exiger des réponses.

– Vous avez été surprise ? demanda-t-il.

– Surprise ?

– Que Fridjón ait assassiné Yrsa ? Ça vous a étonnée ?

L'expression d'Elísabet se fit pensive.

– Je n'y ai pas vraiment réfléchi. Ça s'est passé, point barre. Il devait y avoir quelque chose entre eux

133

dont nous n'étions pas au courant. Ce n'était qu'une tragédie de plus, je n'ai jamais ressenti le besoin de m'attarder dessus.

Sa réponse laissa Helgi un peu perplexe. Elísabet ne semblait pas douter le moins du monde de la culpabilité de Fridjón ; en fait, elle prenait les événements avec un flegme imperturbable.

Après une courte pause, elle ajouta :

– Bien sûr, je ne l'aurais jamais cru capable d'une chose pareille avant, mais une fois qu'Yrsa a été tuée, il paraissait évident que l'un d'entre nous était impliqué. C'était... comment dire...

Elle réfléchit.

– C'était personnel, si vous voyez ce que je veux dire. Le meurtrier la connaissait. J'ai été soulagée lorsque Fridjón a mis fin à tout ça, parce que ça signifiait que nous étions tirés d'affaire.

– D'après vous, qu'est-ce qui aurait pu le mener à commettre un crime aussi affreux ?

– Je ne sais pas. Et ce n'était pas mon rôle de le découvrir. J'imagine que la police a fini par se faire une idée un peu plus précise de son mobile ?

Apparemment pas, songea Helgi, mais il se contenta d'enchaîner avec une autre question :

– Qu'avez-vous pensé du déroulement de l'enquête ?

– Je n'ai pas vraiment d'avis. Je dirais qu'ils ont travaillé correctement, je crois. L'homme en charge semblait sûr de lui. Il était assez jeune, pas plus vieux que moi à l'époque, mais je ne crois pas qu'il ait fait des erreurs. Par ailleurs, il a été très poli avec moi quand nous avons discuté.

– Il a arrêté Broddi.

– Je n'ai jamais aimé Broddi, de toute façon. Je n'étais pas mécontente qu'ils le placent en garde à vue.

– Mais n'était-ce pas une erreur de l'arrêter, avec le recul ?

– Ben... je ne sais pas. Il faut bien explorer différentes pistes pour atteindre la vérité. Ce n'est pas comme s'il s'était retrouvé en prison pendant des années, il n'a fallu que quelques jours pour régler ce malentendu. Je ne pense pas que ça ait changé grand-chose pour lui. C'était un type un peu louche, pour être honnête. J'étais toujours mal à l'aise en sa présence. Vous savez, parfois...

Elle semblait hésiter quant à la manière de formuler la suite.

Helgi eut envie de le faire pour elle : *parfois, l'habit fait le moine*. N'était-ce pas ce qu'elle comptait dire ?

Cette femme commençait sérieusement à lui déplaire.

– Et comment s'est passée la collaboration avec Thorri, une fois qu'il a pris les rênes ?

Un silence palpable, chargé de tension, suivit la question.

– On ne faisait pas une bonne équipe, finit-elle par répondre.

– Pour une raison particulière ? demanda Helgi, conscient d'être entré sur un terrain glissant, mais Elísabet ne sembla pas s'en formaliser.

Elle hésita avant de dire :

– Ce n'était tout simplement pas un bon responsable de service. Les choses se sont améliorées lorsqu'il est parti à l'hôpital régional d'Akureyri. Je crois qu'il s'en est mieux sorti là-bas, à un poste plus conventionnel. Un peu la même histoire qu'avec Tinna : le sanatorium n'était pas assez bien pour eux.

Elle émit un grognement de mépris.

Helgi se rendit compte qu'Elísabet était la seule à être restée au sanatorium jusqu'au bout. Tinna avait déménagé à Reykjavík, où elle exerçait encore le métier d'infirmière. Thorri avait rejoint le grand hôpital d'Akureyri, en plus de diriger un petit cabinet dans la capitale. Et Broddi avait été poussé vers la sortie, s'établissant en fin de compte à Reykjavík pour sa retraite. Peut-être que le sanatorium en lui-même n'était pas un lieu de travail épanouissant, cela pouvait s'envisager, mais Helgi estimait plus probable que les deux morts traumatisantes aient été la cause de ces départs prématurés. Même le meilleur lieu de travail au monde aurait du mal à se relever d'un tel drame.

La question était de savoir pourquoi Elísabet n'était pas allée voir ailleurs. Par habitude ? Parce qu'on ne lui avait jamais rien proposé de mieux ? Ou était-ce autre chose qui la maintenait là-bas ?

– Vous êtes encore en contact avec vos anciens collègues ?

– Mes anciens collègues ? répéta Elísabet comme pour gagner du temps, car il ne pouvait pas y avoir de doute sur les personnes dont il parlait.

– Ceux qui étaient là lorsque ces événements ont eu lieu : Tinna, Broddi, Thorri…

– Qu'est-ce qui vous fait croire une chose pareille ? demanda-t-elle d'un ton sec. Je n'aimais pas ces gens, je n'avais rien en commun avec eux. J'ai peut-être croisé certains d'entre eux de temps en temps. Broddi et Thorri ont vécu pendant des années à Akureyri, bien sûr, et Tinna et moi faisons le même métier. Mais je n'ai aucune envie de savoir ce qu'ils deviennent, et je suis certaine qu'ils ressentent la même chose à mon égard.

– Je vois. Bien, je ne vais pas vous retenir ici toute la journée, dit Helgi – il n'avait plus de questions à lui poser et n'appréciait guère sa compagnie. Vous avez fini votre café, et vous avez beaucoup de choses à faire, pas vrai ?

Il essaya de cacher l'ironie de son commentaire.

Elísabet se leva.

– Oui, le temps file, n'est-ce pas ? Je dois y aller, mais ce fut un plaisir, Helgi. Un plaisir de me replonger dans le passé.

Il n'y avait aucune conviction dans ses mots. Elle ajouta :

– N'hésitez pas à me rappeler si besoin.

1951

Ásta

Le soleil se montrait enfin au-dessus de l'Eyjafjördur, et cela faisait toute la différence, se disait Ásta. Les journées au sanatorium se ressemblaient toutes, et la météo lugubre rendait la mort qui parcourait ses couloirs encore plus insupportable. La lande vierge et désolée de Vadlaheidi était désormais baignée d'un lumineux soleil printanier. Elle se serait sans doute plus épanouie dans un climat chaud, et n'aurait pas été contre passer ses vieux jours ailleurs que dans le nord de l'Islande, mais ses finances ne le lui permettraient pas. Son mari et elle venaient tous deux d'un milieu modeste, ils n'avaient pas beaucoup d'argent et leur retraite ne serait pas très élevée. Non, les voyages à l'étranger étaient un luxe dont elle pouvait seulement rêver, en sachant pertinemment que ces rêves ne deviendraient jamais réalité.

Les seules choses dont elle pouvait se réjouir, c'étaient les escapades occasionnelles à Reykjavík avec son mari. Elles étaient plutôt rares, mais lorsque son cher et tendre se décidait enfin, il sortait le grand jeu.

Leur visite à la capitale l'année précédente resterait gravée dans sa mémoire, car son mari était parvenu à se procurer deux tickets pour un concert de l'orchestre symphonique fondé peu de temps auparavant. Une soirée absolument inoubliable.

En tout cas, le soleil avait daigné apparaître aujourd'hui, et cela la mettait en joie. Elle se tenait dehors dans la lumière, appuyée contre un des murs de l'hôpital, à l'abri du vent, et observait les enfants qui jouaient. Le nouveau petit garçon avait enfin pu sortir s'amuser avec les autres, grâce à elle. Fridjón ne se préoccupait pas de ce genre de choses, toujours la tête ailleurs, obnubilé par ses tâches de la plus haute importance ; quant à Yrsa... eh bien, Yrsa ne connaissait rien aux enfants, cela sautait aux yeux. C'était donc à Ásta de s'assurer que ces pauvres petits puissent vivre au moins quelques heures de bonheur. Généralement, elle profitait de l'absence de Fridjón et d'Yrsa. C'était dimanche, le personnel était donc moins nombreux que les jours de semaine. Voir ces sourires sur les visages des enfants malades lui donnait tant de joie, et un instant elle eut la sensation que son propre petit garçon courait là parmi les autres. Elle cria même son prénom, une fois, deux fois, sans réponse, avant de revenir à elle et de se rendre compte qu'elle appelait un enfant devenu adulte depuis long-temps. Constatant que les petits la fixaient avec des yeux ronds, elle s'empressa de détourner le regard, les joues rouges de honte.

2012

Helgi

Helgi était au lit lorsque son téléphone portable se mit à sonner. Endormie, Bergthóra ne remua même pas dans son sommeil. Il reposa son livre d'Ellery Queen, passablement agacé qu'on l'arrache ainsi au monde réconfortant de la fiction.

Ne reconnaissant pas le numéro, il hésita un instant puis se décida à décrocher, bien qu'il fût bientôt vingt-trois heures. Il sortit du lit et rejoignit le couloir à pas de loup pour ne pas perturber Bergthóra. Les dernières blessures commençaient à cicatriser, la vie reprenait son cours normal, même si le cycle se reproduirait tôt ou tard. Mais autant savourer la paix tant qu'elle durait.

– Allô ? répondit-il prudemment, sans savoir à quoi s'attendre.

– Helgi ? Helgi Reykdal ?

– C'est bien moi.

– Oui, bonsoir, ici Broddi, nous nous sommes parlé avant-hier.

– Ah, oui, que me vaut le plaisir ? lança Helgi, plutôt surpris.

– Je suis désolé de vous appeler à une heure pareille, mais je voulais m'excuser.

Helgi resta silencieux, attendant la suite.

– M'excuser pour mon comportement. Je n'étais pas d'humeur à parler de ce qui s'est passé, l'arrestation et tout ça. Je sais que je vous ai plus ou moins mis à la porte, mais ce n'était pas mon intention.

– Ne vous inquiétez pas. Je n'ai pas à exiger quoi que ce soit de votre part.

– Oui, je comprends, mais ça me travaillait. Je me demandais si je pouvais vous raconter ma version des faits, si vous avez quelques minutes. Je crois que ça me ferait du bien, de parler à quelqu'un.

– Bien sûr.

Arrivé dans le salon, Helgi attrapa une feuille et un stylo avant de s'asseoir.

– Le truc, c'est que ma vie n'a jamais été facile, voyez-vous. C'est comme s'il y avait cette conspiration pour mettre des obstacles sur mon chemin – encore et encore.

– Une conspiration ? fit Helgi, perplexe devant son choix de mot.

– Ben… ce que je veux dire, c'est que le destin semble s'obstiner à me mettre des bâtons dans les roues.

Broddi soupira puis ajouta :

– Comme je vous l'ai dit, ça a été difficile.

– Je vois.

Helgi pressentait la longue histoire qui allait suivre et n'était pas sûr de vouloir l'entendre.

– Vous voyez, ma mère n'a jamais eu d'argent, s'obstina Broddi après une brève pause. Elle a toujours eu du mal à joindre les deux bouts. Et elle buvait aussi. Peut-être pas énormément, mais assez pour que l'alcool soit un problème, si vous me suivez. Elle n'arrivait jamais à garder un boulot, et j'en ai souffert dans mon enfance. Je n'ai jamais rencontré mon père, et mon frère n'a jamais rencontré le sien non plus. Cela dit, lui connaissait au moins son identité. Moi, je n'ai jamais su qui était mon père, et je soupçonne à vrai dire que ma mère n'en était pas certaine. Ensuite, mon petit frère est mort, et Maman et moi, on s'est retrouvés seuls. On avait à peine de quoi se nourrir, même si je gagnais un peu d'argent au sanatorium. Les choses commençaient à prendre un tournant positif, vous voyez – en tout cas, le boulot se passait bien pour moi. Maman est morte à son tour, me laissant l'appartement, et je me suis dit qu'il fallait que je partage ma vie avec quelqu'un. Quelqu'un de gentil. Je ne voulais pas être seul, vous comprenez ?

Il se tut, et Helgi perçut un lourd soupir au bout du fil.

– J'avais même commencé à fréquenter une femme. Et puis je me suis fait arrêter. Cet inspecteur, Sverrir, c'est lui qui m'a mis en garde à vue, je m'en souviens comme si c'était hier. Il y avait une autre policière avec lui, elle ne parlait pas beaucoup, mais ils affirmaient que j'avais tué Yrsa, et bientôt tout le monde, je dis bien *tout le monde*, m'a cru coupable. Le fait que je sois finalement libéré n'a rien changé, ce genre de déshonneur vous colle à la peau dans une petite communauté comme la nôtre. Tout le monde se connaît à Akureyri, et les gens se méfiaient de moi après ça. Imaginez devoir traverser une épreuve pareille, Helgi.

– Je peux tout à fait croire que ça a été difficile.

– Je crains que vous ne puissiez pas vous mettre à ma place, mais je vais vous dire ce que ça faisait, oui, je vais vous le décrire aussi précisément que possible, Helgi. Vous savez comment sont certains jours... ces belles journées d'été, quand vous vous réveillez, que le soleil brille par la fenêtre et que vous vous dites : ça va être une journée merveilleuse. Vous vous autorisez même à avoir hâte de la vivre – vous en avez bien le droit, de temps en temps. Vous visualisez la scène, Helgi ? Vous êtes allongé dans votre lit, vous voyez par la fenêtre cette matinée ensoleillée et vous osez, vous *osez*, avoir hâte de vivre cette journée. Puis vous fermez les yeux, Helgi, et quand vous les rouvrez, vous êtes dehors et le soleil a disparu. C'est le soir, et il a commencé à pleuvoir, Helgi, et les gouttes tombent sur votre visage, sur vos joues, elles se transforment en larmes, parce que vous pleurez, Helgi, vous vous mettez à pleurer parce que vous ne comprenez pas ce qui s'est passé, vous savez seulement que vous avez perdu cette journée de soleil, que vous vous tenez sous la pluie, que vous avez froid et que vous êtes seul. Et ensuite...

Il marqua une pause pour respirer avant de reprendre sa logorrhée :

– Et ensuite, Helgi, vous comprenez que quelqu'un vous a volé cette journée d'été, quelqu'un vous a volé la vie elle-même, soit par accident, soit volontairement. C'est ma vie, en résumé, Helgi. Elle a disparu, purement et simplement, mes meilleures années se sont envolées. J'ai été chassé de ma ville et forcé de déménager à Reykjavík.

Il redevint silencieux, probablement pour reprendre son souffle, mais Helgi saisit l'occasion :

– Je ne sais pas quoi vous dire, Broddi. Vous sous-entendez que votre simple arrestation a suffi à avoir ces conséquences dévastatrices ?

– C'est peut-être difficile à croire, répondit Broddi, plus calme, mais je n'ai pas le moindre doute. Vous ne pouvez pas imaginer ce que ça fait d'être arrêté, accusé d'un crime terrible, absolument effroyable, alors que vous vous savez innocent, Helgi. Non, même en tant que criminologue, vous ne pouvez pas imaginer.

– Vous avez peut-être raison. Mais en tout cas, je sais qu'il est primordial que justice soit faite, même tardivement.

– Êtes-vous en train de m'annoncer que l'enquête va être réouverte ? demanda Broddi.

– Cela ne dépend pas de moi, répondit Helgi.

Ce n'était pas tout à fait vrai. Après tout, il ne tarderait pas à rejoindre la police, ça ne faisait plus aucun doute. Par ailleurs, étant donné la tournure que prenait cette affaire, il avait presque envie d'abandonner son mémoire et de se lancer dans une enquête formelle pour essayer de déterminer ce qui s'était réellement passé en 1983.

– De toute façon, il est trop tard à présent, pas vrai ? dit Broddi, une tristesse manifeste dans la voix. Beaucoup trop tard.

– Merci de m'avoir rappelé, Broddi. Et de m'avoir raconté votre histoire.

– Gardez-la pour vous, s'il vous plaît. Je ne voulais pas vider mon sac comme ça, mais parfois, on se laisse dépasser par les émotions, surtout à mon âge.

– Je vous tiendrai au courant si quelque chose ressort de mes recherches. Et peut-être qu'on pourra reprendre un café à l'occasion. Même si je risque d'être très pris par mon mémoire ces prochaines semaines.

– Appelez-moi quand vous voulez. Je suis toujours prêt à rendre service.

Lorsqu'il eut raccroché, Helgi se dit qu'il essaierait de recontacter Tinna au plus vite. Désireux d'obtenir une vision plus globale de l'affaire, il avait l'intuition qu'il n'y arriverait pas sans elle.

2012

Helgi

Cette fois, les dégâts étaient plus sérieux que d'habitude.

Leur télévision, leur écran plat tout neuf, gisait par terre, en morceaux. Il fallait que cela cesse. Un nouveau téléviseur leur coûterait un bras, et rien ne garantissait qu'ils pourraient s'offrir un écran plat de sitôt, mais ce n'était pas le problème majeur. Ils ne pouvaient pas continuer comme ça, ces disputes à répétition, ces affrontements incessants. Par ailleurs, ils avaient fait un capharnaüm de tous les diables. Helgi était surpris que le voisin n'ait pas rappelé la police. De quoi au moins éprouver un peu de reconnaissance.

Il balaya le vase brisé, mais laissa la télévision en l'état. Cela pouvait attendre le lendemain matin, le mal était fait. De toute façon, il ne prenait pas spécialement plaisir à la regarder, et il pouvait suivre les informations sur son ordinateur. Peut-être aurait-il désormais plus de temps pour lire. Abandonné à mi-chemin, le livre d'Ellery Queen était retourné dans sa bibliothèque. Il avait mal vieilli. À la place, Helgi avait opté pour une valeur sûre, l'une des premières traductions islandaises d'un roman d'Agatha Christie intitulé *Le Meurtre de Roger Ackroyd*[1], qui faisait partie de ses favoris. Datant de 1941, la traduction avait néanmoins résisté à l'épreuve du temps, et la langue employée avait transporté Helgi dans une époque lointaine et révolue. C'était exactement le genre de relaxation dont il avait besoin à cet instant. Comme toujours, Bergthóra s'était précipitée dans la chambre où elle s'était enfermée. Qu'à cela ne tienne. Il commençait à s'habituer à dormir sur le canapé.

On frappa à la porte.

Il sursauta au point de faire tomber son vieux livre par terre et lâcha un juron.

Était-ce à nouveau la police ?

Que pouvait-il dire cette fois pour se débarrasser d'eux ?

De nouveaux coups contre la porte.

Il se précipita dans l'entrée et jeta un coup d'œil au miroir. Et merde, sa chemise était déchirée, mais au moins il n'y décelait pas la moindre trace de sang.

Il attrapa une veste suspendue à la patère et l'enfila. Cela paraîtrait sans doute étrange, mais c'était mieux que d'exhiber sa chemise en lambeaux.

Il ouvrit la porte et eut la surprise de tomber nez à nez avec son voisin qui, les cheveux ébouriffés et la chemise à moitié boutonnée, semblait comme toujours se réveiller après une nuit de fête. Encore une fois, il était essoufflé à cause de ses kilos en trop.

---

1. En islandais, *Poirot og læknirinn*, « Poirot et le médecin ». *(Toutes les notes sont du traducteur.)*

148

– Helgi, dit-il, la mine renfrognée.

Il se tenait parfaitement immobile comme pour marquer son territoire, comme si la maison lui appartenait, ce qui n'était pas du tout le cas.

– Bonsoir, je m'apprêtais à sortir, répondit Helgi en souriant à contrecœur.

– Vous avez encore fait un boucan pas possible. Vous savez que j'ai des enfants en bas âge.

Élevant la voix, le voisin mangea ses mots. S'énerver ainsi ne lui allait pas.

– Nous avons eu un petit accident, un vase s'est cassé. Le plafond doit être fin comme du papier, vu comme vous vous plaignez.

– Ça ne peut plus durer. Vous faites peur aux enfants.

– J'imagine que je dois vous remercier de ne pas avoir appelé la police, cette fois.

– Je... euh... je...

– Je sais que vous m'avez envoyé les flics, l'autre jour.

Plissant les yeux, Helgi enjoliva quelque peu la vérité et ajouta :

– Vous avez conscience que je travaille moi-même pour la police, n'est-ce pas ?

– Quoi ? Non, je ne savais pas.

– Très bien, maintenant vous le savez. Et laissez-moi vous dire une chose : je n'aime pas qu'on fasse perdre du temps aux forces de l'ordre avec ce genre d'âneries.

– Je peux parler à votre femme ? demanda le voisin, après un silence gêné.

– Pourquoi vous voulez lui parler ? Elle n'a rien à vous dire, même si elle a plus de patience que moi

149

avec vous. En ce qui me concerne, j'en ai plus qu'assez que vous vous mêliez de nos affaires.

Le voisin émit un grognement.

– Et moi, je ne veux pas vivre dans ces conditions. C'est presque tous les jours.

– Dans ce cas, vous devriez peut-être déménager, rétorqua Helgi avant de claquer la porte.

Il retira sa veste, se précipita dans le salon et se laissa tomber sur le canapé, reprenant son livre d'Agatha Christie d'une main tremblante.

Il se rendit bientôt compte qu'il avait oublié de mettre de la musique. Rien ne lui procurait autant de plaisir que de lire sur fond de jazz, mais il était confortablement installé à présent et ne voulait plus bouger.

Même la bouteille de vin rouge vide sur la table, en plein milieu de son champ de vision, pouvait rester là encore un temps, bien qu'elle lui rappelle leurs tensions, leurs disputes ; en un sens, elle en était même la cause. En un sens, oui, mais les racines étaient évidemment plus profondes.

La couverture du livre n'arborait pas la moindre image, aucun résumé au dos, rien qui ne dévie l'attention du roman. Il l'avait déjà lu de nombreuses fois, mais dès que ses yeux se posèrent sur la première phrase, il fut transporté dans un monde imaginaire où rien ne pouvait plus l'atteindre.

1983

Tinna

Le soir venu, Tinna n'arrivait pas à se débarrasser du frisson qui s'était emparé d'elle. Elle avait essayé de se glisser dans son lit, mais rien n'y faisait : elle tremblait comme une brindille sous l'effet du vent. Une fois dans l'obscurité de sa chambre, elle avait senti la peur s'insinuer en elle ; n'osant pas fermer les yeux, elle observait chaque ombre. Au bout d'un moment, elle avait abandonné, s'était relevée, avait allumé la lumière et décidé de prendre un bain chaud. Elle ne s'accordait ce luxe que trop rarement, et c'était peut-être précisément ce dont elle avait besoin après cette journée difficile. Non, pas difficile : surréaliste. Tinna savait que si elle fermait les yeux, un double cauchemar l'attendait. Comme si les épouvantables visions du corps sans vie d'Yrsa ne lui suffisaient pas, elle serait à présent aussi hantée par celles du corps de Fridjón.

Son bain brûlant l'aida à disperser ses pensées un instant. Elle avait allumé une bougie, mais n'avait pas eu le courage d'éteindre la lumière de la salle de bains. Tandis qu'elle se prélassait, l'eau chaude mit fin à son frissonnement, et elle s'autorisa enfin à fermer les paupières, glissant tout doucement la tête sous la surface de l'eau et retenant son souffle aussi longtemps que possible. Concentrée sur sa respiration, elle sentit ses angoisses s'évanouir.

Malgré la taille modeste de son appartement, elle se laissait parfois déborder par la peur, car elle n'avait pas l'habitude de vivre seule. Dans ces moments-là, elle redevenait la petite fille qui n'osait pas sortir de sa chambre la nuit, chez ses parents. Il n'y avait pas besoin de grand-chose : un bruit qu'elle ne reconnaissait pas, un sentiment de malaise. Pour ne rien arranger, l'appartement se situait au rez-de-chaussée, ce qui en faisait une cible idéale pour qui aurait voulu s'y introduire par effraction. Son pire cauchemar : se réveiller dans son lit et voir la silhouette d'un inconnu la surplomber de toute sa hauteur. Cela n'était évidemment jamais arrivé, mais les événements de ces derniers jours au sanatorium avaient ravivé toutes sortes d'angoisses, de peurs irrationnelles, et à présent elle ne désirait rien plus que se réfugier chez ses parents et dormir là-bas. Mais c'était hors de question, elle devait se comporter en adulte, malgré tout ce qui s'était passé.

Personne ne va me faire de mal, se dit-elle avant de remonter à la surface. Elle se répéta ce mantra encore et encore, jusqu'à le prononcer d'une voix audible – dans un chuchotement, pour que seuls les murs l'entendent.

Mais les souvenirs de ce matin-là, des jours passés, l'accablèrent de nouveau dans le silence. Impossible de leur échapper.

Les carreaux bordeaux ornés de roses recouvrant les murs de la salle de bains n'étaient pas du tout du goût de Tinna. Dès son emménagement, elle avait voulu les arracher, mais elle ne s'y était toujours pas résolue, consciente de la dépense que cela engendrerait. Et au fond, elle savait qu'elle ne vivrait pas très longtemps ici. C'était son premier appartement, pour ainsi dire une étape. Elle projetait tôt ou tard de s'installer à Reykjavík.

Cette couleur bordeaux et ces fleurs criardes lui inspiraient un tel dégoût qu'elle en était presque malade. Elles lui donnaient l'impression étouffante d'être prisonnière du passé. Allongée dans son bain, immobile, elle fixa le plafond. Lui au moins était peint dans un blanc parfaitement neutre. *Le néant plutôt que la nausée*, songea-t-elle.

Un bruit attira soudain son attention. Un froissement furtif, comme si quelqu'un avait bougé dehors. La fenêtre de sa salle de bains, couverte d'un film gris translucide, donnait sur le jardin à l'arrière de son immeuble. Jamais personne n'y allait – il n'y avait rien à y faire, surtout pas en plein hiver, dans les ténèbres nocturnes. Elle avait dû rêver.

Elle se redressa dans sa baignoire et resta immobile, du moins autant que possible, l'eau ondulant légèrement autour d'elle ; à présent, elle n'entendait plus que le son de sa respiration se réverbérant contre ces insupportables carreaux, les roses semblant se refermer sur elle. Son souffle se fit de plus en plus rapide à mesure que sa peur s'intensifiait, mais elle essaya de se convaincre que le bruit avait été le fruit de son imagination, qu'il n'y avait rien à craindre. Ce ne devait être qu'un chat, ou quelque chose d'aussi inoffensif ; les événements de l'hôpital l'avaient laissée dans un tel état de tension que même les sons du quotidien devenaient menaçants. Toujours figée, elle continua à tendre l'oreille.

Tout était calme dehors. Elle devait prendre garde à ne pas se laisser dépasser par son imagination, elle avait bien assez de soucis comme ça.

Refermant les yeux, elle relâcha ses muscles tendus, se préparant à s'immerger de nouveau pour vider son esprit.

C'est alors qu'elle l'entendit encore. Cette fois, pas de doute : il y avait quelqu'un dehors, désagréablement proche de la fenêtre, presque comme si l'inconnu voulait qu'on le remarque. La vitre entrouverte par laquelle la condensation s'échappait et la lumière allumée ne laissaient pas place au doute quant au fait qu'elle était chez elle, et précisément dans cette pièce.

Elle se redressa dans un tourbillon de remous, ses muscles se tendant de nouveau sous l'effet de la peur. La solitude lui pesait déjà en temps normal dans cet appartement, mais maintenant, il était clair qu'un intrus se trouvait derrière la fenêtre.

Avait-elle bien fermé la porte d'entrée à clé ?

Elle se mit à trembler.

Elle tournait le dos à la fenêtre et ne trouvait pas le courage de regarder derrière elle, même si elle était bien consciente de repousser l'inévitable. Si quelqu'un comptait lui faire du mal, aussi improbable cela soit-il, elle était une cible aisée. La priorité, c'était donc de sortir de son bain. Elle inspira profondément et se leva dans un bruyant clapotis qui la fit grincer des dents, puis s'efforça de maintenir son équilibre dans la baignoire glissante.

Elle céda enfin à la tentation de regarder par la fenêtre, à son corps défendant, la curiosité l'emportant sur la raison.

Elle discerna une vague ombre contre la vitre, une silhouette dans les ténèbres qui semblait essayer de regarder à travers le film translucide.

Elle se sentit totalement vulnérable, nue dans cette salle de bains éclairée, seule chez elle. Jamais elle n'avait éprouvé une telle terreur.

Dans un vif mouvement de recul, elle glissa et tomba en arrière. Une chute aussi irréelle que glaçante, un instant qui lui sembla durer une éternité, et elle eut la conviction que c'était le dernier – qu'elle se cognerait la tête et se noierait. Mais par miracle, elle parvint à se rattraper avec les mains et atterrit dans l'eau sans se blesser, provoquant une énorme éclaboussure. Paniquée, elle s'extirpa tant bien que mal de la baignoire ; l'ombre se dessinait toujours contre la fenêtre, immobile – il ne faisait aucun doute qu'il s'agissait d'une personne.

Tinna s'enfuit dans le couloir, ses pieds mouillés glissant sur le linoléum, et elle se jeta sur la porte d'entrée pour vérifier la poignée. Bien verrouillée, Dieu merci. Elle s'isola ensuite dans la petite pièce qui lui servait de débarras, la seule sans fenêtre de l'appartement, où elle s'enferma à clé, même si la porte ne la protégerait pas longtemps d'un véritable danger. En dernier ressort, elle poussa le bureau devant. Pendant tout ce temps, son esprit cherchait désespérément qui pouvait bien être cet intrus, et ce qu'il lui voulait. Ce devait être lié aux événements du sanatorium. Quoi d'autre ?

Tinna se blottit dans un coin de la pièce plongée dans le noir, nue, tremblante et plus seule que jamais, écoutant les battements de son cœur et s'efforçant de maîtriser sa panique.

1983

Tinna

La nappe à carreaux bleus, le service de table bleu-gris, les couverts sans fioritures, la carafe d'eau danoise en cristal, tout cela était si familier, si délicieusement vieillot, exactement ce dont Tinna avait besoin à cet instant, le lendemain de la mort de Fridjón – et du soir où un intrus était apparu à sa fenêtre, la laissant presque paralysée de peur.

Elle avait attendu au moins une demi-heure, seule dans le noir de cette pièce sans fenêtre, une demi-heure qui avait semblé s'étirer à l'infini. Ses yeux s'étaient peu à peu habitués à l'obscurité, seulement rompue par un trait de lumière sous la porte, mais elle avait mis longtemps à maîtriser ses tremblements, et pendant un moment elle avait même douté qu'elle trouverait la force de ressortir. Finalement, elle avait pris son courage à deux mains et s'était de nouveau glissée dans le couloir, les dents claquant autant à cause du froid que de la peur. À chaque pas elle s'immobilisait et tendait l'oreille, éteignant toutes les lumières sur son passage, avant d'avoir enfin la certitude que l'intrus était parti. Après cela, elle avait tiré les rideaux devant toutes les fenêtres, non sans s'être assurée que celles-ci étaient bien fermées. Elle avait bien sûr eu de grandes difficultés à s'endormir et, une fois assoupie, elle avait subi de terribles cauchemars. Elle ne se souvenait plus de ce dont elle avait rêvé, pas dans les détails, seulement de cette vague sensation de menace.

À présent, après une énième étrange journée au travail, elle était assise à table chez ses parents dans la rue voisine, reconnaissante pour leur compagnie, même si elle avait craint de devoir parler des événements qui touchaient l'hôpital.

L'odeur du gigot d'agneau servi pour le dîner lui rappelait les dimanches soir de son enfance et de son adolescence, toujours identiques, monotones, le même rôti trop cuit. Cette routine, elle l'avait fuie à la première occasion, partant étudier à l'université de la capitale, puis emménageant dans son propre appartement à son retour à Akureyri. Et maintenant, elle comptait bien dénicher un poste à Reykjavík, aussi loin que possible de ses parents. Pourtant, à cet instant, elle se sentait tout à fait à sa place, et pour rien au monde elle n'aurait voulu être ailleurs.

– Tu es sûre de ne pas vouloir passer la nuit ici ? demanda son père – pas pour la première fois de la soirée.

D'un naturel démonstratif et affectueux, il se pliait en quatre et s'inquiétait pour Tinna depuis toujours, aussi loin qu'elle se souvienne. Gudrún, sa mère, se montrait au contraire souvent glaciale, peu prolixe, et les rares fois où elle prenait la parole, son ingérence lui attirait facilement des ennemis. Au fil des années, Tinna avait eu de plus en plus de mal à la supporter, ce qui avait sans doute précipité sa décision de quitter le nid. Elle aimait sans aucun doute sa mère, et c'était réciproque, mais elles ne s'entendaient tout simplement pas. À vrai dire, Gudrún ne s'entendait avec personne, en dehors peut-être du père de Tinna. Entre eux semblait régner une sorte d'accord tacite, qui les poussait à se tolérer l'un l'autre, voire à s'aimer.

– Oui, je suis sûre, Papa. J'aime bien mon appartement, et il est juste à côté.

– Je sais, je sais, mais la situation est loin d'être normale, Tinna. Ces morts... j'en ai froid dans le dos. Non, ça n'a rien de normal. Sans parler du fait que c'est toi qui as découvert les deux corps – c'est terrible, absolument effroyable.

– Laisse-la donc un peu tranquille, rétorqua Gudrún d'une voix sèche, comme toujours. Tinna est adulte. Elle sait se débrouiller toute seule. Par ailleurs, ça me semble évident : Fridjón a massacré cette pauvre femme, puis il s'est jeté dans le vide.

Après un court instant de réflexion, elle ajouta :

– J'ai quelques souvenirs de lui, il ne m'a jamais fait bonne impression. Il était arrogant, et il dégageait quelque chose qui n'inspirait pas confiance. On doit pouvoir faire confiance à un médecin.

Typique de sa part de juger ses semblables, même après leur mort, songea Tinna. De son côté, elle avait toujours apprécié Fridjón.

Elle n'avait évidemment pas mentionné l'intrus de la veille à ses parents, ni le fait qu'elle avait entendu quelqu'un se précipiter hors du sanatorium lorsqu'elle avait découvert le corps de Fridjón. Pour l'instant, elle préférait garder ces informations pour elle.

– Comment ça se passe à l'hôpital, ces jours-ci, Tinna ? demanda son père. J'imagine que vous n'avez pas la tête à travailler. De toute façon, vous ne faites que de la paperasse pour l'hôpital régional, non ?

– Eh bien, on fait de notre mieux étant donné les circonstances.

– Oui, je veux bien le croire. Prends donc du Coca, ma chérie, ça va te redonner un peu d'énergie.

Boire du Coca avec le gigot d'agneau dominical figurait parmi les traditions familiales, une petite bouteille en verre chacun, et ce soir ils respectaient cette coutume, bien que ce ne fût pas dimanche. La bouteille de Tinna demeurait scellée, en vérité elle aurait préféré quelque chose de plus fort, mais elle n'avait pas l'habitude de boire de l'alcool devant ses parents.

Son père lui tendit un ouvre-bouteille et, après avoir fait sauter la capsule, elle but une gorgée.

– De toute façon, je ne compte pas m'éterniser là-bas, annonça-t-elle sans réfléchir.

– Ah ? s'exclama sa mère, fronçant les sourcils.

– Non, je pense postuler à Reykjavík – pas tout de suite, mais d'ici un an ou deux.

– Oh, ça nous faisait tellement plaisir que tu vives juste à côté, se lamenta son père. Mais bien sûr, c'est ta vie.

– Pour tout vous dire, je ne me sens pas toujours à l'aise au sanatorium, admit Tinna après un court silence – et c'était la vérité. Il y a un trop lourd passé dans ces murs, trop... trop de chagrin, oui. Et les histoires de ces derniers jours ont eu un impact aussi, tu comprends ?

Elle se rendit compte qu'elle s'adressait uniquement à son père. Elle n'aurait jamais partagé ce genre de réflexions avec sa mère, même si en l'occurrence elle était assise à table avec eux.

– C'était si terrible, dans le temps, acquiesça son père. La tuberculose ne faisait pas de quartier. C'était l'une des premières causes de mortalité en Islande, surtout à Reykjavík, avant qu'on parvienne à l'éradiquer. Difficile à croire aujourd'hui. Le pire, c'était quand on apprenait qu'un enfant était touché. Certains survivaient, d'autres n'avaient pas cette chance. Mon ami Oddur l'a eue, et il a passé un long séjour au sanatorium, même s'il a fini par se remettre étonnamment bien. À l'époque, ce bâtiment était associé à la mort dans l'esprit des gens, mais naturellement ça a changé – enfin, ça *avait* changé, avant les événements récents.

2012

Thorri

Thorri se dit que ce jeune homme devait être bien excentrique pour s'intéresser à cette vieille affaire après tout ce temps. De son côté, il avait essayé de ne plus y repenser, enterré ces souvenirs pour se concentrer sur son travail, une décision qui lui avait plutôt réussi. Transféré du vieux sanatorium à l'hôpital régional d'Akureyri, il avait quitté avec soulagement ces couloirs lugubres qui semblaient abriter des fantômes dans chaque recoin.

Pour compléter son salaire, Thorri se rendait à Reykjavík environ toutes les deux semaines afin d'opérer au sein de sa clinique privée, et le prochain voyage était prévu pour le lundi suivant. Il avait donc dit au dénommé Helgi qu'il le rencontrerait avec plaisir à ce moment-là, même si en vérité il était plutôt réticent.

Il repensa à ses anciens collègues – ceux qui vivaient encore. Tinna et Elísabet avaient toutes les deux déménagé à Reykjavík, tandis que lui avait résisté à la tentation, plus à l'aise au sein d'une communauté restreinte, et le fait était que sa carrière avait décollé à Akureyri. Longtemps, c'était son père qui l'y avait retenu, directement ou indirectement, jusqu'à sa mort à un âge étonnamment avancé compte tenu de ses mauvaises habitudes. Il avait vécu dans la rue pendant des années, mais lorsqu'il arrêtait de boire, Thorri l'accueillait chez lui, et le vieil homme se montrait tendre et aimant envers ses petits-enfants. Malheureusement, il finissait toujours par disparaître de nouveau, replongeant dans l'alcool et retournant à la rue. D'une grande intelligence, il avait été promis à une belle carrière de médecin dans sa jeunesse, mais ne résistant pas à la pression, il avait fini divorcé et sans domicile fixe.

Il y avait ensuite Broddi. Thorri n'avait pas revu le gardien depuis des années, mais apparemment, il s'était lui aussi établi à Reykjavík. Il ne s'était jamais vraiment remis de son arrestation, après laquelle il avait connu des temps difficiles à Akureyri. Les gens pouvaient se montrer cruels, surtout envers quelqu'un comme Broddi, une sorte de marginal, et pour ne rien arranger, l'enquête n'avait jamais été formellement résolue, elle s'était simplement essoufflée après le suicide de Fridjón et avait fini par être classée dans l'indifférence générale. La police n'était pas parvenue à conclure de manière certaine qu'il s'agissait bien d'un suicide, mais il semblait évident que le pauvre homme n'avait pas chuté par accident – la balustrade n'était pas si basse.

En consentant à la requête de Helgi, Thorri avait la sensation d'avoir accepté d'ouvrir une porte sur le passé, une porte qu'il aurait préféré garder fermée. Tandis que les visages des personnes impliquées lui revenaient en mémoire, sa nervosité à la perspective de cette rencontre ne faisait que s'accroître, comme s'il se rendait à un examen oral sans avoir révisé. Mais il ne pouvait pas dire non. Quelque chose dans cette vieille affaire la rendait inoubliable, impossible à chasser de son esprit. Pourtant, il s'en était pour ainsi dire sorti indemne. À sa connaissance, il n'avait jamais été considéré comme suspect. Peut-être était-il trop jeune, trop inexpérimenté pour que quiconque envisage qu'il ait pu vouloir du mal à Yrsa.

Et là résidait l'illusion, en un sens. Car s'il n'avait en effet rien contre Yrsa, on ne pouvait pas en dire autant de sa relation avec Fridjón.

2012

Helgi

Pare-chocs contre pare-chocs, les voitures avançaient péniblement dans les bouchons de la fin d'après-midi sur le boulevard Hringbraut, et Helgi devait fournir un effort incommensurable pour ne pas perdre patience. La circulation avait empiré depuis ses études à l'étranger, et les véhicules ne cessaient de se multiplier sur la route. Sans doute en partie à cause du nombre grandissant de touristes. L'émission de l'après-midi sur Radio 2 grésillait dans les vieilles enceintes, un son si piteux et étouffé qu'on aurait pu croire qu'il venait de la voiture d'à côté. Le débat du jour portait sur le marché de l'immobilier. En temps normal, Helgi n'y aurait pas prêté attention, mais depuis peu Bergthóra insistait pour qu'ils deviennent propriétaires, affirmant qu'ils ne pouvaient pas rester éternellement locataires, et qu'ils feraient bien d'économiser autant que possible d'ici la fin de l'année, afin de constituer un apport et d'investir dans un petit appartement au printemps suivant. L'intervenant était un ancien musicien reconverti dans le domaine de l'économie. Helgi se fit la remarque qu'en

Islande, on devait avoir au moins deux emplois pour espérer survivre. Bergthóra et lui n'étaient parvenus à accumuler que des dettes à l'époque où il travaillait comme intérimaire dans la police et elle comme éducatrice spécialisée. Aujourd'hui, en revanche, la perspective d'un salaire décent se profilait à l'horizon, s'il acceptait ce poste de commandant au sein de la brigade criminelle.

Bergthóra voulait un appartement – de petite taille bien sûr, car c'était tout ce dont ils avaient les moyens. L'homme interviewé à la radio expliquait que les prix de l'immobilier allaient flamber dans les années à venir, acheter maintenant semblait donc judicieux, même si cela signifiait vivre en périphérie et devoir supporter des ralentissements tels que celui-ci chaque jour sur la route du travail. Le problème, c'était surtout que Helgi avait du mal à envisager un avenir à long terme incluant Bergthóra. En toute honnêteté, il n'était pas sûr de vouloir acquérir un bien avec elle, même pas sûr que leur relation tiendrait dans le temps ; simplement, il ignorait quand ce ballon de baudruche éclaterait – avec fracas. Il repoussait sans cesse la décision, encore et encore, préférant planifier le week-end suivant, le mois suivant, même les vacances d'été, tandis que les choix déterminants étaient mis en attente. Devenir propriétaires ou devenir parents, dans cet ordre ou dans l'autre.

Si seulement il avait hérité quelque chose de plus substantiel que les livres de son père, inestimables à ses yeux mais dépourvus de la moindre valeur pécuniaire, il aurait pu suivre les conseils de l'économiste à la radio et investir dans un logement à lui. Mais aucune chance que cela se produise dans l'immédiat.

Abandonnant le fil de ses pensées, il se reconcentra sur son entrevue à venir. Il était en route pour rencontrer Thorri, le médecin d'Akureyri, qui lui avait expliqué passer au moins deux semaines par mois à Reykjavík, et avait accepté de s'entretenir brièvement avec lui.

Thorri ouvrit en personne la porte de sa clinique, les cheveux soigneusement coiffés en arrière, vêtu d'une blouse blanche par-dessus sa chemise de la même couleur, agrémentée d'une cravate rouge. Il était grand et dégageait un air d'intelligence avec son regard perçant et sa posture qui suggéraient qu'il parvenait toujours à ses fins. Presque le parfait opposé de Broddi.

La salle d'attente – ou le hall d'accueil – paraissait tout droit tirée d'un magazine de décoration : immaculée, meublée de canapés et tables basses au design moderne, dépourvue de la moindre vieille revue aux pages cornées, elle semblait n'avoir jamais accueilli de patients. Le seul tableau accroché au mur, une grande peinture abstraite, donnait l'impression de contempler un horizon lointain.

– La circulation devait être difficile, commenta Thorri en jetant un coup d'œil à l'heure.

Malgré son ton détaché, il s'agissait clairement d'une pique liée à l'arrivée tardive de Helgi. Sans attendre de réponse, il esquissa un bref sourire et dit :

– Installons-nous dans mon bureau.

La pièce en question se révéla encore plus froide et impersonnelle que la salle d'attente. Incolore, murs blancs, mobilier noir, un ordinateur portable et rien d'autre sur le bureau. Difficile d'imaginer que quelqu'un travaillait ici.

– Merci de prendre le temps de me rencontrer, dit Helgi. Vous devez être très occupé.

Thorri s'installa derrière son bureau et fit signe à Helgi de s'asseoir à son tour. La seule chaise à sa disposition semblait beaucoup moins confortable que le fauteuil du médecin, sans doute une volonté de montrer qui détenait le pouvoir.

– Oui, je ne manque pas de boulot, c'est souvent le cas dans ma profession, répondit Thorri, sa voix trahissant une pointe de condescendance.

– Vous exercez à la fois ici et à Akureyri, c'est bien ça ?

– Tout à fait. Je travaille à l'hôpital d'Akureyri, et j'ai mon cabinet privé ici. Je le partageais autrefois avec quelques collègues, mais aujourd'hui j'exerce seul, ce qui rend les choses beaucoup plus simples.

– Vous ne travaillez plus dans le même établissement qu'à l'époque ? Je veux parler du vieux sanatorium.

– Mon Dieu, non ! s'exclama Thorri d'un ton indigné. Je suis parti il y a des années. Le service est encore en activité, mais le travail y est très limité, et je cherchais un environnement plus stimulant.

– Je vois, acquiesça Helgi. Comment vous êtes-vous retrouvé là-bas, à l'origine ?

– Hein ? Euh… je menais une étude sur la tuberculose, je réexaminais de vieux cas, les dossiers médicaux de l'époque, ce genre de choses. Mais je n'ai jamais eu l'intention de rester très longtemps au sanatorium. J'avais reçu un financement généreux pour ce projet de recherche, et puis...

– Et puis, Fridjón est mort et vous l'avez remplacé à la direction du département.

– Je n'ai pas vraiment eu le choix, Helgi. Qu'étais-je censé faire ? Ce poste ne m'attirait pas plus que ça, mais le directeur est mort, il s'est jeté du balcon. Si je me souviens bien, je suis resté un peu plus d'un an, j'ai fait le ménage et remis de l'ordre dans la gestion du département, puis j'ai demandé à être transféré à l'hôpital régional dès que l'occasion s'est présentée.

Helgi griffonna quelques notes sur son carnet, surtout pour les apparences, car il se fiait plutôt à sa mémoire, qui ne lui faisait jamais défaut.

– Vous avez fait le ménage, dites-vous ?

– Oui.

– Qu'entendez-vous par là ?

– J'ai réorganisé les finances, répondit-il avant de marquer une pause. Et j'ai viré Broddi.

– Pourquoi ?

– Il avait été placé en garde à vue, soupçonné de meurtre. Ça ne suffit pas ?

– Il a été relâché, et aucune charge n'a été retenue contre lui.

– Peu importe, c'était un type bizarre, dit Thorri, avant d'ajouter de manière précipitée : Ne me citez pas directement dans votre mémoire, hein ? Je me permets de vous parler assez librement, mais ça reste entre nous.

Helgi se demanda soudain si Thorri n'avait pas bu. Mais si c'était le cas, il le cachait bien.

– Comment l'a-t-il pris ?

– Broddi ?

– Oui.

– Mal, bien sûr, comme vous pouvez l'imaginer, mais ce n'est pas ma responsabilité, je n'ai pas à garantir du travail à tout le monde.

Quelque chose dans l'attitude du médecin – une certaine imprudence, peut-être – confortait de plus en plus Helgi dans l'idée qu'il avait effectivement consommé de l'alcool.

– D'où vous est venu cet intérêt pour la tuberculose ? demanda-t-il.

– Cet intérêt ?

– Eh bien, vous disiez mener une étude ou un projet de recherche lorsque vous avez obtenu ce poste.

– Je ne vois pas trop le rapport avec notre conversation, répondit Thorri, s'efforçant de maîtriser sa mauvaise humeur. C'est juste un hasard, une chance qui m'est tombée dans les mains, c'est Fridjón qui a arrangé ça. Un type bien, Fridjón.

– Je n'en doute pas. Vous étiez où, avant ?

– Avant ? Avant le sanatorium, vous voulez dire ? Je travaillais comme médecin ailleurs.

– À la campagne aussi ?

– Euh, oui, bafouilla Thorri, étrangement décontenancé. Oui, à Hvammstangi. Le sanatorium, c'était une belle occasion pour moi de déménager dans une plus grande ville.

– Je vois. Ensuite, Fridjón s'est jeté du balcon.

Les yeux du médecin s'écarquillèrent.

– Comme vous l'avez formulé, ajouta Helgi.

172

– Ah, euh, oui.

– En est-on absolument certain ?

– Comment ça ?

– J'ai peut-être mal compris, élabora Helgi d'une voix innocente, mais il me semble que l'affaire n'a jamais été élucidée de manière satisfaisante.

– De manière satisfaisante ? grogna Thorri. Bien sûr qu'elle a été élucidée ! Pourquoi aurait-il commis un tel acte s'il n'était pas responsable de la mort d'Yrsa ?

– Quelqu'un a pu le pousser.

– Vous êtes dingue ? lança Thorri en bondissant de sa chaise. Je dois avouer que je ne vous comprends pas bien, Helgi. Je rencontre beaucoup de monde au quotidien, et j'estime être assez apte à cerner les gens, mais je ne vois pas où vous voulez en venir. Vous êtes vraiment en train d'écrire un mémoire sur cette affaire, ou ça vous sert juste de couverture ?

Helgi se leva à son tour. Il n'allait pas rester les bras croisés face à une telle grossièreté, même s'il s'était peut-être un peu écarté du sujet au fil de son interrogatoire.

– Oui, j'écris vraiment un mémoire. Je suis étudiant en criminologie, comme je vous l'ai expliqué...

Helgi réfléchit un instant puis, soupçonnant que le médecin avait quelque chose à cacher, il ajouta :

– Mais à vrai dire, je m'apprête à prendre mes fonctions au sein de la brigade criminelle de Reykjavík dans quelques semaines.

Thorri sembla déconcerté.

– Oh, je... je suis désolé de m'être un peu emporté, c'est juste que je ne comprends pas bien votre but avec toutes ces questions. Je serais heureux de vous aider autant que je peux, mais… mais vous ne comptez quand même pas rouvrir cette enquête après toutes ces années ?

– Loin de là.

– Et si nous nous rasseyions ? Je peux vous offrir quelque chose à boire ?

– De l'eau gazeuse, ce sera très bien.

– J'ai aussi du vin blanc au frais, si vous préférez.

– Non, merci. Je conduis.

– Je vais vous chercher de l'eau gazeuse, dans ce cas, dit le médecin.

Il revint rapidement avec une petite bouteille dans une main et un verre de vin dans l'autre. Tendant l'eau gazeuse à Helgi, il reprit place sur sa chaise.

– Ça a été une longue journée, commenta-t-il d'un ton contrit comme pour justifier le vin.

– Je connais ça, répondit Helgi. Dites-moi… concernant cette enquête, quelle a été votre impression à l'époque ? Elle vous a semblé rigoureuse ?

– Je dois avouer que je ne me souviens pas bien. Mais l'inspecteur qui la supervisait était plutôt jeune.

– Il s'appelait Sverrir, précisa Helgi.

– C'est possible, je ne me rappelle pas, répondit Thorri avant de boire une gorgée de vin. Je crois qu'il s'est montré plutôt minutieux. On s'est évidemment parlé, et j'ai essayé de l'aider du mieux que je pouvais. Non pas que j'aie eu la sensation d'être considéré comme un suspect, vous voyez.

À son ton, il semblait vouloir suggérer que l'idée était absurde.

– Comment décririez-vous l'ambiance au sein du sanatorium à cette époque ? J'imagine qu'elle était assez pesante.

– Oui, sans doute… Heureusement, ça n'a pas duré très longtemps. Pour ma part, je ne me suis jamais senti en danger, malgré ce qui est arrivé à Yrsa. J'ai peut-être soupçonné le vieux Fridjón pendant tout ce temps, de façon inconsciente. Je pressentais que quelque chose n'était pas réglé entre eux, quelque chose qui ne me concernait absolument pas…

Thorri but une nouvelle gorgée.

– Qui ne *nous* concernait absolument pas, le reste du personnel et moi, je veux dire.

1983

Tinna

Avant de quitter la maison de ses parents, Tinna avait dû de nouveau décliner l'offre de son père de passer la nuit chez eux. Elle appréciait sa sollicitude, ses intentions étaient bonnes et l'idée peut-être pas si folle. Changer d'environnement, même pour une nuit, aurait pu lui faire du bien ; retourner en enfance, lorsque la vie était plus simple. En dormant dans son vieux lit, elle aurait peut-être fait des rêves agréables au lieu de revivre les événements de l'hôpital encore et encore. Mais elle avait refusé, c'était ainsi, et à présent elle se dirigeait vers son appartement. Il ne se trouvait qu'à quelques pas, et elle marchait lentement, en essayant de se convaincre qu'elle n'avait rien à craindre. La ville était enveloppée de ténèbres, et elle laissait la nuit s'insinuer en elle, emplir peu à peu son corps et son esprit, lorsqu'elle entendit un bruit sorti de nulle part. Elle sursauta, son courage s'évaporant d'un seul coup. Terrifiée, elle s'enfuit en courant, le plus vite possible, le cœur tambourinant contre sa poitrine, incapable de remettre la main sur ses clés.

Les avait-elle oubliées chez ses parents ? Elle n'osait même pas se retourner, mais c'est alors qu'elle sentit le trousseau dans sa poche. Elle ouvrit avec fracas, se précipita à l'intérieur et claqua la porte derrière elle. En temps normal, elle n'aurait sans doute même pas pris la peine de fermer à clé avant de sortir, mais cette fois, elle s'était assurée que la serrure était bien verrouillée en partant chez ses parents. Elle réitéra le geste lorsqu'elle fut en sécurité à l'intérieur.

Elle alluma la lumière du couloir, rejoignit sa chambre où elle appuya également sur l'interrupteur et s'assit sur son lit le temps de reprendre son souffle. Le bruit qu'elle avait entendu dans la rue était peut-être le fait d'un chat errant ou de quelque chose de tout aussi inoffensif, mais elle avait eu extrêmement peur. Cela ne pouvait pas continuer ainsi. Il lui fallait se convaincre que l'incident de la veille était un cas isolé qui n'avait rien à voir avec elle, qu'un pauvre vagabond avait simplement erré entre les immeubles. Oui, ce devait être ça, ce ne pouvait être que ça.

Le soir, Tinna avait pris l'habitude de se détendre devant la télévision, malgré un contenu souvent décevant. Elle aimait par-dessus tout s'endormir devant son écran, du moins lorsqu'elle y parvenait avant que les programmes ne prennent fin, car les voix l'aidaient à se sentir moins seule. Ce soir-là, elle n'aurait pas été contre cette précieuse compagnie, mais ce n'était pas une option : il n'y avait pas de télévision le jeudi. Elle décida donc d'essayer de lire pour se distraire. Elle ferma la porte de sa chambre à clé et tira avec soin les rideaux devant la fenêtre, puis elle s'allongea sur son dessus-de-lit avec un exemplaire de la revue *Vikan*[1], pas tout à fait prête à s'endormir, car il n'était pas très tard.

La sonnerie du téléphone s'immisça dans ses rêves et la réveilla. Elle était tombée de sommeil après seulement quelques pages. Elle se redressa d'un bond et sauta du lit, les sens aux aguets. La dernière fois que quelqu'un l'avait appelée à une heure aussi tardive, c'était Sverrir, mais peu de chances qu'il la rappelle, dans la mesure où l'enquête était pour ainsi dire pliée, même si Hulda et lui se trouvaient encore à Akureyri pour régler les derniers détails.

Les rideaux étaient tirés dans le salon ainsi que dans l'entrée ; si quelqu'un cherchait à l'espionner dehors, au moins elle ne pouvait pas le savoir. Elle hésita un instant avant de répondre au téléphone, son instinct lui dictant de ne pas le faire, mais en définitive, elle ne put résister à la tentation. Il fallait qu'elle sache qui voulait la joindre.

– Allô ? dit-elle, incapable de masquer le tremblement dans sa voix.

Il y avait quelqu'un au bout de la ligne, elle en était sûre, mais il ne parlait pas.

– Allô ? Qui est-ce ?

Toujours le silence. À n'en pas douter, quelqu'un l'écoutait, mais choisissait délibérément de ne pas parler. Envisageant une seconde de raccrocher, elle n'en fit rien : elle voulait découvrir qui se cachait derrière cet appel. De plus en plus nerveuse, elle jeta un rapide

1. « La semaine ».

179

coup d'œil autour d'elle, comme si elle craignait d'être observée, ce qui était bien sûr impossible. Mais il ne pouvait s'agir d'une coïncidence, n'est-ce pas ?

Le silence menaçant persistait.

– Qui est-ce ? Je m'appelle Tinna, avez-vous le bon numéro ?

Elle s'efforçait de paraître autoritaire, même agacée, mais le tremblement de sa voix la trahissait.

L'appareil émit un bruissement, puis l'inconnu raccrocha. L'appel lui avait semblé durer une éternité, mais en vérité il ne s'était peut-être écoulé que quelques secondes, le silence étirant le temps.

Elle reposa le combiné, observa le téléphone gris sombre un moment, reculant d'un pas comme s'il représentait un danger.

Personne ne lui avait rien fait, pas encore, pourtant une menace planait. Quelqu'un voulait lui signaler sa présence. Et la seule personne qui lui venait à l'esprit, c'était l'homme ou la femme qui avait fui le sanatorium la veille à l'aube, lorsqu'elle avait découvert le corps de Fridjón. Elle avait entendu du bruit, mais n'en avait pas fait mention à la police. Peut-être que l'individu l'avait vue... et voulait s'assurer qu'elle garderait le silence.

Ou peut-être qu'elle extrapolait. Un inconnu errant la veille, une erreur de numéro ce soir... Oui, il fallait l'espérer. Elle n'avait pas l'intention d'alerter la police, cela pourrait envenimer les choses, par ailleurs la clôture définitive de l'enquête arrangerait bien ses projets. Enfin, elle pourrait faire un premier pas vers Sverrir.

Cela dit, il fallait qu'elle découvre qui avait appelé. Elle inspira profondément.

Sa première idée fut de téléphoner à Sverrir, même si à cette heure-ci, il avait probablement quitté le commissariat.

Elle décida néanmoins de tenter sa chance, composa le numéro du poste de police et, après s'être présentée, demanda Sverrir.

– Tinna ? dit-il d'un ton qui ne cachait pas sa surprise.

– Oui, bonsoir, je vous dérange ?

– Euh, non, non, pas du tout. Vous avez de la chance de m'avoir, je m'apprêtais à rentrer chez moi. Enfin, à la pension où je loge.

Il avait la voix beaucoup plus entraînante que lors de leur conversation précédente.

– Oh, d'accord. Ce n'est pas très important, je voulais juste vous demander un petit service...

– Bien sûr.

– En fait... Quelqu'un m'a appelée il y a quelques minutes, et j'aurais vraiment besoin de savoir de qui il s'agit.

– Comment ça ? Il s'est passé quelque chose ?

– Non, pas du tout. Et ça n'a rien à voir avec notre affaire, ça m'a juste mise un peu mal à l'aise. C'est déjà arrivé par le passé, plusieurs fois, bien avant la mort d'Yrsa et de Fridjón, mentit-elle.

– Ah, je vois..., répondit-il, hésitant. Quelqu'un vous a harcelée ?

– Euh, non, non, dit-elle. Ce n'est peut-être même pas possible de savoir qui a appelé...

– Si, si, c'est possible. Je dois juste demander un traçage.

– Un traçage ?

– Auprès de l'opérateur téléphonique. Ça ne prendra pas très longtemps. Mais à part ça, tout va bien ? demanda-t-il, l'air sincèrement préoccupé.

– Oui, bien sûr, tout va très bien, répondit-elle, s'efforçant de réprimer son angoisse et sa peur. Bref… Merci beaucoup pour votre aide. Je vous expliquerai ça mieux plus tard. C'est juste que de temps en temps, je reçois ces coups de téléphone étranges.

– Je suis désolé. Et ça ne me pose aucun problème de vous aider, enchaîna-t-il, même si Tinna le soupçonnait de minimiser la difficulté de la tâche. J'espère pouvoir vous donner des nouvelles demain, ou après-demain.

1983

Tinna

À contrecœur, Tinna avait fini par se faire violence et se rendre au travail. Broddi n'était plus que l'ombre de lui-même ces jours-ci, longeant les murs comme un homme brisé, et elle éprouvait de la pitié pour lui, voire de la culpabilité, consciente qu'elle était en partie responsable de son arrestation.

À l'inverse, Thorri semblait plus épanoui que jamais. On lui avait demandé d'assurer l'intérim à la direction du service, et il s'était métamorphosé au cours des dernières quarante-huit heures, depuis la mort de Fridjón. Aussitôt, il avait commencé à exhiber des traits de personnalité que Tinna n'appréciait guère, alors qu'elle l'aimait plutôt bien auparavant. Il affichait une certaine condescendance lorsqu'il parlait à ses interlocuteurs, ignorait les suggestions qu'on lui faisait, visiblement résolu à décider seul plutôt que déléguer et créer une équipe soudée. Non, tout le monde n'était pas fait pour gérer du personnel. Tinna n'en était que plus déterminée à changer de poste à la première occasion.

Enfin, il y avait Elísabet. Tinna travaillait désormais sous sa coupe, ce qui représentait indéniablement un progrès, un rayon de lumière dans ces ténèbres omniprésentes. Mais elle avait beau se montrer polie et amicale – de ce côté-là, Tinna n'avait pas à se plaindre –, quelque chose sonnait faux dans son comportement.

La journée avait été effroyablement longue, un silence gêné pesant sur le sanatorium.

Peut-être que l'effet se dissiperait, que c'était juste une réaction temporaire à la tragédie qui avait frappé les lieux, ou peut-être que l'hôpital ne serait plus jamais le même. À la fin de la journée, ressortant dans le froid avec le soulagement d'être en week-end, elle s'était plus ou moins décidée à prendre un congé la semaine suivante, si possible, et à se rendre à Reykjavík pour y tenter sa chance sur le marché du travail. Voir si elle pouvait trouver un poste dans un hôpital ou une maison de retraite. Changer radicalement d'environnement.

Pour l'instant, elle comptait surtout passer une soirée de détente autour d'un dîner avec Bibba et d'autres amis à Bautinn, le restaurant le plus populaire d'Akureyri. La vie nocturne était peut-être moins exaltante ici que dans la capitale, mais Reykjavík n'avait pas beaucoup de bâtiments aussi charmants que cette vieille maison en bois, avec ses murs rouges, ses cadres de fenêtres blancs et sa petite tourelle.

Ses pensées la ramenèrent à Sverrir. Il se trouvait sans doute encore en ville, et puisque c'était le week-end, elle pourrait peut-être l'inviter à boire un café. Il s'intéressait à elle aussi, elle en était presque sûre.

À dix-neuf heures passées, elle s'apprêtait à partir au restaurant lorsque quelqu'un frappa à sa porte. Elle sursauta et resta paralysée un moment, se sentant prise au piège, craignant qu'il s'agisse de ce mystérieux individu qui s'était mis à la harceler – la silhouette étrange à la fenêtre de sa salle de bains, l'homme muet au téléphone... l'homme ou la femme ? Il n'y avait qu'une issue dans son vieil appartement, à moins d'essayer de se glisser par la fenêtre. Son imagination s'emballa et son cœur se mit à cogner désagréablement fort dans sa poitrine.

De nouveaux coups furent frappés contre la porte, un peu plus décidés. Tinna n'avait jamais pris la peine d'installer une sonnette, encore moins un interphone, et il n'y avait pas de judas non plus. Tout cela paraissait superflu dans une petite ville tranquille comme Akureyri. Jamais elle ne s'était sentie en danger ici. Mais à présent la menace lui semblait palpable, effroyablement proche.

Elle envisagea de ne pas ouvrir, même si, avec toutes les lumières allumées, il était évident qu'elle se trouvait chez elle. Puis elle se ressaisit : elle dramatisait, ce n'était sans doute qu'un innocent visiteur.

Inspirant à fond, elle fit un pas en avant et ouvrit la porte. Sverrir se tenait sur le seuil.

Elle pouvait reprendre son souffle.

– Sverrir, bonjour. Entrez.

– Je ne vais pas m'éterniser, dit-il, acceptant néanmoins son invitation et la suivant à l'intérieur, où il prit place sur le canapé du salon. Je voulais juste m'assurer que vous alliez bien, et je voulais aussi vous donner la réponse à la question que vous m'avez posée.

Une certaine nuance dans sa voix suggérait qu'il se tramait quelque chose.

Elle s'assit, prenant garde à maintenir une distance convenable entre eux. Sverrir portait une tenue plutôt informelle, ce qui selon elle signifiait qu'il s'agissait d'une visite de courtoisie et que l'enquête était close.

– Alors, comment allez-vous ? demanda-t-il.

– Bien, très bien.

– J'imagine que vous avez été très affectée par tout ça.

Elle hésita, réfléchit une seconde avant de répondre :

– Ça n'a pas été facile, en effet. J'ai encore du mal à y croire.

– Nous sommes en train de régler les derniers détails, notre enquête touche à sa fin, comme vous l'avez peut-être deviné. Cela semble assez évident, désormais. Nous ne connaissons pas la raison pour laquelle Fridjón s'est attaqué à Yrsa de la sorte, mais ce n'est pas notre priorité. L'essentiel, c'est que... euh, le danger est écarté, si je peux le formuler comme ça.

Tinna voyait bien qu'il ne croyait pas lui-même à cette affirmation.

– Oui, c'est un soulagement.

– En fait, personne n'a jamais vraiment été en danger, en dehors d'Yrsa bien sûr. Même si nous ignorons le mobile exact de Fridjón, il semble fort probable qu'il se soit agi d'un conflit entre eux, qui n'impliquait personne d'autre. Il n'avait ni femme ni enfant, seulement un frère encore en vie, qui habite ici, dans le Nord, mais avec qui il n'était presque pas en contact, d'après ce que l'on sait. Même ses amis ne semblent pas savoir grand-chose de sa vie privée.

– Je peux vous offrir quelque chose ? demanda Tinna, profitant d'une pause dans son récit.

Sverrir hésita.

– Oui, peut-être...

– Il est un peu tard pour du café, non ? Que diriez-vous d'un verre de vin rouge ? À moins que vous soyez de service, bien sûr.

– Quoi ? Oh, non. Non, je ne suis pas de service, alors pourquoi pas ? Avec plaisir.

Elle se leva, se rendit dans la cuisine et ouvrit la seule bouteille qu'elle avait en sa possession – une piquette bon marché, mais c'était peut-être mieux que rien. Elle remplit deux verres.

– Merci, dit-il avant de boire une gorgée. Bien... Je me suis renseigné sur cet appel téléphonique que vous avez reçu. C'est assez étrange, à vrai dire.

Elle tressaillit – elle avait espéré une explication parfaitement naturelle.

– Je suis sûr que ça ne vaut pas la peine de s'inquiéter, ajouta Sverrir.

– Vraiment ?

– Oui. L'appel provenait du sanatorium.

– Du sanatorium ?

Si tard dans la soirée ? Personne n'aurait dû se trouver là-bas à une heure pareille. Elle frissonna.

– Oui, vous avez une idée de qui cela pourrait être ? demanda-t-il.

187

Elle eut soudain la sensation qu'il n'était pas tout à fait satisfait de la résolution de son enquête, et que la conclusion à laquelle il était arrivé se révélait peut-être un peu trop simple et parfaite.

Elle réfléchit à toute vitesse, s'efforçant de ne rien laisser paraître, de dissimuler sa peur.

– À vrai dire, je crois que j'ai ma petite idée. Cela concerne un vieil incident, rien à voir avec les événements récents, mentit-elle, en espérant qu'il ne remarque rien.

– Ah, je vois. Et vous ne voulez pas que je regarde ça de plus près pour vous ?

Elle secoua la tête.

– Vous êtes sûr que l'appel provenait du sanatorium ?

– Oui.

– OK. Alors non, tout va bien. Aucun problème.

Dans tous les cas, elle était reconnaissante qu'il soit avec elle, reconnaissante de ne pas avoir à digérer seule cette nouvelle.

– Je ne vous retiens pas, j'espère ? dit-elle.

– Non, non, je ne suis pas particulièrement pressé, répondit-il, un peu gêné.

Elle se pencha en avant, se rapprocha de lui et put sentir son parfum. Il portait une tenue décontractée, mais sa veste et son jean étaient plutôt élégants, comme s'il avait voulu se faire beau. Peut-être n'était-il pas venu dans le simple but de l'informer de ce qu'il avait appris sur ce mystérieux coup de téléphone.

– Vous avez un bel appartement, dit-il.

– Merci, répondit-elle avec un sourire. Et vous, vous habitez où exactement – à Reykjavík, je veux dire ?

– Oh, sur le boulevard Snorrabraut. C'est juste un petit studio, mais ça fait l'affaire.

Un studio, se dit Tinna. Appartement de célibataire.

– Vous voulez quelque chose à grignoter avec votre vin ? proposa-t-elle. J'ai…

En fait, elle n'avait pas grand-chose à lui offrir.

– J'ai des crackers, je crois, et peut-être un peu de fromage.

– Ce serait parfait.

Elle se leva de nouveau et alla dans la cuisine préparer un bien maigre en-cas. De retour dans le salon, elle posa l'assiette sur la table basse et profita de l'occasion pour s'installer sur le canapé avec Sverrir, tout en gardant une distance polie. Sa présence la réconfortait. Pour la première fois depuis plusieurs jours, elle se sentait en sécurité.

– Akureyri est une ville agréable, dit-il après un bref silence.

– Oui, j'ai grandi ici, mais pour tout vous dire je vais bientôt prendre un nouveau poste à Reykjavík.

Elle enjolivait quelque peu la vérité, mais la fin justifiait les moyens.

– Vraiment ? répondit-il, son visage s'éclairant. Un poste d'infirmière ?

– Oui, absolument.

– Génial. On devrait peut-être se retrouver pour un café lorsque vous aurez emménagé.

Elle sourit.

– Avec plaisir.

189

L'espace d'une seconde, un frisson inattendu traversa son corps. Tout bien réfléchi, elle ne connaissait pas du tout l'homme qui lui faisait face. Elle savait en revanche qu'en tant que responsable de l'enquête, il possédait probablement la clé du sanatorium. En y repensant, elle l'avait même vu ouvrir la porte un matin. Était-ce lui qui l'avait appelée ? Était-il cette silhouette qui l'avait espionnée par la fenêtre ?

Elle essaya de faire taire son soudain trouble.

2012

Helgi

Helgi comptait surprendre Tinna à l'hôpital du quartier de Fossvogur, où elle travaillait. Il avait conscience de s'engager sur une pente glissante, un citoyen lambda piégeant une femme qui lui avait clairement signifié qu'elle n'avait aucune envie de discuter avec lui. Mais cette affaire l'obsédait. Quelque chose lui échappait, une vérité tapie sous la surface. Le policier en lui avait repris la main, reléguant l'universitaire au second plan.

Il avait mal dormi. Bergthóra et lui partageaient de nouveau le même lit, un signe que leur relation redevenait normale, mais il savait que la paix ne durerait pas ; le problème ne s'était pas envolé, même s'il s'efforçait de ne pas y penser, l'esprit déjà suffisamment encombré. Durant la nuit, il avait rêvé de Tinna. Il ne l'avait jamais rencontrée, seulement lu les rapports à son sujet dans le dossier de l'affaire, qui contenait aussi une vieille photo d'elle, mais il pressentait qu'elle possédait peut-être la clé de ce mystère. Lui qui s'était promis d'appréhender cette étude comme n'importe quel projet de recherche, pas comme une énigme non résolue... Mais, à bien y réfléchir, il s'était déjà fait nombre de promesses qu'il n'avait pas tenues.

Helgi s'approcha de l'homme grisonnant au comptoir d'accueil de l'hôpital.

– Je cherche une de vos infirmières, Tinna Einarsdóttir. Vous pourriez me dire dans quel service elle travaille ?

Le visage de l'homme s'assombrit.

– Je crains que nous ne partagions pas ce genre d'informations, répondit-il d'un ton brusque.

– Excusez-moi. Je m'appelle Helgi Reykdal et je suis de la police.

Il n'avait pas eu l'intention de jouer cette carte, mais il se rassura en songeant que ce n'était pas si loin de la vérité. Il avait pour ainsi dire accepté le poste, et aurait déjà pu commencer à travailler au sein de la brigade criminelle s'il l'avait souhaité, tout ça n'était qu'une question de formalités.

– Oh, désolé. Tinna ? Attendez une seconde, il faut juste que je la cherche, répondit l'homme, heureusement sans réclamer de voir son badge.

– Prenez votre temps, dit Helgi poliment.

– Elle travaille au troisième étage, annonça l'homme après un moment, d'un ton beaucoup plus aimable. Les ascenseurs sont juste là, à droite, ensuite vous allez au bout du couloir et vous tournez de nouveau à droite. Je ne sais pas si elle est de garde, mais on pourra vous le dire là-haut.

Après avoir suivi les instructions, Helgi demanda Tinna à l'accueil du service.

– Est-ce que Tinna est là, à tout hasard ?

– Tinna ? Non, elle est en congé maladie aujourd'hui, lui répondit une femme entre deux âges, vêtue d'une blouse blanche. Je peux lui transmettre un message ?

Il réfléchit vite.

– Non, non, ça ira, je passais dans le coin et je voulais lui dire bonjour.

La femme sourit.

Il n'allait pas abandonner aussi facilement. Le prochain arrêt, c'était la maison de Tinna. Autant aller frapper à sa porte et faire une dernière tentative.

2012

Helgi

S'il se fiait aux informations trouvées dans l'annuaire en ligne, Tinna habitait à Árbær, une banlieue de Reykjavík. Sa maison était une jolie bâtisse blanche mitoyenne sur deux niveaux, très bien entretenue jusque dans les moindres détails, avec un jardin luxuriant, à l'image de ce quartier ancien très arboré.

Helgi se dirigea vers la porte et appuya sur la sonnette. Il devait bien y avoir quelqu'un, car la lumière était allumée aux fenêtres du rez-de-chaussée comme de l'étage.

Il patienta et discerna enfin du mouvement à l'intérieur.

Un homme d'une soixantaine d'années ouvrit la porte. Helgi n'avait pas pensé à lire les noms sur la boîte aux lettres et, l'homme lui bloquant désormais la vue, il ne pouvait vérifier à qui il s'adressait.

– Bonjour, dit l'homme avec méfiance, sans se présenter.

De toute évidence, il n'avait pas l'habitude de recevoir de la visite en pleine journée. Le fait qu'il soit chez lui suggérait qu'il était retraité, même s'il semblait en excellente forme physique.

– Bonjour, je m'appelle Helgi Reykdal.

L'homme hocha la tête et marmonna quelque chose d'inaudible, fixant Helgi d'un regard intense et attendant la suite. Helgi avait la sensation déconcertante d'avoir fait irruption au milieu d'une conversation sans savoir quel en était le sujet ni à qui il parlait.

– J'aurais souhaité discuter avec Tinna. Serait-elle là, à tout hasard ? demanda-t-il, s'efforçant de rester poli face à cet accueil pour le moins glacial.

– Elle est là, mais elle ne veut pas vous parler.

– Euh... Pardon ?... Pourquoi... ? bafouilla Helgi, déstabilisé.

– C'est vous qui l'avez appelée l'autre jour, pas vrai ?

Il acquiesça.

– Il me semble qu'elle a été parfaitement claire avec vous, non ? poursuivit l'homme, contenant à peine sa fureur.

Helgi se sentait comme un collégien dissipé convoqué dans le bureau du principal. Il ne savait pas quoi dire.

La remontrance ne s'arrêta pas là :

– Dans ce cas, j'aimerais que vous cessiez de nous importuner, Helgi. Ma femme n'a rien à dire sur cette affaire, et je ne vois pas ce que vous espérez obtenir en nous harcelant de la sorte. Ces événements datent d'il y a trente ans, et tout le monde a oublié. Personne n'a envie de faire remonter ces souvenirs traumatisants à la surface.

– Je suis désolé, c'est juste que... j'écris un mémoire sur cette affaire, et je voulais rencontrer les personnes qui l'ont vécue de près pour mieux comprendre ce qui s'est passé.

– Mais vous devez aussi respecter la volonté de ces personnes.

– Oh… oui, absolument, je… Je voulais juste refaire une tentative, balbutia Helgi.

Il avait tellement honte ; son ambition l'avait mené à franchir le pas de trop. Tout bien réfléchi, il aurait dû abandonner après l'échec de sa conversation téléphonique avec Tinna, mais c'était une mauvaise habitude chez lui : il avait tendance à développer des obsessions, à s'y perdre, à aller trop loin dans sa quête de détails, oubliant au passage l'importance de prendre du recul.

– Je suis désolé, répéta-t-il. Je vous prie de m'excuser de vous avoir dérangé.

L'homme sembla retrouver son calme. Son visage se détendit et il esquissa presque un sourire.

– Vous êtes pardonné. J'en déduis que vous ne viendrez plus nous importuner. Quoi qu'il en soit, bonne chance pour votre mémoire.

– Merci.

– Mais j'espère que vous ne vous êtes pas mis en tête de rouvrir cette enquête ? demanda l'homme, la voix de nouveau acerbe.

– Non, pas exactement…, répondit Helgi avec hésitation.

– Elle a été résolue, réglée en bonne et due forme, aucun doute sur sa conclusion, répliqua l'homme d'un ton décidé. Absolument aucun doute.

Il y avait quelque chose d'étrange dans sa tournure de phrase, et dans l'intensité de sa voix. Il semblait anormalement déterminé à ce que ces vieux fantômes restent dans le passé. Ce qui poussa Helgi à vouloir creuser davantage.

– Je suis d'accord, acquiesça-t-il néanmoins, afin d'éviter toute friction supplémentaire pour le moment.

L'homme hocha la tête, comme s'ils venaient de conclure de difficiles négociations dont Helgi était ressorti perdant. Puis il ferma la porte sans plus de façons et Helgi resta les bras ballants.

Choqué par l'accueil qu'il avait reçu, il en oublia presque de lire les noms sur la boîte aux lettres mais, presque arrivé au portail, il y repensa et fit demi-tour.

Sverrir Eggertsson et Tinna Einarsdóttir

Il lui fallut une ou deux secondes pour faire le lien.

Sverrir Eggertsson, l'inspecteur en charge de l'enquête à Akureyri.

Cela signifiait-il qu'il avait épousé une femme qui, à l'époque, faisait partie des suspects ?

Il avait lourdement insisté sur le fait que l'affaire était close, qu'il n'y avait aucune raison de la rouvrir.

Cherchait-il à justifier ses propres conclusions ? À cacher ses erreurs, peut-être ?

Ou... dissimulait-il un autre objectif, plus douteux encore : protéger Tinna ?

2012

Tinna

Tinna se retourna et ouvrit les yeux sur les ténèbres de sa chambre. De vieux souvenirs troublants d'Akureyri s'étant immiscés dans ses rêves, elle ne regretta pas de s'être réveillée au beau milieu de la nuit, même si elle avait souvent du mal à se rendormir dans de telles circonstances. Au moins, elle se sentait bien dans leur maison d'Árbær. C'était ici que Sverrir et elle s'étaient établis presque vingt ans auparavant, ici qu'ils avaient élevé leur enfant unique, qui vivait désormais à l'étranger. Et ils ne comptaient pas déménager de sitôt, envisageant de rester au moins jusqu'à sa retraite, peut-être même plus. Une atmosphère chaleureuse baignait la maison, à mille lieues des événements terribles qui les avaient réunis, Sverrir et elle, et il pouvait se passer des jours entiers sans qu'elle repense à cette expérience douloureuse. Mais voilà que son passé au sanatorium ressurgissait, s'insinuant dans son inconscient, à cause de ce satané étudiant qui écrivait un mémoire et refusait de les laisser tranquilles.

Oui, elle était heureuse ici. Mais lorsque Sverrir s'absentait, sa présence réconfortante lui manquait, et parfois elle parvenait même à se faire peur toute seule, comme une enfant. Dans ces moments, le mystérieux appel et l'inconnu qui rôdait autour de son appartement à Akureyri trente ans plus tôt revenaient la hanter. Ces souvenirs demeuraient vifs, elle pouvait presque les revivre instant après instant, comme si la peur en avait intensifié l'expérience et les avait gravés dans son esprit, dans son âme. C'était à cette époque, tandis qu'elle avait touché le fond, que Sverrir était entré en scène, d'abord comme protecteur, puis comme une excuse pour qu'elle s'arrache enfin à ses racines et parte s'installer à Reykjavík. Ils n'avaient pas mis longtemps à prendre cette décision après leur première nuit ensemble chez elle.

Bien qu'elle n'ait plus rien vécu de comparable, l'angoisse l'étreignait parfois de nouveau. Ces inquiétants incidents avaient brusquement cessé dès lors que Sverrir et elle s'étaient mis en couple, mais de temps en temps, en général au milieu de la nuit, lorsque son inconscient prenait les rênes, elle s'autorisait à se demander si Sverrir lui-même n'avait pas joué un rôle dans ces événements. L'avait-il épiée ? Avait-il essayé de l'espionner par la fenêtre de son appartement, l'avait-il appelée depuis le sanatorium ? Était-elle tombée dans son piège ?

Parfois, elle se sentait encore surveillée.

Elle ne savait pas vraiment ce qui l'avait réveillée à l'instant, peut-être simplement la conscience que Sverrir était absent, à moins qu'elle ait entendu un bruit ?

Elle avait la vague sensation d'avoir discerné quelque chose depuis les profondeurs de son sommeil, mais elle n'en était pas sûre. Elle se redressa dans son lit et tendit l'oreille.

Sverrir avait quitté la police un an auparavant, et pour mettre un peu de beurre dans les épinards, il avait accepté un poste de surveillant de nuit à mi-temps. Il était encore en excellente forme, et son salaire de nuit complétait généreusement sa retraite anticipée, mais Tinna ne parvenait pas à s'habituer à dormir seule, son sommeil était toujours perturbé lorsque son mari travaillait.

Il régnait un silence complet dans la maison, pourtant son malaise ne la quittait pas, et soudain elle fut de retour dans son appartement d'Akureyri trente ans plus tôt, seule, sans défense. Elle ressentait les mêmes émotions, la même terreur dévorante, comme si quelqu'un l'observait, malgré l'absurdité de cette idée. Elle se trouvait dans leur chambre à l'étage, dont la fenêtre était inaccessible. Personne ne l'espionnait, c'était ridicule.

Elle se souvint tout à coup de ce qui l'avait réveillée, se mêlant à son rêve – ou cauchemar : le bruit de la porte d'entrée, le son familier d'une clé s'immisçant dans la serrure. Mais ce n'était pas possible, non, pas possible du tout. Sverrir était au travail, n'est-ce pas ? Brusquement, elle repensa au fait qu'elle avait perdu ses clés deux jours auparavant. Enfin, peut-être pas perdu – elle les avait simplement égarées, et ne parvenait pas à se rappeler où elle les avait posées. Cela lui arrivait souvent. Elles devaient traîner quelque part dans la maison. Tinna ne s'en était pas vraiment préoccupée. Mais à présent, elle était seule.

Sverrir était-il rentré à la maison plus tôt que prévu ? Peut-être ne voulait-il pas la réveiller. Peut-être se trouvait-il dans la cuisine, en train de manger un morceau sans faire de bruit. Elle sourit à cette possibilité et envisagea de l'appeler, mais n'en eut pas le courage. Elle essaya de se convaincre que son imagination lui jouait des tours, qu'elle ne s'était pas réveillée à cause du bruit de la porte d'entrée, mais simplement par hasard, et que la seule chose sensée à faire était de se rallonger, de fermer les yeux et de se rendormir. Elle se remettait tout juste d'une mauvaise grippe, un peu de repos lui ferait le plus grand bien.

L'oreille toujours tendue, elle ne détectait pas le moindre bruit en dehors du sifflement des radiateurs et des craquements habituels de la maison. Mais la perte de ses clés continuait de la travailler. Et si quelqu'un les avait volées ? Aurait-elle la force de se défendre contre un assaillant ?

Tinna essaya de balayer ces pensées paranoïaques. Elle était en sécurité chez elle, dans une banlieue tranquille de Reykjavík. Personne ne s'était introduit dans sa maison, voyons.

En y repensant, quelques lames du parquet sur le palier étaient mal fixées et craquaient dès qu'on marchait dessus. Elle avait longtemps embêté Sverrir pour qu'il les répare, mais il avait tendance à repousser ce genre de petites tâches. Depuis qu'il avait pris sa retraite, il semblait avoir moins de temps libre qu'avant ; en plus de son travail de nuit, il avait développé une passion pour le golf, sortait régulièrement avec des amis et d'anciens collègues, et s'était même mis à apprendre la guitare. Elle esquissa un sourire. Il avait rajeuni de trente ans, tout au moins en esprit, depuis qu'il avait arrêté de travailler.

Heureusement qu'il n'avait pas encore fixé ces lames de parquet, songea-t-elle, car aucun intrus ne pouvait approcher de la chambre sans l'alerter.

Une pensée qui la rassura.

Elle pouvait enfin se détendre un peu.

Se rallongeant sur son oreiller, elle tira la couette jusqu'à son menton pour se débarrasser du frisson qui s'était emparé d'elle.

Quelle absurdité de se mettre de telles idées en tête au beau milieu de la nuit !

À présent, il fallait qu'elle se rendorme au plus vite, surtout dans la mesure où elle comptait assurer sa garde du lendemain matin, maintenant qu'elle était remise de sa grippe.

Sortant un bras de sous la couette, elle attrapa son téléphone sur la table de chevet ; deux heures à peine. Sverrir n'était parti au travail qu'une heure et demie auparavant. Elle n'avait pas l'habitude de se réveiller ainsi en pleine nuit. Peut-être y avait-il eu du bruit dehors – des gens qui rentraient de soirée ou quelque chose comme ça, même si la rue était généralement très calme.

Et si elle appelait Sverrir, juste pour entendre sa voix ?

Non, aucune raison de le déranger, par ailleurs cela ne ferait que la réveiller davantage, au risque de ne plus pouvoir fermer l'œil.

Remarquant que la batterie de son téléphone était presque vide, elle sortit du lit et le brancha au chargeur qui traînait par terre dans un coin de la chambre. Puis elle s'empressa de retrouver la chaleur de sa couette.

Tout était calme, et elle sentit son corps se détendre, tandis qu'elle se réjouissait de retourner au travail le lendemain et de croiser Sverrir au petit déjeuner. En revenant de son service de nuit, il se préparait d'ordinaire des œufs au plat et du bacon qu'il partageait avec elle, accompagnés d'un bon café chaud et de jus d'orange. Un plaisir auquel elle ne résistait pas.

Tinna ajusta sa position et ferma les yeux.

C'est alors qu'elle entendit le parquet craquer sur le palier.

Un bruit familier qui lui transperça la peau et les os. Elle se figea, paralysée de terreur, incapable d'effectuer le moindre mouvement, sentant son cœur battre à toute vitesse et son corps se couvrir de sueur froide. Ses yeux s'écarquillèrent, mais elle ne voyait presque rien dans le noir. Devait-elle bondir, s'empresser d'aller fermer la porte restée entrouverte ? Cela ne donnerait pas grand-chose, car elle n'avait pas de verrou. Devait-elle courir jusqu'au coin de la chambre pour reprendre son téléphone ? En avait-elle même le temps ? Les pensées traversaient son esprit à la vitesse de l'éclair, pourtant les secondes lui faisaient l'effet de minutes.

Ce devait être Sverrir. Aucune autre explication possible. Il avait dû quitter le travail de bonne heure – peut-être s'était-il trompé de jour, peut-être n'était-il même pas censé travailler. Ou bien elle lui avait transmis sa grippe, et il revenait parce qu'il se sentait mal.

Oui, sans doute quelque chose comme ça. Évidemment. Elle l'avait trouvé en petite forme aujourd'hui. Le pauvre.

Retrouvant un peu son calme, elle lança :

– Sverrir ? Sverrir ? Tu es rentré ?

Elle discernait un tremblement dans sa voix.

– Chéri, c'est toi ?

Pas de réponse.

Merde, mais pourquoi ne répondait-il pas ?

Le sang se glaça dans ses veines. Elle essaya de l'appeler à nouveau, mais les mots restèrent coincés dans sa gorge. Tout ce qu'elle savait, c'était qu'il y avait quelqu'un sur le palier, et que ce n'était pas Sverrir. La panique l'envahit tandis que les vieux souvenirs de la silhouette devant sa fenêtre lui revenaient tout à coup. Mais cette fois, elle était absolument sans défense ; seuls quelques pas la séparaient de l'intrus.

Et elle avait trahi sa présence en criant ainsi...

Paralysée sous sa couette, elle attendait désormais l'inévitable.

Dans la pénombre, elle vit la porte de la chambre s'ouvrir doucement...

2012

Helgi

Tout était revenu à la normale. Helgi et Bergthóra avaient discuté et s'étaient mis d'accord pour essayer de régler leurs problèmes et redonner du souffle à leur couple. Pour sa part, Helgi doutait encore qu'ils aient un avenir tous les deux, mais nul besoin de s'encombrer avec ces considérations pour le moment. Il fallait qu'il se concentre sur son mémoire, qu'il termine ses études et qu'il se fasse une place au sein de la police. Il s'était plus ou moins résigné à accepter le poste.

Ils avaient pris leur petit déjeuner ensemble – du porridge, comme tous les matins de la semaine. Il n'aimait pas particulièrement le porridge, mais Bergthóra avait grandi avec, et imposé cette habitude chez eux. Elle l'avait décidé, comme elle semblait décider de presque tout. Et peu importait, tout compte fait ; il n'avait pas envie de se battre pour ce genre de détails.

Ils s'étaient rencontrés au mariage d'un ami commun. Dès le premier regard, il avait été captivé par son sourire énigmatique et son expression distante. Une attirance physique aussi puissante qu'instantanée

– et cela n'avait pas changé. Elle était aussi d'une redoutable intelligence, il l'avait rapidement remarqué. Ils pouvaient passer des soirées voire des nuits entières à discuter de tout et de rien. Au début, tout se déroulait sans heurts, et il était tombé amoureux. Il l'aimait toujours, en dépit de tout. C'était une femme qui savait ce qu'elle voulait, au point de se montrer parfois intransigeante, mais d'une certaine manière il respectait cette qualité.

Assis seul à la table de la cuisine, il écoutait la radio. Le journal de midi s'apprêtait à commencer. Ayant passé la matinée à écrire, il avait bien avancé dans son travail. La culpabilité d'être allé importuner Tinna chez elle avait peut-être été un moteur.

En guise de déjeuner, il mangea un délicieux bol de *skyr*. Bergthóra n'aimait pas vraiment les produits laitiers, aussi s'accordait-il en général ce plaisir lorsqu'elle était absente.

Après le repas, il comptait profiter de sa solitude pour sélectionner un nouveau livre dans sa bibliothèque et lire un moment. Il pensait à un titre qu'il n'avait pas lu depuis longtemps – pas depuis ses quatorze ou quinze ans ; un vieux poche usé, le seul roman traduit en islandais de la reine du polar néozélandais, Ngaio Marsh, *L'assassin entre en scène*. Comme tant d'autres, ce livre était associé dans son esprit à des souvenirs heureux, il se rappelait très bien avoir lu les derniers chapitres pendant une virée shopping avec sa mère lorsqu'il était petit. Peu intéressé par les achats, il s'était trouvé un banc où s'installer avec son bouquin et s'était laissé absorber par cette vieille enquête criminelle ayant pour décor le monde du théâtre. Depuis cette époque, il avait dévoré de nombreux autres romans de Marsh – peut-être la totalité –, mais il n'avait jamais relu celui-ci, et ne se souvenait plus vraiment de l'intrigue. Il avait hâte de se replonger dans ces pages, dans cette enquête mais aussi d'une certaine manière dans son enfance, quand tout était simple. Aujourd'hui, plus rien n'était simple. Il avait tant de décisions à prendre, et en même temps la sensation qu'on ne le laissait jamais décider de quoi que ce soit. Il s'était résolu à donner une nouvelle chance à son couple, parce que c'était ce que Bergthóra voulait. Il allait accepter ce poste au sein de la brigade criminelle, parce que c'était ce que Bergthóra voulait. L'idée qu'il avait son mot à dire là-dedans n'était que pure illusion, un fantasme. Mais au moins, il gardait la main dans certains domaines. Il savait qu'il s'en sortirait à ce poste, qu'il était un bon flic, ou en tout cas un flic prometteur. Ce genre de travail l'attirait, et les défis à venir ne lui faisaient pas peur. La police, c'était son monde, un monde dans lequel Bergthóra n'intervenait pas. Et ses livres – ils représentaient aussi un refuge. Ainsi que son mémoire, même s'il soufflait le chaud et le froid à ce sujet. Parfois, la tâche lui semblait effroyablement fastidieuse, tandis qu'à d'autres moments, cette vieille affaire non élucidée occupait toutes ses pensées. Son incapacité à obtenir une vision plus globale de ce qui s'était passé, comme si une pièce essentielle du puzzle manquait, le rendait fou.

Et puis merde, il ne pouvait rien y faire.

Au moins, le *skyr* était bon. Le véritable *skyr* islandais lui avait manqué à l'époque où il vivait à l'étranger. Le yaourt ne faisait pas le poids.

La radio diffusa la dernière chanson avant les informations. Interprétée par un chœur d'hommes, la vieille mélodie ramena Helgi aux repas de famille de sa jeunesse. Ils déjeunaient tous ensemble en écoutant le journal de la radio, pain de seigle et *skyr* sur la table, du petit-lait à boire. Dans le temps, la routine l'ennuyait, mais aujourd'hui, elle symbolisait la sécurité, la permanence. Helgi se rendait bien compte qu'il se laissait aller à la nostalgie au quotidien, en écoutant ainsi la radio publique islandaise, en mangeant du *skyr* pour le déjeuner et en lisant de vieux bouquins. Tout cela pointait dans la même direction : le désir d'une sécurité révolue, le besoin d'être rassuré dans un monde où rien n'était prévisible, au sein d'un foyer où jamais ne régnait la paix, à l'inverse de chez ses parents. Peut-être qu'au fond, il voulait juste travailler dans une librairie au lieu de jouer au flic, malgré les aptitudes qu'il avait démontrées dans ce domaine.

« Une femme d'une cinquantaine d'années a été retrouvée morte à son domicile d'Árbœr ce matin. La police n'a pas encore dévoilé de détails à ce stade mais, selon les sources de la rédaction, une enquête pour homicide pourrait être ouverte. »

Le premier sujet du flash info tira Helgi de ses pensées. Il ressentit d'abord un choc tout naturel, peut-être couplé à une réaction instinctive de policier. Un meurtre à Reykjavík : cela n'arrivait pas tous les jours.

Puis, quelques secondes plus tard, il saisit la pleine portée des mots du journaliste.

Une femme d'une cinquantaine d'années.

Árbœr.

Merde.

Impossible.

Ce devait être une coïncidence.

Il songea à l'appeler pour s'en assurer, mais il hésita. Son mari s'était montré parfaitement clair la veille.

Helgi recula bruyamment sa chaise et se leva de table, manquant de renverser le bol de *skyr* dans son agitation. S'emparant de son ordinateur portable, il alla consulter les principaux journaux en ligne, sans trouver davantage de renseignements, seulement les mêmes maigres faits, et aucune photo des lieux. À leur décharge, les médias avaient le mérite de faire preuve d'une certaine discrétion dans ces circonstances.

Helgi envisagea alors d'appeler Magnús, son futur patron, ou de passer au commissariat pour en apprendre un peu plus, mais il préféra s'abstenir. Les chances que la victime se révèle être Tinna étaient minuscules, autant éviter de se ridiculiser sur son nouveau lieu de travail avant même d'avoir pris son poste.

Il se demanda s'il ne devait pas téléphoner à Bergthóra pour lui demander son point de vue. Mais elle ne connaissait pas vraiment les détails de son mémoire, s'intéressant peu à ses études, même si elle le poussait toujours à en finir au plus vite. Par ailleurs, ils n'avaient pas l'habitude de bavarder sur leur temps de travail ; bien au contraire, jamais elle ne donnait de nouvelles lorsqu'elle était au bureau. Seule une urgence aurait justifié de la déranger, or la situation ne méritait guère un tel qualificatif.

Il ne put se concentrer sur la suite du flash info et avait perdu tout appétit pour son *skyr*. Pour une fois, il ne se sentait pas capable non plus d'entamer un roman. Aussi décida-t-il de reprendre place devant son ordinateur et d'essayer d'avancer dans sa mémoire.

2012

Hulda

Plusieurs dossiers attendaient Hulda sur son bureau ce matin-là, mais rien d'urgent. À vrai dire, ces derniers mois elle avait l'impression que Magnús lui épargnait toutes les missions un tant soit peu complexes. « Épargnait » n'était d'ailleurs peut-être pas le bon mot. En réalité, elle avait plutôt la sensation que les affaires exigeantes lui passaient systématiquement sous le nez. Cela n'avait pas toujours été le cas, même si durant toute sa carrière dans la police elle avait dû mener une âpre bataille contre la domination masculine. Auparavant, on n'hésitait pas à lui confier des enquêtes délicates, et jamais elle n'en retirait la moindre gloire, malgré ses objectifs atteints dans des conditions souvent difficiles. Mais ces derniers temps, la situation avait changé. C'était sa dernière année à son poste, ce qui expliquait au moins en partie la manière dont Magnús l'ignorait sans cesse. De toute façon, son statut au sein de l'équipe n'avait fait que se détériorer depuis que celui-ci avait pris les rênes du département. Le dernier d'une longue série de patrons – des hommes, toujours – qui pour la plupart ne lui arrivaient pas à la cheville. C'était du moins son opinion.

N'appartenant pas au cercle fermé de ces messieurs, elle était rarement au fait des derniers ragots du commissariat. Néanmoins, elle apprit rapidement que la femme d'un de ses anciens collègues avait été assassinée.

Peu de détails lui étaient parvenus, mais impossible de cacher que Sverrir Eggertsson, qui avait pris sa retraite l'année précédente, était en ce moment même interrogé par ses confrères. Et à en juger par l'atmosphère électrique qui régnait au poste, il figurait parmi les suspects. Une situation assez délicate pour la police, qui faisait son possible pour éviter que la nouvelle ne fuite. Tout le monde devait prier pour que Sverrir ne soit pas impliqué et puisse être rayé de la liste des suspects au plus vite. Hulda le connaissait assez bien, pour avoir collaboré avec lui sur plusieurs enquêtes au fil des années, même si elle n'avait jamais été très proche de lui. Il possédait bien entendu de nombreux amis au sein de la brigade criminelle, aussi serait-il difficile de trouver un candidat assez objectif pour l'interroger.

Hulda connaissait aussi la victime du meurtre. Elle se rappelait bien Tinna, qu'elle avait rencontrée à Akureyri, au cours d'une des enquêtes les plus troublantes sur lesquelles elle avait travaillé, et qui serait toujours considérée comme non élucidée si elle avait eu son mot à dire. Mais peut-être aurait-elle pu trouver le coupable si Sverrir ne s'était pas mis en travers de son chemin. Il s'était jeté sur la solution la plus simple lorsqu'elle s'était offerte à lui et, comme si cela ne suffi-sait pas, il avait été aperçu en compagnie de Tinna peu après la clôture de l'enquête. Hulda avait trouvé cela inapproprié, et possiblement contraire au règlement, mais leurs collègues ne voulaient visiblement pas en faire une histoire. Ils bottaient en touche, affirmant que l'amour pouvait naître dans les circonstances les plus improbables. Après tout, l'affaire était close, et Tinna n'avait jamais fait partie des suspects.

Par la suite, Hulda l'avait occasionnellement vue lors de soirées organisées par la police, même si elle-même ne s'y rendait quasiment plus depuis qu'elle avait perdu son mari. Tinna, toujours séduisante et élégante, avait bien vieilli, et Sverrir et elle semblaient heureux ensemble. Bien que Sverrir ait pu se montrer autoritaire voire abrupt au travail et dans ses échanges avec Hulda, elle avait toujours eu la sensation qu'au fond, c'était un brave type, et un bon mari. L'idée qu'il ait soudain décidé d'assassiner sa femme après trente ans de mariage semblait tirée par les cheveux.

Elle refusait d'y croire, même si au fil de sa carrière elle avait appris à ne jamais exclure aucune possibilité. Dans le cas improbable où il serait coupable, songea-t-elle, son action pouvait-elle avoir un rapport avec la vieille affaire du sanatorium... ?

Assise à son bureau, observant les piles de papier accumulées devant elle, elle ne cessait de retourner le problème dans sa tête, ses pensées revenant à l'année 1983.

Personne n'était venu la consulter ce matin, pas même pour lui demander conseil, et certainement pas pour l'inviter à prendre formellement part à cette enquête. Les choses avaient changé, pourtant elle demeurait convaincue qu'elle était l'une des meilleures inspectrices de l'équipe. Elle n'avait rien perdu de son efficacité malgré son âge. Elle ne maîtrisait peut-être pas à la perfection les dernières méthodes d'investigation en vogue, mais elle savait séparer le bon grain de l'ivraie et faire ressortir la vérité.

Ses supérieurs avaient peut-être cessé de l'impliquer dans les grandes affaires, mais elle ne comptait certainement pas jeter l'éponge – non, pas tout de suite. Elle se leva, sortit de son bureau et rejoignit d'un pas décidé celui de Magnús.

Lorsqu'elle frappa à la vitre, elle le vit lever les yeux de son ordinateur, l'air surpris. Il reporta son regard sur l'écran, comme s'il avait l'intention de faire semblant de ne pas l'avoir remarquée, mais il finit par l'inviter à entrer d'un geste de la main. Elle ouvrit la porte et pénétra dans le bureau, bien plus spacieux que le sien. Le chef du département était assis là, sur ce fauteuil qu'elle aurait tant aimé occuper un jour – mais ce n'était pas arrivé, et maintenant il était trop tard.

– Magnús, dit-elle poliment.

– Oui ? Je suis un peu pressé par le temps, répondit-il sèchement, les yeux toujours collés à son écran d'ordinateur.

– C'est au sujet de Sverrir…

– Oui, répéta-t-il.

– Sverrir et Tinna, la femme assassinée…

Cette fois, il leva la tête et l'interrompit :

– Je sais tout ça, Hulda.

– J'ai travaillé avec lui par le passé, entre autres sur l'affaire d'Akureyri au cours de laquelle il a rencontré Tinna. Je me demandais simplement si je ne pouvais pas donner un coup de main, rejoindre l'équipe et participer...

Magnús la fixa comme si ce qu'elle venait de dire était incompréhensible.

Puis, après une courte pause, il répondit :

– Ce n'est pas nécessaire. Nous avons déjà assez de monde sur ce dossier. Merci quand même.

Il reporta son attention sur l'ordinateur, lui signifiant clairement que la conversation était terminée.

2012

Helgi

La journée s'était révélée assez pauvre en informations sur la mort survenue à Árbær. Pour une mysté-
rieuse raison, la police refusait de partager davantage
de détails.

Helgi était parvenu à mettre au propre une partie
des notes qu'il avait prises pour son mémoire,
même si Tinna occupait constamment ses pensées.
Il essayait de se convaincre que tout ça était le fruit
de son imagination, qu'elle allait très bien. Il s'éton-
nait à vrai dire de l'angoisse qu'il éprouvait à propos
d'une femme qu'il n'avait jamais rencontrée. Peut-
être une manifestation de sa culpabilité : la peur
que, s'il lui était en effet arrivé quelque chose, ce
soit en partie de sa faute. Avait-il trop remué le
passé ? Déterré des secrets qui auraient dû rester
dans l'ombre ?

Revenant à son travail, il s'arrêta un instant sur les
notes prises après sa conversation avec Elísabet. Elle
dégageait une tristesse, une lourdeur suggérant que
sa vie n'avait pas été très heureuse et qu'elle baignait

encore dans une sorte de brouillard. Il soupçonnait qu'elle ne lui avait pas dit toute la vérité. Mais en même temps, pouvait-il vraiment attendre de parfaits inconnus qu'ils s'ouvrent à lui sans réserve ?

S'emparant de son téléphone portable, il sélectionna son numéro. Il fallait qu'il parle de cette affaire avec quelqu'un. Inutile de chercher à joindre Tinna, et il n'avait pas très envie de discuter avec Broddi. Le vieux gardien en profiterait encore pour vider son sac et lui raconter ses malheurs. Quant à Thorri, Helgi n'avait aucune intention de s'adresser de nouveau à lui, sauf en cas d'extrême nécessité. Un type vraiment étrange dont il émanait quelque chose de profondément désagréable.

– Oui... Allô ?

Malgré sa voix amicale, Elísabet semblait sur la défensive.

– Bonjour, Elísabet. Ici Helgi Reykdal. Je peux vous embêter un instant ?

– Euh... oui, bien sûr, sans problème.

– Je suis en train de finaliser mon mémoire et je voulais juste revérifier les informations que vous et vos anciens collègues du sanatorium m'avez données.

– Vous avez parlé à tout le monde ? demanda-t-elle.

– Oui, je crois.

– À Thorri aussi ? s'enquit-elle, ce qui était étonnant car, lors de leur conversation, elle lui avait clairement fait comprendre qu'elle ne portait pas ce dernier dans son cœur.

– Oui, je suis allé le voir à sa clinique.

– Ah, je vois, ici à Reykjavík, vous voulez dire.

J'ai cru comprendre que les affaires marchaient bien pour lui, lâcha-t-elle, une pointe d'amertume dans la voix.

– Lorsque nous nous sommes rencontrés, vous disiez que vous ne vous entendiez pas particulièrement bien ?

Elle laissa passer un temps, puis répondit :

– Non, on ne s'entendait pas bien.

– Vous avez mentionné qu'il n'était pas un bon chef d'équipe. Vous aviez d'autres griefs au sujet de son travail ? demanda Helgi au petit bonheur la chance, motivé par ses propres réserves quant au médecin.

Une nouvelle pause.

– Non, non, ce n'était pas un mauvais docteur. C'était plus... disons... personnel.

Helgi se demanda s'il devait la pousser à s'expliquer – par pure curiosité, car il était peu probable que des détails de ce genre modifient la version finale de son mémoire.

– Ah, je vois, finit-il par dire avec hésitation, avant de tenter le tout pour le tout : Une raison en particulier ?

Elísabet garda le silence un instant, puis répondit :

– C'est personnel, comme je vous l'ai dit.

Mais après un court moment, elle ajouta :

– Disons que c'est plus ou moins à cause d'une aventure amoureuse qui ne s'est jamais concrétisée.

Son honnêteté surprit Helgi. Elle devait être mariée à l'époque, sachant qu'elle n'avait perdu son époux que récemment.

– Ça reste entre nous, bien sûr, poursuivit-elle. Il ne

s'est rien passé du tout. Vous ne mentionnerez pas ça dans votre mémoire, n'est-ce pas ?

– Non, non, bien sûr que non.

– Vous avez interrogé Tinna aussi ? demanda-t-elle, visiblement pour changer de sujet.

– Euh… à peine. Au téléphone. Je n'ai pas pu la rencontrer. Je crois qu'elle n'avait pas envie de me parler.

– Dans ce cas, j'imagine que vous avez compris qu'elle s'est mariée avec Sverrir, l'inspecteur chargé de l'enquête ?

– Oui. Lui, je l'ai rencontré. Je ne peux pas dire qu'il m'ait réservé un accueil très chaleureux.

– J'allais vous en toucher un mot la dernière fois, lorsqu'on s'est vus, mais je n'osais pas. Je n'aime pas raconter des ragots, mais tout le monde a été choqué à l'époque. C'est quand même assez particulier, non ? Il avait enquêté sur une affaire de meurtre dans laquelle Tinna était impliquée, voire suspecte. Pas très professionnel, tout ça, non ?

À en juger par son ton scandalisé, il était clair que, malgré ce qu'elle affirmait, Elísabet adorait partager des ragots.

– C'est inhabituel, en effet.

– Je suis sûre qu'ils se sont mis ensemble alors que l'enquête était toujours en cours. C'est ce que disait la rumeur, en tout cas. Qu'ils ont commencé à se voir quand il était encore à Akureyri. Elle n'a pas mis longtemps à prendre la poudre d'escampette et à le rejoindre à Reykjavík.

– Vous pensez que ça pouvait cacher autre chose…

autre chose qu'une simple histoire d'amour ? demanda Helgi.

– Comment ça ?

– Eh bien... Vous pensez qu'il a pu chercher à la couvrir ?

– Ça m'a traversé l'esprit, naturellement, répondit Elísabet d'un ton un peu sec. Qui sait ? Enfin, je ne veux pas sous-entendre que Tinna ait eu quoi que ce soit à voir dans le meurtre d'Yrsa. Difficile d'imaginer une chose pareille...

– Oui, sans doute, acquiesça Helgi, puis il attendit qu'elle poursuive.

– Mais... mais il ne faut pas oublier que c'est elle qui a découvert les deux corps, reprit-elle, ayant visiblement déjà réfléchi à la question et sans doute partagé ses théories à de nombreuses reprises au fil des années. Les deux ! C'est une coïncidence étrange, vous ne trouvez pas ?

– Eh bien, j'ai cru comprendre en lisant les rapports de police qu'elle arrivait toujours la première au sanatorium, ce n'est donc peut-être pas étonnant.

– Les rapports de police rédigés par Sverrir ?

– Euh... oui, certes. Mais vous-même avez dit qu'elle était toujours la première à l'hôpital.

– Hmm. Oui, peut-être. C'est vrai qu'elle arrivait souvent avant nous.

– En tout cas, ce n'est pas inintéressant, dit Helgi. Bien sûr, je n'ai aucune intention de plonger très en profondeur dans l'affaire elle-même, ni de remettre en doute les conclusions de la police, mais cela donne quelques informations sur le contexte.

– Je pense bien. Vous me ferez peut-être lire votre mémoire, un de ces jours ? Et n'hésitez pas à me recontacter si je peux vous aider. Je suis libre pour prendre un café n'importe quand, répondit-elle – il ne doutait pas de la véracité de cette dernière phrase.

Après avoir regardé les journaux télévisés des deux chaînes, Helgi n'en savait toujours pas plus sur cette mort survenue à Árbær. Bergthóra et lui avaient dîné vers dix-huit heures à la table de la cuisine, un plat d'églefin bouilli qui manquait de goût – toujours la même routine. Ils n'avaient pas beaucoup parlé, mais elle avait de nouveau insisté pour qu'il accepte officiellement ce poste de policier.

– Tu ne vas pas rester indéfiniment sans rien faire, et un vrai salaire supplémentaire mettrait un peu de beurre dans les épinards, dit-elle avant de boire une gorgée d'eau – le dîner s'accompagnait toujours d'eau. Tu ne peux pas vivre sur ton prêt étudiant, tu ne vas faire qu'accumuler des dettes.

– Ça me va pour l'instant, Bergthóra.

– Oui, d'accord, mais de l'argent en plus ne nous ferait pas de mal, si on veut acheter, et pas louer toute notre vie. J'ai regardé les appartements ici et là sur Internet. Il y a beaucoup d'offres.

– Je ne sais pas si c'est le meilleur moment, répliqua Helgi. On ne devrait pas attendre ? Voir si les prix baissent encore un peu ? Je n'ai pas très envie de voir notre emprunt grimper en flèche au prochain pic d'inflation.

Il ressentit une pointe de culpabilité en se souvenant

que l'économiste de la radio avait prédit une forte hausse des prix de l'immobilier à venir, mais en réalité il n'était pas prêt à franchir cette étape. Pas avec Bergthóra.

2012

Elísabet

Assise à la table de la cuisine, elle fixait son téléphone portable en se demandant si elle n'en avait pas trop dit à ce Helgi. Elle était simplement si contente de parler à quelqu'un, et il avait une voix agréable. D'instinct, elle avait eu le sentiment de pouvoir lui faire confiance, qu'il ne la trahirait pas.

Thorri... Elle ne lui avait pas adressé la parole depuis des années. Même s'il lui était arrivé de l'apercevoir à Akureyri, elle avait toujours gardé ses distances. Sa clinique privée de Reykjavík semblait bien se porter, à en croire les informations accessibles au public qu'elle avait pu dénicher.

Leur histoire, si ce qui s'était passé entre eux méritait vraiment ce nom, avait été aussi brève qu'embarrassante. Pourtant, elle y repensait encore, de temps à autre. Il l'avait draguée à la fin d'une soirée entre collègues, alors qu'il savait très bien qu'elle était en couple, mais peut-être avait-il compris que ce n'était pas un mariage heureux. Cela n'avait sans doute échappé à personne, les ragots se propageaient comme une traînée de poudre dans cette petite ville. Néanmoins, elle était restée au côté de son époux pendant toutes ces années, d'abord pour leur fils, puis par habitude, parce qu'elle ne connaissait rien d'autre et n'avait pas le courage de partir. On s'habituait à tout. Elle n'avait découvert la liberté qu'à la mort de son mari, moment à partir duquel elle avait trouvé la force de faire ses bagages et de déménager à Reykjavík pour recommencer à zéro. Mais en toute honnêteté, elle ne s'était jamais sentie aussi seule que maintenant.

Malgré une indéniable attirance pour lui, Elísabet avait repoussé Thorri ce soir-là, refusant de commettre l'adultère. Et les jours suivants, elle ne pensait plus qu'à lui. Il lui avait fallu une semaine pour rassembler le courage de lui avouer ses sentiments, semaine durant laquelle elle s'était convaincue d'être prête à mettre fin à son mariage et à entamer une nouvelle vie avec Thorri.

Mais lorsqu'elle lui avait ouvert son cœur, il n'avait rien trouvé de mieux à faire que de l'humilier.

– Tu pensais vraiment que j'étais sérieux ? avait-il demandé d'un ton froid, un sourire sardonique aux lèvres.

À partir de ce moment-là, il était devenu un ennemi à ses yeux. Elle avait éprouvé un immense soulagement lorsqu'il avait été transféré à l'hôpital régional, et après cela, elle n'avait jamais laissé passer une occasion de dire du mal de lui.

Et elle continuait de l'observer à distance, malgré sa haine.

Réflexion faite, elle avait peut-être commis une erreur en racontant cette histoire à Helgi, et en plantant dans sa tête l'idée qu'elle n'était pas vraiment objective. Elle pressentait que ce jeune homme faisait plus qu'écrire un simple mémoire sur les morts du sanatorium. À en juger par ses questions, il semblait plutôt vouloir déterrer cette affaire. Auquel cas, continuer de dire du mal de Thorri aurait constitué une meilleure stratégie. Helgi aurait alors eu une bonne raison de le faire figurer en haut de sa liste de suspects.

2012

Helgi

Le nom de Tinna fut publié dans les journaux dès le lendemain.

Helgi avait eu beau se préparer à cette éventualité, il n'en demeurait pas moins sous le choc. Il s'était levé aux aurores pour aller chercher le journal, et à présent, il fallait qu'il en parle à quelqu'un, aussi réveilla-t-il Bergthóra.

– La femme qui a été assassinée à Árbær... C'est celle avec qui j'essayais de discuter pour mon mémoire !

Ouvrant les yeux, Bergthóra ne sembla pas exactement apprécier qu'on vienne perturber son sommeil.

– Hein ? Et alors ? Il est quelle heure ?

– Six heures et demie, mais tu ne m'as pas entendu ? La femme qui a été assassinée, elle est liée à cette vieille affaire de meurtre à Akureyri. Peut-être que c'est moi, peut-être que j'ai fait quelque chose qui a mené à ça...

Ses mots se bousculaient et son cœur cognait contre sa poitrine.

– Chéri, je suis à peine réveillée, répliqua Bergthóra. Laisse-moi tranquille. Tu n'es pas encore de la police,

231

ce n'est pas faute de t'avoir rappelé d'accepter leur offre, alors je ne vois pas en quoi ça te concerne. Ce n'est qu'une coïncidence, rien de plus.

– Ça ne peut pas être une simple coïncidence, Bergthóra ! Pile au moment où je...

Elle ferma les yeux et lui tourna le dos.

– Oh, laisse-moi dormir, Helgi.

2012

Hulda

Hulda était déterminée à ne pas se laisser abattre par le rejet de Magnús la veille. Elle avait plusieurs enquêtes en cours, sur lesquelles elle comptait concentrer son attention. Ses collègues s'occupaient de Sverrir et de l'enquête pour meurtre. Elle ne pouvait toutefois s'empêcher de repenser aux morts du sanatorium d'Akureyri. Bien sûr, après plusieurs décennies, ses souvenirs manquaient de précision, mais c'était le genre d'affaire qu'on n'oubliait pas, surtout les souffrances qu'avait dû endurer la pauvre Yrsa, amputée de deux doigts. L'arme qui avait servi à la mutiler n'avait jamais été retrouvée, et aucun mobile n'avait pu être établi.

Presque malgré elle, Hulda se mit à noter quelques points concernant ces événements, notamment les noms qui lui revenaient en mémoire.

Elle se rappelait distinctement Broddi. Un homme qu'elle n'avait jamais bien saisi, envers lequel elle éprouvait un mélange de crainte et d'empathie. Il était comme hanté par un mystérieux chagrin. Et

Sverrir s'était empressé de le jeter en cellule, l'une des nombreuses erreurs qu'il avait commises. De la même manière, il avait bouclé l'affaire dès lors que le directeur du sanatorium avait été retrouvé mort. Une solution un peu trop pratique selon Hulda, mais comme si souvent – à cette époque et plus tard – on ne lui avait pas demandé son avis. Elle n'était pas en position de faire entendre ses objections.

Bien sûr, elle avait aussi rencontré Tinna à plusieurs reprises – la jeune femme avait découvert les deux corps. Une coïncidence troublante, selon Hulda, même si elle pouvait avoir une explication naturelle. Quoi qu'il en soit, une certaine alchimie s'était fait jour entre Tinna et Sverrir au cours de son investigation. Cela ne lui avait pas échappé, mais comme tant d'autres, elle avait été abasourdie de découvrir qu'ils s'étaient mis en couple dans ce qui semblait être un délai indécent après la clôture de l'enquête. En dépit de cela, Hulda n'avait jamais soupçonné son collègue d'avoir commis une faute : si les preuves avaient suggéré que Tinna s'était rendue coupable d'un meurtre, il l'aurait arrêtée sans l'ombre d'un doute. Mais il fallait avouer que placer en garde à vue un moins-que-rien tel que Broddi avait été une décision bien plus aisée. Par moments, Hulda avait eu l'impression que tout le monde espérait qu'il se révèle coupable – l'issue la plus simple, la plus pratique à toute cette histoire.

Elle se rappelait aussi Fridjón, le directeur du sanatorium, mort dans une chute. Jamais elle n'avait envisagé qu'il puisse être responsable du meurtre d'Yrsa. C'était un sexagénaire tranquille et sans histoire, un médecin célibataire et un peu vieux jeu, qui semblait porter le poids du monde sur ses épaules. Même s'il s'était bien suicidé, cela ne signifiait pas qu'il faille y lire un aveu. Et s'il ne s'agissait pas d'un suicide, il y avait eu non pas un mais deux meurtres au sanatorium. Pourtant, Sverrir avait conclu que Fridjón était l'assassin, et aucune preuve ne contredisait cette théorie. Mais si la décision lui avait appartenu, Hulda n'aurait pas clos l'enquête avec une telle célérité.

Si et seulement *si*... toujours la même rengaine lorsqu'elle se repenchait sur sa carrière. Certes, elle avait parfois pu diriger des enquêtes d'envergure, mais il ne faisait aucun doute que beaucoup de choses se seraient passées d'une autre manière si elle avait bénéficié d'un soutien plus important au fil des années.

Elle se reconcentra sur la vieille affaire du sanatorium. Il y avait une autre femme ; elle avait oublié son nom, mais la visualisait parfaitement. Elle semblait toujours un peu distante et austère, comme si elle ne disait pas toute la vérité, consciemment ou non. Difficile toutefois de l'imaginer dans le rôle de la meurtrière, et presque impossible d'envisager qu'elle ait pu couper les doigts de sa collègue. Mais quelqu'un avait bien commis cet acte, aussi macabre et incompréhensible soit-il. Et au cours de sa longue carrière, Hulda avait appris à ne jamais écarter la moindre piste.

Enfin, il y avait l'autre médecin, Thorri. Elle s'en souvenait précisément, surtout parce qu'elle l'avait vu apparaître à plusieurs reprises dans les médias ces dernières années, d'abord en tant que directeur de l'hôpital régional d'Akureyri, puis comme porte-parole des structures de santé privées. Un bel homme, grand et musclé – en capacité physique de commettre un meurtre. En tout cas, elle ne pouvait le rayer de la liste des suspects. Il avait une attitude glaciale et hautaine. Chaque fois qu'elle le voyait aux informations, elle repensait aux morts du sanatorium, et la même question lui traversait l'esprit : pouvait-il être coupable ? Elle ignorait cependant ce qui l'aurait poussé à tuer Yrsa – elle n'avait même pas pu esquisser la moindre théorie à ce sujet. Tout cela ne faisait que lui rappeler combien l'enquête avait été bâclée : ils n'avaient pas assez creusé. Après réflexion, elle se souvenait d'un élément qu'elle aurait aimé explorer plus en profondeur à l'époque. Quelqu'un avait mentionné le passé de Thorri lors d'un interrogatoire, laissant entendre qu'il avait eu des ennuis à son poste précédent. Sur le moment, Sverrir n'avait pas estimé nécessaire de suivre cette piste, et avec la mort de Fridjón, l'enquête avait subitement pris une nouvelle direction. Elle écrivit le nom de Thorri sur sa feuille de papier, le souligna plusieurs fois, puis ajouta : « *Précédent poste ?* »

Mais que comptait-elle faire de tout ça aujourd'hui ?

Non, inutile de s'appesantir là-dessus.

Elle repoussa sa feuille – ce n'était qu'une poignée de noms et des réflexions griffonnées en toute hâte.

Elle n'allait pas perdre davantage de temps avec cette histoire.

2012

Helgi

Helgi arriva au commissariat de la rue Hverfisgata vers dix heures. Il se surprit à poser un regard neuf sur cette bâtisse moderniste à la façade dominée par de longues rangées de fenêtres, un véritable emblème de Reykjavík depuis les années 1960. C'était étrange de s'imaginer travailler entre ces murs.

Il n'avait pas téléphoné pour annoncer sa venue, mais il se présenta à l'accueil et demanda à voir Magnús.

– Je vais l'informer de votre présence, mais je ne suis pas sûr qu'il soit disponible immédiatement, répondit l'agent.

Helgi pouvait se permettre d'attendre. De repousser ne serait-ce que de quelques minutes l'inévitable, à savoir accepter ce poste qui ne lui faisait pas particulièrement envie. Il était venu pour dire oui à l'offre de Magnús et essayer de glaner au passage quelques informations plus précises sur Tinna et Sverrir. Un entretien qui achèverait d'enterrer ses rêves de travailler à l'étranger. Et parti comme il l'était, la prochaine étape serait sans doute de céder aux désirs de Bergthóra, de quitter leur appartement de location pour se plonger dans un océan de dettes en investissant dans un logement quelque part dans la banlieue de Reykjavík. Le jeune économiste de la radio avait intérêt à ne pas s'être trompé concernant l'évolution des prix de l'immobilier.

Au bout d'un quart d'heure, on appela son nom.

– Magnús est disponible.

Il hocha la tête et se leva. Dans la salle d'attente bondée, il avait passé le temps en essayant d'imaginer ce que chacun faisait ici, ce qui pouvait pousser les gens à se rendre au commissariat en plein milieu de la matinée.

– Il est au troisième étage.

Helgi emprunta la porte que l'agent lui désignait et grimpa dans le vieil ascenseur. Le bâtiment montrait des signes de vieillissement, mais son décor des années 1960 conservait un certain charme à ses yeux. Peut-être pourrait-il éprouver du plaisir à venir travailler ici, tout compte fait. C'était à espérer.

Lorsqu'il fut arrivé à l'étage, on lui indiqua le bureau de Magnús.

– Helgi, quel plaisir ! Excuse-moi de t'avoir fait attendre. On ne sait plus où donner de la tête ici, alors je n'ai pas beaucoup de temps.

Magnús s'était levé pour venir lui serrer la main. Puis il répéta :

– Ça fait plaisir de te voir.

– Oui... Je suis désolé de débarquer à l'improviste.

– Aucun problème, ne t'inquiète pas. Assieds-toi donc. Tu veux un café ?

Magnús reprit place derrière son bureau.

– Merci, dit Helgi en s'installant sur le siège face à lui. Pas de café, ça ira. J'en ai déjà bu ce matin.

– J'imagine que tu viens pour discuter de ce fameux poste. La dernière fois qu'on s'est parlé, j'ai eu l'impression que tu avais pris ta décision et que tu comptais rejoindre notre équipe.

Magnús sourit.

– Euh… oui, oui… enfin…

– Tu n'as quand même pas changé d'avis, Helgi ? demanda Magnús, la voix cependant toujours amicale. Le fauteuil n'attend que toi ! L'un de mes agents va prendre sa retraite, et j'ai reçu des recommandations très enthousiastes aussi bien de tes anciens collègues ici que de ton professeur à l'étranger. Il m'a dit n'avoir jamais connu un étudiant aussi brillant.

Ignorant jusqu'alors qu'on l'avait couvert de tels éloges, Helgi ne put s'empêcher d'éprouver une pointe de fierté.

– Euh… non, non, je n'ai pas changé d'avis, pas du tout. Et oui, je suis venu pour régler toutes les formalités, mais…

– Merveilleux, merveilleux. Tu m'en vois ravi.

– Mais il y a autre chose dont je voulais parler, par la même occasion…

– Dis-moi tout.

Magnús se pencha sur son bureau.

– Cela concerne la femme retrouvée morte à Árbær.

– Oh, tu veux parler de Tinna ?

– Oui. Il se trouve que je suis passé la veille de sa mort – chez elle, je veux dire.

– Quoi ? Pourquoi ? lâcha Magnús, l'air sincèrement surpris.

– Le mémoire que j'écris – mon mémoire de master – concerne les morts du sanatorium d'Akureyri en 1983. Je voulais réexaminer l'enquête avec une perspective criminologique, si tu vois ce que je veux dire ?

– D'accord...

– Bref, j'ai fait des recherches sur cette affaire, et je me suis entre autres entretenu avec les anciens employés. Ils sont tous encore vivants – ou plutôt, ils l'*étaient* – et j'ai réussi à parler avec tout le monde, sauf Tinna. Lorsque je suis allé chez elle à Árbær, c'est son mari qui m'a ouvert, et il m'a plus ou moins jeté dehors en me disant que Tinna ne voulait pas ressasser cette histoire. Je ne pouvais pas y faire grand-chose. Ensuite, j'ai appris que cet homme dirigeait en fait l'enquête à l'époque...

– Sverrir, oui, bien sûr, acquiesça Magnús, l'air grave à présent. C'est intéressant, Helgi, très intéressant. Entre nous, Sverrir est le principal suspect pour le meurtre de sa femme à ce stade, mais ça vaudrait sans doute la peine de discuter avec les anciens collègues de Tinna... Il va sans dire qu'on espère découvrir un nouvel angle dans cette affaire, car ça nous ferait très mal d'inculper un ancien flic pour homicide. Personne ici ne croit vraiment que Sverrir est coupable, mais pour le moment, c'est le seul suspect que nous ayons interrogé.

– Est-ce que... euh... vous avez des indices suggérant qu'il ait pu commettre ce crime ? s'enquit Helgi, le ton hésitant, car il ignorait jusqu'où il pouvait se permettre d'aller – l'expression de Magnús était difficile à déchiffrer.

– Oui et non, répondit celui-ci, en apparence indifférent à la question. Il a pris sa retraite il n'y a pas si longtemps, et depuis il travaille à mi-temps comme gardien de nuit. Il était de service le soir où Tinna a été assassinée.

– Ça ne suffit pas à l'innocenter ? demanda Helgi.

– Nous avons établi qu'il s'est bien rendu sur son lieu de travail, où il a pointé, mais nous ne pouvons pas exclure avec certitude la possibilité qu'il se soit absenté. Il n'y a que deux caméras de surveillance sur place, et elles ne couvrent pas toutes les issues. Il a donc pu venir travailler, repartir chez lui puis revenir terminer son service et pointer à la sortie... Une idée affreuse, impensable même, mais c'est tout ce que nous avons sous la main pour l'instant.

– Et est-ce qu'il a... eh bien, est-ce qu'il a dit quelque chose qui vous a paru suspect ?

– Non, pas du tout. Il semble dévasté et nie avoir quoi que ce soit à voir avec ça. Personnellement, j'aurais plutôt tendance à lui accorder le bénéfice du doute, mais nous continuons à l'interroger. Ce serait formidable que tu rejoignes l'équipe et que tu nous files un coup de main, notamment en retournant parler avec les personnes que tu as déjà contactées.

Helgi eut un mouvement de recul.

– Mais je... je dois encore terminer mon mémoire. Je n'avais pas l'intention de commencer tout de suite.

– On te laissera de la marge pour que tu finisses tes études, ne t'inquiète pas, mais je crois que c'est le moment parfait pour que tu te lances, que tu sautes directement dans le grand bain, si tu me permets l'expression.

– Je vais y réfléchir, mais… euh…

– Il n'y a pas à réfléchir, répliqua Magnús, intraitable. On va faire comme ça, c'est mieux pour tout le monde.

Helgi hocha la tête, résigné. Cela ne s'était pas exactement passé comme prévu, mais pouvoir suivre cette enquête avec un badge de police en poche était tentant. Une chance de faire ressortir la vérité, trente ans après. Il était convaincu que le meurtre de Tinna n'avait rien d'une coïncidence, qu'il existait un lien avec le passé.

– Oui, tu as peut-être raison… Peut-être que je devrais sauter dans le grand bain, dit Helgi avec un sourire. Je… Je vais m'y mettre, je me suis aménagé un espace de travail à la maison.

– Ne raconte pas de bêtises, tu vas travailler d'ici. Dès demain. J'ai un bureau tout prêt pour toi, je dois juste organiser le départ de la femme qui l'occupe pour l'instant. Elle prend sa retraite cette année de toute façon, arrêter un peu plus tôt ne changera rien pour elle. Reviens me voir demain à la même heure, je te montrerai le bureau. Concernant le salaire, ça ne bouge pas, c'est ce dont on avait déjà discuté.

– Parfait. Je viendrai demain matin, donc, et…

– Et commence tout de suite à reprendre contact avec tes témoins. On ne peut pas se permettre de perdre du temps dans une enquête de cette envergure.

2012

Helgi

Helgi pensa d'abord téléphoner à Bergthóra pour lui annoncer la bonne nouvelle, ou tout au moins la nouvelle – il ne l'avait pas encore digérée, n'aurait su dire s'il s'agissait d'une évolution positive ou négative pour lui.

Mais au lieu de l'appeler, il sélectionna le numéro de Thorri, espérant parvenir à le joindre avant son retour à Akureyri – dans l'hypothèse où il ne serait pas déjà parti.

– Oui, répondit-il plutôt sèchement.

– Bonjour, Thorri. C'est Helgi Reykdal.

– Helgi, que me vaut le plaisir ?

La voix de Thorri se teinta soudain d'une note aussi amicale que fausse.

– Pourrait-on se voir pour bavarder, si vous avez un moment ? J'imagine que votre planning est chargé.

– En effet. Mais je suis dans le centre-ville actuellement, et je n'ai rien de prévu dans l'heure qui vient. Qu'en dites-vous ? Je ne vois pas trop ce que je pourrais ajouter à ce que je vous ai raconté l'autre jour, mais on peut se voir, si vous estimez que c'est utile.

– Ce serait formidable.

Ils se donnèrent rendez-vous dans un café et Helgi se mit aussitôt en route. Malgré ses doutes sur la décision qu'il venait de prendre – ou plutôt qu'on avait prise pour lui –, il se sentit soudain empli d'un nouvel élan de vitalité tandis qu'il conduisait en direction du café. L'écriture de son mémoire ne l'avait clairement pas assez stimulé ; à présent qu'il avait ce qu'on pouvait appeler une véritable mission, il éprouvait un regain d'énergie.

Helgi ne repéra pas immédiatement le médecin parmi les nombreux clients de l'établissement. Installé dans un coin à côté de l'entrée, Thorri était absorbé par son ordinateur portable, assis sous un vieux lustre – tout au moins un lustre censé avoir l'air ancien. Une certaine effervescence régnait dans le café alors que l'heure du déjeuner approchait, et personne ne prêtait vraiment attention à Helgi. Il remarqua une bière sur la table devant Thorri mais, se dirigeant vers le comptoir pour passer commande, il opta plutôt pour un café.

Il prit sur lui afin de ne pas se laisser tenter par l'une des délicieuses pâtisseries joliment disposées dans la vitrine – résister à l'appel de cette épaisse part de gâteau au chocolat était une épreuve. La serveuse ayant proposé de lui apporter son café à table une fois qu'il serait prêt, il rejoignit Thorri et le salua.

Celui-ci leva les yeux.

– Helgi, content de vous revoir. Vous êtes bloqué dans votre mémoire ?

Il sourit et but une gorgée de bière. Helgi s'installa face à lui.

– Non, le mémoire avance bien. C'est de Tinna que je voulais vous parler.

– Oui, j'ai vu les informations ce matin. Pauvre femme. J'ai du mal à y croire. Évidemment, je ne peux pas prétendre que nous ayons été très proches, mais c'est étrange de se dire qu'on a connu quelqu'un qui vient d'être assassiné.

– Oui. Et ce n'est pas la première fois, fit remarquer Helgi.

– Hein ? lâcha Thorri qui sembla mettre un petit temps à comprendre à quoi il faisait allusion. Ah, oui, je vois. Vous voulez parler d'Akureyri. Bien sûr.

– Pour tout vous dire, poursuivit Helgi d'un ton plus sérieux, je vais devoir mettre mes études entre parenthèses, car j'ai accepté un poste au sein de la brigade criminelle de Reykjavík un peu plus tôt que je ne l'avais prévu.

La nouvelle sembla déstabiliser Thorri.

– Ah ? Mais vous disiez vouloir me parler... de Tinna...

– C'est exact. Je devais commencer à travailler au commissariat cet été ou à l'automne, mais la mort de Tinna a précipité les choses. On m'a demandé de prendre part à cette enquête.

– Et donc, ça signifie quoi ? Que je suis en train de subir un interrogatoire de police ? demanda Thorri, et Helgi n'aurait su dire avec certitude si cette question se voulait sarcastique, ou si le médecin était réellement irrité – il n'aurait pas été étonné de le voir se lever et prendre la porte.

Mais Thorri ne bougea pas de son siège.

– J'imagine qu'on peut le dire comme ça, répondit Helgi après une courte pause. D'une certaine manière. Ça vous dérange, si je vous pose quelques questions ?

– Ai-je le choix ?

À nouveau, son ton oscillait entre le sarcasme et la colère.

– Quand avez-vous vu Tinna pour la dernière fois ?

– Il y a longtemps, très longtemps. Sans doute lors d'une soirée, il y a quatre ou cinq ans. Pour être honnête, je ne m'en souviens plus.

– Vous ne vous êtes pas recontactés pendant toutes ces années ? Vous n'avez jamais évoqué le sujet des morts du sanatorium avec elle depuis son déménagement à Reykjavík ?

– Pas du tout. Et je ne vois pas pourquoi nous l'aurions fait. Si elle éprouvait le besoin d'en parler à quelqu'un, elle n'avait pas à aller bien loin, étant mariée à l'inspecteur qui s'était chargé de l'enquête.

– Vous dirigiez toujours le sanatorium lorsqu'elle a démissionné ?

– Oui, répondit Thorrir sèchement.

– Et son départ s'est fait à l'amiable ?

– Oui, je pense pouvoir l'affirmer. Bien sûr, nous étions désolés de perdre une collègue compétente, mais je savais que je trouverais un remplaçant ou une remplaçante sans difficulté. Tinna travaillait très bien, mais elle était loin d'être indispensable. Elle était encore novice, si vous voyez ce que je veux dire. Ça ne me posait donc aucun problème, tout s'est bien passé. Pas comme avec Broddi.

246

Il sourit et vida son verre d'un trait. Au même instant, la serveuse apporta le café de Helgi, et Thorri en profita pour commander une autre bière.

– Vous disiez donc avoir eu des problèmes avec Broddi ? enchaîna Helgi.

– Eh bien, j'ai dû me séparer de lui, évidemment. Ce n'est jamais facile. J'avais presque pitié de lui. Il a geint et pleuré comme un gamin, puis il s'est mis à blâmer Ásta, il n'arrêtait pas de dire que tout était de sa faute. Par moments, je me demandais s'il avait vraiment toute sa tête.

– Excusez-moi, qui blâmait-il de quoi ?

– Ásta. Je ne me rappelle pas les détails, mais j'ai eu l'impression qu'il la considérait comme responsable de son renvoi. Ce qui est ridicule : elle était déjà morte depuis longtemps.

– C'était qui, cette Ásta ?

– Une infirmière du sanatorium. Elle y a travaillé pendant des années. Je ne l'ai jamais rencontrée, mais Fridjón parlait souvent d'elle. Une employée en or, semble-t-il. Une femme douce et gentille. Voilà pourquoi j'ai parfois pensé que Broddi avait une case en moins – reprocher son renvoi à une femme décédée. Le fait était qu'il ne travaillait pas assez bien et, pour ne rien arranger, il s'est fait arrêter pour suspicion d'homicide. Difficile de ne pas être mal à l'aise avec lui en sachant ça.

– Même s'il a été libéré, innocenté, et que les enquê-teurs sont arrivés à une conclusion différente ?

Dégoûté par l'attitude froide et cruelle de Thorri, Helgi se demandait comment il avait pu exercer la médecine pendant toutes ces années. Selon lui, les

médecins étaient censés être bienveillants, compatis-
sants, compréhensifs... Aucun de ces adjectifs ne s'ap-
pliquait à l'homme assis face à lui.

— Eh bien... Il se trouve qu'il n'y a pas eu d'autre
meurtre après la mort de Fridjón, tout le monde était
donc prêt à accepter la théorie selon laquelle c'était lui
le tueur. Difficile à avaler pour la famille de Fridjón,
bien sûr – son frère était toujours vivant à l'époque –,
mais bien pratique pour le reste du monde.

— Il n'y a pas eu d'autre meurtre, vous dites ?

— En effet, répondit Thorri avec un sourire.

— Jusqu'à avant-hier.

— Oh, oui, j'imagine qu'on peut dire ça. Mais vous
ne pensez pas sérieusement que les deux affaires sont
liées ?

— C'est exactement ce qu'on m'a demandé de
découvrir.

— Ça me paraît complètement tiré par les cheveux,
pour être honnête, répliqua Thorri d'un ton vif.

— Où étiez-vous avant-hier, la nuit où Tinna est
morte ?

— Vous plaisantez ? lâcha le médecin en haussant
la voix.

— Nous devons le savoir.

— Vous ne pensez pas que le plus probable, c'est
que son mari, le policier, l'ait tuée ? Une dispute qui
aurait mal tourné, ce ne serait pas la première fois. Les
violences domestiques sont de plus en plus courantes.

Helgi essaya d'ignorer le nœud qui venait de se
former dans son estomac en entendant ces mots. Il
devait rester professionnel.

248

– Je peux vous assurer que cette possibilité sera prise en considération, répondit-il formellement. Quoi qu'il en soit, où étiez-vous cette nuit-là ?

– D'après vous ? J'étais chez moi, bien sûr. Je dormais. J'ai une maison à Gardabær, en plus de celle d'Akureyri.

– Vous étiez seul ?

– Oui, c'est généralement le cas quand je viens à Reykjavík. Ma femme travaille à Akureyri, elle m'accompagne rarement.

– Vous êtes resté chez vous toute la nuit ?

– Bien sûr.

Helgi hocha la tête. L'histoire de Broddi reprochant son renvoi à cette Ásta valait la peine d'être explorée, mais en dehors de cela, il n'avait pas appris grand-chose lors de cette conversation. Thorri affirmait être chez lui au moment du meurtre, mais il ne lui aurait pas fallu plus de quinze minutes pour aller de Gardabær à Árbær en voiture s'il voulait tuer Tinna.

Il restait un sujet que Helgi souhaitait aborder avec le médecin.

– Pendant que j'y pense, quelle était votre relation avec Elísabet ?

Thorri leva les yeux, les sourcils froncés :

– Comment ça ?

– J'ai cru comprendre que vous vous étiez rapprochés à un moment...

– Qui vous a raconté ça ? Ce sont des foutaises !

– C'est donc faux ?

Thorri hésita.

– Il ne s'est jamais rien passé entre nous, répondit-il avec emphase. Mais je ne vous cache pas qu'elle aurait bien aimé. À une époque, elle ne me laissait pas en paix. Elle voulait qu'on se mette en couple, elle disait qu'elle allait quitter son mari... C'était gênant, pour être honnête.

– Et vous n'avez rien fait pour encourager cela ?

– Rien du tout. Ce n'était absolument pas réciproque, et la situation est devenue de plus en plus embarrassante pour moi. Ça a été un soulagement lorsqu'on m'a offert ce poste de chef de service à l'hôpital régional.

– Mais maintenant, tout va bien entre vous ?

Thorri esquissa un sourire froid.

– Je n'ai pas le moindre contact avec elle. Je ne suis même pas sûr que je la reconnaîtrais si je la croisais dans la rue.

2012

Helgi

Elísabet habitait un modeste appartement dans un des nouveaux immeubles de la rue Sóltún.

Elle avait sans hésitation invité Helgi à passer chez elle lorsqu'il l'avait appelée, l'informant toutefois qu'elle ne serait pas libre avant dix-huit heures. Il soupçonnait un subterfuge pour lui faire croire qu'elle avait un emploi du temps plus rempli qu'il ne l'était en réalité. Il avait aussi espéré revoir Broddi, mais n'était parvenu à le joindre qu'en fin d'après-midi, aussi s'étaient-ils donné rendez-vous pour le lendemain.

Le mobilier d'Elísabet était moderne et plutôt de mauvais goût, de la camelote bon marché qui vieillirait sans doute très mal. Helgi avait l'impression qu'elle n'avait rien emporté de son ancienne vie avec son défunt mari lorsqu'elle avait déménagé à Reykjavík, qu'elle avait voulu repartir de zéro en s'offrant une nouvelle décoration dont elle n'avait pas vraiment les moyens. Le salon, pourvu d'une grande porte-fenêtre équipée d'un store enrouleur, était meublé d'une télévision à tube cathodique semblant neuve – Helgi s'étonna qu'on produise encore ce genre d'appareil –, d'un canapé rouge vif et d'une table basse noire dont la matière ressemblait plus à du plastique qu'à du bois. En dehors de cela, la pièce était plutôt vide. Il n'y avait même pas de table, alors que la place ne manquait pas, et rien sur les murs en dehors de quelques photos de famille encadrées au-dessus du téléviseur.

Pour accompagner le café, Elísabet ouvrit une boîte en métal contenant des petits biscuits de Noël aux épices.

– Merci de m'accueillir, vous avez un charmant appartement, dit Helgi avec bienveillance.

Ils étaient tous deux assis sur le canapé, le plus loin possible l'un de l'autre.

– Merci. J'en suis plutôt contente. Évidemment, c'est autre chose que la maison dans laquelle j'habitais dans le Nord, mais ça me demande aussi beaucoup moins de travail.

Elle esquissa un sourire, toutefois chargé de mélancolie.

– Je me dois de commencer par vous annoncer que je travaille désormais pour la police.

La nouvelle sembla la bousculer.

– Pour la police ? Comment ça ?

– J'y avais déjà travaillé avant de reprendre mes études, et je viens d'accepter un nouveau poste. Cela s'est passé un peu plus vite que prévu à cause de la mort de Tinna, sur laquelle j'ai accepté d'enquêter.

– Oh, je vois...

Elle inspira profondément, et il remarqua que ses mains tremblaient.

– Mais je ne comprends pas bien ce que vous me voulez... ?

Helgi sourit pour tenter d'alléger un peu l'atmosphère, puis il répondit d'une voix amicale :

– J'essaie juste de découvrir s'il existe des liens cachés entre les événements récents et la vieille affaire d'Akureyri.

– Mon Dieu, non ! C'est ce que vous croyez ? Non, impossible.

– Il y a peu de chances que ce soit le cas, je suis d'accord, mais mon chef, Magnús, m'a chargé de m'entretenir avec vous à ce sujet. Cela dit, je peux vous assurer que l'essentiel de l'enquête se concentre ailleurs.

– Ailleurs ? Vous voulez dire sur Sverrir ? C'est ça ? Je ne l'ai jamais aimé.

Elle laissa échapper un grognement de mépris. Ses mains ne tremblaient plus.

– Je ne peux pas vous en dire plus à ce propos, répondit Helgi, mais je souhaitais discuter brièvement avec vous, étant donné ces nouvelles circonstances.

Il but une gorgée du café, qui se révéla tiède, mais il fallait admettre qu'il était arrivé avec dix minutes de retard.

– Très bon, ce café, dit-il.

– Merci. C'est juste une cafetière à filtre, mais à mon âge, je sais à peu près me débrouiller.

– Avez-vous une idée de piste qui pourrait nous éclairer un peu plus sur cette affaire ? Si vous replongez dans vos souvenirs ? Je tiens à répéter que je ne pense pas que ces deux événements soient liés.

– Je... euh, non, je ne vois pas, rien ne me revient. Pour être honnête, je me remets encore du choc, j'ai du mal à croire que Tinna soit morte. Son mari et elle avaient des problèmes ?

– Je crains de ne pas avoir d'informations à ce sujet. Ce sont mes collègues qui enquêtent là-dessus. Vous ne l'avez pas recroisée depuis que nous nous sommes parlé ?

– Non, pas du tout. Qu'est-ce qui vous fait croire ça ?

– Je m'interrogeais, c'est tout. D'ailleurs, vous êtes restée ici, en ville, toute la semaine ?

– Oui, bien sûr. Pourquoi ?

– On m'a demandé de vérifier si l'un d'entre vous avait revu Tinna – si vous étiez allés chez elle, par exemple...

– L'un d'entre nous ?

– Oui, je veux dire vous, Broddi ou Thorri.

– Vous avez parlé avec Thorri ? demanda-t-elle aussitôt.

– Ce midi, oui.

Elle resta silencieuse un instant, puis dit :

– Non, je n'ai pas revu Tinna. Pourquoi l'aurais-je fait ?

– Cela s'est passé avant-hier soir, comme vous le savez probablement.

Elísabet hocha la tête.

– Vous étiez chez vous, cette nuit-là ?

Helgi savait qu'il devait éviter d'orienter les questions lors des interrogatoires, mais selon lui cette approche effraierait moins Elísabet.

– Oui, oui, bien sûr que j'étais chez moi. Vous ne pensez tout de même pas que...

– Non, non, pas du tout, la rassura Helgi avant d'ajouter : J'imagine que vous étiez seule ?

– Oui, j'étais seule. Comme toujours depuis la mort de mon mari. Mon fils habite à l'étranger, et je n'ai pas grand monde vers qui me tourner, dit-elle d'une voix plaintive, puis elle répéta : Mais vous ne pensez quand même pas que je... que... Je veux dire, je ne ferais pas de mal à une mouche.

Malgré son âge, Elísabet possédait une carrure assez forte. Nul doute qu'elle devait l'être encore plus dans sa jeunesse. Helgi l'estimait physiquement capable d'avoir commis le meurtre d'Yrsa. Quant à Tinna, elle avait apparemment été étouffée avec un oreiller. Si des indices suggéraient qu'elle s'était débattue, aucun échantillon biologique du tueur n'avait été retrouvé, selon le mail résumant les grandes lignes de l'affaire que Magnús lui avait adressé.

– Vous rappelez-vous une dénommée Ásta, qui travaillait au sanatorium ? demanda Helgi, jugeant le moment opportun pour changer de sujet.

– Ásta ? Oui, je sais qui c'était. Pourquoi cette question ?

– Vous vous connaissiez ?

– Non, je ne dirais pas ça. Elle avait déjà pris sa retraite quand j'ai commencé, mais elle rendait régulièrement visite à ses anciens collègues. Elle a dû mourir autour de 1975, et elle était très âgée. Moi, j'ai commencé en 1970, donc je l'ai croisée assez souvent.

– Comment était-elle ?

– Charmante. Très chaleureuse. Elle irradiait. Tout le monde n'en disait que du bien, et je me rappelle encore le beau discours que le pasteur a fait à son sujet lors de l'éloge funèbre. Elle a été infirmière toute sa vie, et elle a dû voir de grands changements dans la profession. Elle travaillait au sanatorium à une époque où la tuberculose faisait encore des ravages. Ça devait être terrible.

Helgi hocha la tête.

– Pourquoi me posez-vous ces questions sur elle ?

Helgi s'accorda un petit temps de réflexion avant de répondre, évaluant ce qu'il pouvait se permettre de partager avec elle.

– Son nom a été mentionné au cours d'une conversation. Je voulais simplement en savoir un peu plus sur elle, savoir si elle avait eu un lien avec ces morts, directement ou indirectement.

– Vous êtes fou ? La pauvre femme était morte depuis longtemps en 1983.

Elle lui tendit de nouveau la boîte de biscuits.

– Servez-vous, je vous en prie. Je sais que Noël est passé depuis une éternité, mais on n'a jamais assez de ces petits biscuits aux épices.

– Merci.

Il en prit un.

– De quel genre d'affaires allez-vous vous charger dans la police ? demanda-t-elle d'un ton détaché. Ça ne va pas être trop difficile de finir vos études, si vous travaillez ?

Un sourire aux lèvres, elle but une gorgée de café, et Helgi eut l'intuition qu'elle ne voulait pas le laisser partir tout de suite.

En définitive, il resta plus d'une heure chez Elísabet. Elle dégageait une aura si oppressante de solitude, de désir de compagnie, qu'il n'avait pas eu le courage de l'abandonner. Elle lui avait posé des questions sur sa vie personnelle, et il s'était surpris à lui parler de Bergthóra, à lui confier leur difficulté à prendre une décision quant au fait d'acheter un appartement ou de continuer à louer. Mais évidemment, il s'était abstenu d'aborder certains sujets.

Il était rentré juste à temps pour un dîner tardif avec Bergthóra, autour de leur ragoût hebdomadaire.

– Au fait, je commence dès demain, dit-il.

Il ne l'avait pas appelée pour lui annoncer la nouvelle, préférant lui dire en face, les yeux dans les yeux, afin de voir si cela susciterait une réaction chez elle.

– Tu commences quoi ?

– Je prends mes fonctions à la brigade criminelle.

– Oh, il était temps ! s'exclama-t-elle d'un ton chaleureux. Félicitations, mon chéri.

– En fait, j'ai déjà commencé. Mais demain sera ma première journée officielle.

– Ils t'ont donné une mission intéressante ?

– Oui, j'enquête sur le meurtre d'Árbær.

– Vraiment ? fit Bergthóra en haussant les sourcils.

– Oui, tu te rappelles, je t'ai dit que la femme qui avait été assassinée était liée à mon mémoire ; elle travaillait au sanatorium.

– Quelle coïncidence ! Mais un très bon moyen de te greffer à cette affaire. Et si on ouvrait une bouteille de vin pour fêter ça ?

– Je… je crains de devoir travailler, dit-il avec embarras – ce n'était pas un mensonge, mais la perspective de boire de l'alcool lui déplaisait.

– Tu peux peut-être passer un petit moment avec moi d'abord, répliqua-t-elle, haussant la voix. Je suis épuisée après la journée que j'ai eue, ça me ferait du bien de me détendre.

– On verra. Si j'ai le temps.

– Très bien. Fais ce que tu veux. Je vais me servir un verre quand même.

Helgi n'était pas du tout d'humeur à partager une bouteille de vin rouge avec Bergthóra. Cela finirait sans doute en dispute, comme si souvent auparavant. Elle s'était servie pendant qu'il se réfugiait dans son bureau, avec les vieux documents de l'enquête. Il voulait les relire avec attention, au cas où quelque chose lui aurait échappé.

Passant devant la bibliothèque du salon, il avait été tenté d'attraper un roman policier, mais ce n'était pas le moment. À vrai dire, le bureau accueillait aussi toute une collection de polars dans lesquels il aurait aimé se plonger, des éditions étrangères qu'il n'avait pas eu la place de ranger dans le salon. Il fit glisser ses doigts sur la tranche des livres : Agatha Christie, Ellery Queen, S.S. Van Dine. Mais ce soir, il comptait bien focaliser son attention sur le sanatorium.

Le meurtre de Tinna pile au moment où il s'était mis à remuer ces vieux souvenirs… ça ne pouvait pas être une coïncidence. Il devait y avoir un lien quelque part.

À moins, bien sûr, que Thorri ait eu raison, qu'il se soit agi d'une affaire de violences domestiques. Si c'était le cas, la police finirait bien par arracher la vérité à Sverrir. La seule chose que Helgi pouvait faire, c'était de continuer à creuser le passé.

Au fil de la soirée, les mots finirent par se confondre sur les pages, aussi entreprit-il d'étudier les vieilles photos de la scène. Celles d'Yrsa étaient insoutenables, étant donné l'attaque abominable qu'elle avait subie – cette mare de sang sur le bureau, les doigts amputés. Malgré cela, il se força à inspecter chaque cliché, jusqu'à ce qu'il s'arrête sur l'un d'entre eux. C'était une photo du contenu de ses tiroirs, prise afin de constituer un rapport détaillé de la scène de crime, comme lors de toute enquête. On y apercevait des documents, des clés, des mémos, des notes plus ou moins lisibles, et puis, sous l'une des feuilles, un vieux portrait en noir et blanc d'un petit garçon. On ne discernait que la moitié de son visage, mais cela éveilla l'intérêt de Helgi. Yrsa avait-elle eu un fils ? Il ne se rappelait pas avoir lu quoi que ce soit à ce sujet dans le dossier, mais si c'était le cas, il serait certainement utile de discuter avec lui.

2012

Helgi

Helgi arriva au commissariat à dix heures quinze, comme convenu. Il devait retrouver Broddi après le déjeuner. Pour lui, c'était la suite logique de l'enquête, même s'il avait également envie de s'entretenir avec Sverrir. Et il ne cessait de repenser à la photo en noir et blanc de ce petit garçon. Il fallait qu'il découvre si Yrsa avait eu un fils, potentiellement encore vivant.

– Content de te voir, Helgi, mon garçon ! s'exclama Magnús d'un ton joyeux et familier. Première journée, hein ? On commencera donc à calculer ton salaire à partir d'aujourd'hui.

– Parfait.

– Tu as commencé tes recherches sur l'affaire Tinna ?

– Oui, j'ai parlé avec deux de ses anciens collègues hier, des gens qui travaillaient avec elle à Akureyri. J'ai un troisième rendez-vous prévu tout à l'heure, je devrais donc pouvoir écrire un rapport assez rapidement. D'ailleurs, j'aimerais aussi beaucoup discuter avec Sverrir. Tu y verrais un inconvénient ?

– Non, mais attendons un peu. Il est en cellule actuellement, de son plein gré. On ne voulait pas aller jusqu'à le mettre officiellement en garde à vue. L'affaire est à l'évidence sensible, parce que c'est un ancien flic, et nous n'avons aucune preuve contre lui. Rien d'incriminant en dehors du fait qu'il était marié à Tinna et qu'il ne possède pas un alibi très solide. Mais je vais voir s'il n'y a pas moyen que tu bavardes avec lui ce soir ou demain matin.

« Au fait, il y a un petit souci avec ton bureau, poursuivit Magnús le plus naturellement du monde. La femme qui doit prendre sa retraite, elle... euh... elle n'est pas encore partie. Elle va rester quelques jours supplémentaires pour boucler tous ses dossiers, je me disais donc que tu pourrais peut-être travailler de chez toi en attendant. Je vais essayer de me débarrasser d'elle au plus vite.

– Oui, bien sûr, pas de problème. Rien ne presse.

– Tu peux quand même aller jeter un œil au bureau. Je pense qu'elle est sortie pour la journée.

Magnús se leva et accompagna Helgi jusqu'au bureau en question, au seuil duquel il l'abandonna avec une poignée de main ferme :

– Bienvenue dans l'équipe, Helgi. Ça fait plaisir de t'avoir avec nous.

– Merci.

Une fois Magnús parti, Helgi passa la tête par la porte. Il n'y avait personne, mais les piles de documents éparpillées aux quatre coins de la pièce témoignaient de son occupation. Il se glissa à l'intérieur avec la sensation de s'introduire là par effraction. Le lieu était plutôt spacieux, nul doute qu'il s'y sentirait à l'aise. Une étagère à peine remplie trônait derrière le bureau. Il pourrait peut-être apporter quelques-uns de ses vieux livres, pour rendre l'atmosphère un peu plus chaleureuse. À défaut d'être très récent, le fauteuil semblait confortable. Il resta un instant debout à côté du bureau, s'imprégnant de son environnement. C'était ici qu'il allait travailler, au moins quelques années.

Il eut envie de s'installer dans le fauteuil, pour mieux se familiariser avec son nouvel espace de travail. Après une brève hésitation, il s'assit, croisant les doigts pour que la femme qui devait vider les lieux ne décide pas de revenir à cet instant précis.

Ses yeux se posèrent alors sur une feuille de papier où des noms avaient été griffonnés – des noms qu'il reconnaissait. De toute évidence, cette femme s'était renseignée sur l'affaire Tinna. Trois noms étaient écrits, Tinna, Broddi et Thorri, parmi des gribouillis parsemés de points d'interrogation, dont les seuls mots que Helgi parvenait à déchiffrer étaient : *« Précédent poste ? »* Le commentaire semblait se référer à Thorri.

Précédent poste ? Voulait-elle parler de son emploi au sanatorium, ou de celui d'avant ?

Où avait-il dit avoir travaillé, déjà… ?

À Hvammstangi, voilà. Helgi se rappela alors l'étrange hésitation dont Thorri avait fait preuve avant de répondre à cette question parfaitement innocente.

Peut-être une bonne raison de se renseigner sur la manière dont son contrat avait pris fin là-bas.

2012

Helgi

Helgi monta quatre à quatre les marches de l'immeuble de Broddi jusqu'au troisième étage, pour la deuxième fois en à peine plus d'une semaine. Il lui avait expliqué au téléphone son changement de situation professionnelle, mais Broddi n'avait pas semblé le moins du monde perturbé par cette nouvelle. « Flic un jour, flic toujours », avait-il simplement répondu.

L'appartement était aussi petit et l'air aussi lourd que dans le souvenir de Helgi. Il ne s'était pas senti particulièrement à l'aise lors de sa précédente visite, mais il avait tenu bon, il était donc capable de réitérer l'expérience.

Comme la dernière fois, ils s'installèrent à la table du salon, et comme la dernière fois, Broddi lui offrit du café et des pâtisseries danoises.

– Je ne m'attendais pas à vous revoir si vite, Helgi, mais ça fait toujours plaisir de recevoir de la visite. Vous ne l'avez pas mentionné au téléphone, mais j'imagine que vous voulez parler de Tinna.

– Tout à fait.

– Et vous voulez sans doute savoir où je me trouvais lorsqu'elle a été assassinée. J'ai cru comprendre que c'était arrivé au milieu de la nuit, d'après les informations.

Helgi hocha la tête.

– Comme vous l'aurez deviné, je ne peux pas vous fournir un alibi prouvant que je suis innocent. Je suis chez moi la nuit, toutes les nuits, sans exception, seul avec mes souvenirs. Tout ce que je peux vous dire, c'est que je n'y suis pour rien. Vous allez devoir me faire confiance. J'aimais bien Tinna, et pour moi, la seule explication, c'est une tragédie de famille. Je pense que ce salaud de Sverrir est capable de tout. Il m'a mis derrière les barreaux, a essayé de me faire porter le chapeau d'un meurtre, mais heureusement, il n'y est pas parvenu. Vous savez, dès que je l'ai regardé dans les yeux, j'ai vu que ce n'était pas un homme bien. Je ne serais pas surpris d'apprendre qu'il est également violent.

Il soupira avant d'ajouter :

– Pauvre Tinna.

Helgi ne s'était pas attendu à une telle diatribe, même s'il avait bien conscience qu'il fallait prendre l'avis de Broddi au sujet de Sverrir avec des pincettes. Le vieux gardien n'était pas exactement objectif...

Il avait envie de le croire, sentant que l'homme avait suffisamment souffert au cours de son existence, mais bien sûr il ne pouvait l'exclure de la liste des suspects. Même à son âge, il n'aurait sans doute eu aucun mal à étouffer Tinna. Il semblait toujours très robuste.

– Dites-moi, Broddi, Yrsa avait-elle des enfants ?

– Voilà au moins une question à laquelle je peux répondre. Non, elle n'en avait pas.

– Vous en êtes sûr ?

– Aussi sûr qu'on peut l'être. Personne ne l'a jamais vue avec un homme, elle n'a pas fondé de famille. Qu'est-ce qui vous fait penser qu'elle pourrait avoir des enfants ?

– Il y avait la photo d'un petit garçon parmi ses effets personnels.

– D'un petit garçon ? s'étonna Broddi. Je peux la voir ?

– Malheureusement, je n'ai pas de copie sur moi.

– Dommage, ça aurait été intéressant, répondit Broddi, l'air sincère. Mais une chose est sûre : Yrsa n'a jamais eu d'enfant.

– Qui est Ásta ? demanda Helgi de but en blanc, curieux de voir la réaction du gardien.

Son visage était dur à déchiffrer, mais il sembla déstabilisé.

– Ásta ? Je ne connais aucune Ásta, répondit-il d'un ton sec.

– Vous en êtes certain ?

Broddi réfléchit un instant, puis dit :

– Absolument. Qui est-ce ?

– Elle travaillait au sanatorium.

– Oh, *elle*. Oui, je me souviens d'elle. Pourquoi diable me posez-vous cette question ?

– Donc, vous la connaissiez ? demanda Helgi, convaincu que Broddi avait cherché à gagner du temps.

– Oui, je la connaissais, évidemment, mais ça ne m'a pas traversé l'esprit que vous puissiez parler d'elle. Je n'ai pas pensé à elle depuis des décennies. De toute façon, elle avait disparu depuis longtemps à l'époque où Yrsa et Fridjón sont morts, donc je ne vois pas le rapport.

Helgi décela une pointe d'irritation dans sa voix.

– J'ai cru comprendre que vous n'arrêtiez pas de mentionner son nom, dit-il sans élaborer.

– Que je n'arrêtais pas de mentionner son nom ? C'est ridicule, répliqua-t-il dans un rire. On a travaillé ensemble quelques années au sanatorium, je ne me souviens même plus exactement combien de temps. Et après avoir pris sa retraite, elle venait parfois nous rendre visite, avec des *skonsur*[1] ou des *kleinur*[2] faites maison, peut-être pour se sentir moins seule.

Il se tut un instant, puis ajouta :

– On essaie tous de lutter contre la solitude.

– Vous n'avez donc eu aucun contact personnel avec elle après son départ à la retraite ?

– Absolument aucun, répondit fermement Broddi.

Cette fois, Helgi le crut, à en juger par la conviction dans sa voix. Broddi se pencha en avant sur la table et plissa les yeux :

– Qui vous a dit que j'étais en contact avec elle ?

– Aucune importance.

– Oh si, c'est important ! Parce que c'est déjà arrivé par le passé, Helgi. C'est déjà arrivé, vous ne le voyez donc pas ?

Et Helgi comprit immédiatement ce que le vieux gardien suggérait.

1. Sorte de pancake épais.
2. Beignet torsadé.

– Ils ont déjà essayé de me faire porter le chapeau, tous autant qu'ils sont. Peut-être chacun de leur côté, peut-être en s'étant mis d'accord, qu'est-ce que j'en sais… ? Mais l'explication est toujours la même. Je n'étais qu'un simple gardien, ça ne les dérangeait pas de me sacrifier, de me jeter aux lions.

2012

Helgi

Le cœur de Helgi manqua un battement lorsqu'il vit les deux bouteilles de vin rouge vides sur la table. Et un verre encore à moitié plein sur l'étagère, juste à côté de son trésor – sa collection de vieux polars. L'absence de Bergthóra signifiait sans doute qu'elle était partie se coucher – avec un peu de chance. Il attrapa le verre et l'emporta dans la cuisine, à pas de loup pour ne pas la réveiller si elle était effectivement endormie. Il régnait un silence de mort dans l'appartement, un silence si oppressant qu'il craignit un instant le pire.

Il étouffait presque dans ce silence, mais hors de question de se laisser déborder par l'émotion. Il eut subitement envie de se coucher de nouveau dans le canapé, de calmer ses nerfs avec un bon polar et de laisser Bergthóra cuver seule, sans lui donner la satisfaction de vérifier si elle allait bien.

Il resta indécis un instant, écoutant le silence et se demandant quel vieux roman policier il allait sélectionner parmi sa collection, quel livre l'aiderait à retrouver un équilibre émotionnel, à se détendre. Le salon était plongé dans une lumière agréablement tamisée, seul le lampadaire était allumé, mais cela avait suffi à révéler la présence des bouteilles et du verre.

Sentant le discret parfum sec des vieux livres, il eut un flash, une vision de lui allongé sur le canapé, sa fatigue s'évaporant, tandis qu'il s'efforçait d'éloigner ses pensées de Bergthóra.

Il perdit si brusquement l'équilibre qu'il lui fallut une seconde pour se rendre compte de ce qui se passait. Violemment poussé, il était tombé en avant, la tête la première contre la bibliothèque.

Après un instant de sidération, il se retourna en un éclair, le visage endolori par l'impact, et parvint de justesse à éviter l'attaque suivante. Tandis qu'elle brandissait le poing, il leva les bras devant sa tête dans une position instinctive de défense.

Il ferma les yeux une fraction de seconde, par automatisme. Puis, les rouvrant, il fit de son mieux pour éviter les coups. Il ne répliquait jamais, ne faisait jamais usage de sa force physique supérieure, ne levait jamais la main sur Bergthóra. L'idée ne lui avait jamais traversé l'esprit. Il n'était tout simplement pas ce genre d'homme. Il la laissa se défouler encore un moment, espérant que cela passerait, acceptant la douleur qui se diffusait peu à peu dans tout son corps.

Mais cette fois, Bergthóra semblait mue d'une force inhabituelle, comme déterminée à aller jusqu'au bout. Éloignant prudemment le bras de son visage, il la regarda dans les yeux.

– Ma chérie, qu'est-ce que tu fais ? Pourquoi tu me frappes ?

– Tu m'as blessée, Helgi. Tu m'as anéantie. Tu n'as pas le droit de me traiter comme ça !

À chaque mot, elle haussait la voix un peu plus :

– Tu ne sembles heureux qu'avec les autres... Peut-être que c'est moi que tu ne supportes pas ? C'est ça, hein ?

– Ne dis pas de bêtises, Bergthóra, tu as trop bu.

Beaucoup trop, eut-il envie d'ajouter, mais cela ne ferait qu'envenimer la situation. Dans ces circonstances, mieux valait en dire le moins possible, éviter de rejeter la faute sur elle. Elle ne donnait jamais d'explication rationnelle à sa violence. Lorsqu'elle en était à sa deuxième bouteille, le moindre petit différend prenait des proportions énormes. Elle lui reprochait tout et n'importe quoi, son manque de confiance en elle explosant dans une rage incontrôlée. Et à présent, ce n'était plus de la colère qu'il éprouvait en retour, mais juste de la pitié. Il n'avait à vrai dire jamais peur, même si elle avait parfois été à deux doigts de le blesser sérieusement. Il s'efforçait simplement de garder son calme, car c'était en général la seule chose qui fonctionnait, le seul moyen de l'apaiser. Les premières fois où elle l'avait frappé, il s'était emporté à son tour, lui avait hurlé dessus, l'avait menacée, mais c'était comme jeter de l'huile sur le feu. Au début, il avait eu l'intention de la quitter, mais au fil du temps, il avait essayé de comprendre – comprendre les causes plutôt que les actes eux-mêmes. Trouver une explication au comportement de sa petite amie.

Elle brandit le poing pour le frapper de nouveau, mais cette fois il parvint à se dérober.

– C'est ça, Helgi, fuis ! Mauviette !

À sa manière de manger les mots, elle était clairement ivre morte. À maintes reprises, il avait tenté de
se débarrasser des bouteilles, mais cela ne lui offrait
qu'un répit passager. Bergthóra connaissait toutes les
ruses ; elle allait régulièrement acheter de l'alcool et
cachait des bouteilles partout, il n'était donc jamais
vraiment hors de danger. Et en dehors des horaires
d'ouverture des magasins, rien ne l'empêchait de se
rendre dans un bar, avant de rentrer pleine de hargne
et d'amertume.

De temps à autre, il parvenait à se convaincre que
tout cela appartenait au passé. Plusieurs semaines
s'écoulaient sans qu'elle boive un verre, le calme
revenait et Bergthóra semblait d'humeur plus légère,
s'autorisant presque à retrouver le sourire. Puis le
cercle infernal reprenait. Parfois, il décelait des signes
avant-coureurs, comme de lourds nuages se formant
au-dessus de sa tête, mais la plupart du temps, la
tempête s'abattait sur lui sans crier gare.

Plus d'une fois, ils avaient discuté de la possibilité
de demander de l'aide. Helgi avait évoqué l'idée d'un
conseiller conjugal, même s'il savait pertinemment
que leur situation était bien plus sérieuse. Au cours
de ces conversations, ils évitaient de mentionner de
manière explicite le problème d'alcool de Bergthóra,
de même que ses traumatismes d'enfance, qu'elle lui
avait un jour confiés. Sans parler de la violence. Elle
relevait bien sûr de la police, mais jamais Helgi n'avait
voulu aller jusque-là. Voilà les véritables problèmes
auxquels ils faisaient face ; le projet d'aller voir un

conseiller conjugal n'était qu'un cache-misère. Et même ça, Bergthóra refusait d'en entendre parler ; elle affirmait gérer elle-même ses problèmes. Comment, il l'ignorait. De son côté, Helgi avait franchi un premier pas vers l'avenir, seul et sans soutien. Il avait pris rendez-vous chez un psychologue, juste pour lui, sans en faire part à Bergthóra. Petit à petit, il s'était rendu compte qu'il avait besoin de parler à quelqu'un, lui aussi, qu'être la victime dans cette relation était plus difficile à supporter qu'il ne voulait bien se l'avouer. Les hommes n'étaient pas censés pleurer, pourtant il ressentait parfois un besoin irrépressible de s'autoriser à fondre en larmes.

Ils restèrent immobiles sans prononcer un mot. Elle le fixait, le regard enflammé de rage et de haine. Ce n'était pas la femme dont il était amoureux, ou du moins avait été amoureux. L'alcool avait fait d'elle une étrangère.

– Je m'en vais, chérie, dit-il en se dirigeant vers l'entrée. Je reviendrai plus tard dans la soirée, ou dans la nuit, lorsque tu te seras calmée.

Il lui tourna le dos, s'attendant presque à ce qu'elle se jette sur lui, le pousse, ou pire, mais il ne lui donnerait pas la satisfaction de la regarder. Il se savait assez fort pour la maîtriser, si nécessaire.

Il entendit alors une succession de bruits sourds et, se retournant, la vit attraper des livres dans la bibliothèque — ses précieux livres, la collection de classiques de son père – pour les balancer par terre avec une violence comme il n'en avait jamais vu chez elle. En un instant, le sol fut recouvert et, avant qu'il ait eu le temps de réagir, elle saisit une vieille édition de poche dont elle commença à déchirer les pages.

– Tes putains de bouquins ! s'écria-t-elle. Tu les aimes plus que moi. Tu les as toujours aimés…

Il lui arracha le livre des mains et s'empressa de le remettre dans la bibliothèque.

– Mais bordel, qu'est-ce que tu fous, Bergthóra ?

D'un geste, elle balaya les volumes d'une étagère et les piétina avant de pousser Helgi si fort qu'il tomba presque à la renverse.

Il parvint de justesse à garder l'équilibre et se posta devant la bibliothèque.

– Va te coucher tout de suite, sinon c'est moi qui appelle la police.

– Fais ce que tu veux, répliqua-t-elle. Je leur dirai que tu m'as frappée.

Elle ne l'avait jamais menacé de cette façon. La puissance de sa colère semblait s'accroître à chaque nouvelle crise.

– Tu vas leur dire quoi ? lâcha-t-il, incrédule.

– Que c'est *toi* qui m'as frappée !

Helgi fit un pas vers elle et posa prudemment les mains sur ses épaules, qui semblèrent se détendre un peu.

– Bergthóra, calme-toi. Tu dois te reposer. Je ne sais pas ce que j'ai fait pour te mettre dans cet état, mais tu as trop bu, ma chérie.

– Je n'ai bu que quelques verres…, dit-elle d'une voix plus douce.

Il regarda l'amoncellement de livres au sol puis l'édition de poche déchirée sur l'étagère. Son unique exemplaire de *La Maison du péril*, l'une des premières traductions d'Agatha Christie en islandais, une édition que son père chérissait. Helgi était blessé, triste, mais il s'efforça de ne pas céder à la colère et inspira profondément. Ce n'était qu'un livre, après tout, aussi irremplaçable soit-il.

Il ne perdrait pas patience, parce que c'était exactement ce qu'elle voulait. Provoquer sa fureur, susciter une réaction. Il n'avait rien à y gagner. Il lui fallait désamorcer le conflit, comme on le lui avait appris à l'école de police, aussi essayait-il de ne voir dans le comportement de Bergthóra qu'une situation à maîtriser, comme si c'était une inconnue, comme si ce qui se passait ne le concernait pas directement.

Lorsqu'il la mena vers la chambre, elle n'opposa pas de résistance. Peut-être était-elle fatiguée, ou avait-elle causé assez de dégâts pour le moment. Tandis qu'il l'aidait à se coucher, elle laissa échapper un gémissement, un halètement, puis ses épaules se mirent à trembler de manière incontrôlée. Il la prit dans ses bras et, comme si souvent, sa colère se dissipa dans une tempête de sanglots, et elle pleura et pleura encore dans son étreinte comme une enfant à bout de forces, alors que Helgi sentait son cœur se serrer. Peu à peu ses larmes cessèrent, et bientôt il se rendit compte qu'elle dormait. Se détachant doucement d'elle, il se leva et resta un instant debout près du lit, à la regarder et à réfléchir.

Fort heureusement, la crise n'avait pas duré cette fois – pas de hurlements, pas de fracas. Avec un peu de chance, cela leur épargnerait une visite du voisin, voire de la police. Mais comme toujours, c'était à Helgi de régler le problème. Il se sentait d'autant plus déterminé à honorer son rendez-vous chez le psychologue, même si c'était surtout Bergthóra qui avait besoin d'une thérapie. Et il se demandait si cela n'avait pas été la goutte d'eau. Si le moment n'était pas venu de s'extirper de ce cercle vicieux une bonne fois pour toutes et de la quitter.

2012

Helgi

Bergthóra dormait encore lorsque Helgi sortit de
l'appartement à pas de loup vers dix heures le lendemain matin. Cette fois, il pensa à prendre la photo de
la scène du meurtre d'Yrsa avec lui, car il lui fallait
découvrir qui était le petit garçon sur ce vieux portrait
en noir et blanc.

Helgi avait appelé le bureau de sa compagne pour
les prévenir qu'elle était malade. Ces épisodes avaient
le plus souvent lieu le week-end, ainsi Bergthóra
pouvait cacher plus facilement les répercussions de ses
excès d'alcool, mais il arrivait que cela déborde sur la
semaine, menant à des jours sombres tels que celui-ci.

Il était au pied du mur. Les crises de rage ne faisaient
que s'intensifier, elle refusait de demander de l'aide et
il devait sans cesse couvrir ses frasques. Le voisin du
dessus pensait bien sûr que c'était lui qui la frappait, et
peut-être que ses collègues de la police qui lui avaient
récemment rendu visite nourrissaient les mêmes soup-
çons. Personne n'irait imaginer que cela puisse être le
contraire.

Par chance, il avait prévu une séance avec son psychologue plus tard dans la journée ; mais tout d'abord, il devait se rendre à la Direction de la santé publique, dont les bureaux se trouvaient dans un élégant vieux bâtiment près de la piscine Sundhöll, au cœur de la ville. Il y avait rendez-vous avec une femme qui lui avait promis de dénicher des informations sur la carrière de Thorri. Intégrer les forces de police ouvrait bien des portes, comme il était en train de le découvrir.

On lui fit signe de rejoindre l'étage en empruntant l'impressionnant escalier en colimaçon, au sommet duquel une femme l'attendait. Plutôt petite, brune aux cheveux courts, elle devait avoir à peu près son âge. Elle lui sourit :

– Vous devez être Helgi.

– C'est ça.

– Enchantée. Je m'appelle Aníta. Entrez, je vous en prie.

Elle le mena vers un petit bureau où elle s'assit derrière son écran d'ordinateur.

– Je ne reçois pas des requêtes de la brigade criminelle tous les jours, dit-elle avec une certaine malice. J'imagine qu'il s'agit d'une affaire très sérieuse, mais je dois avouer que ça casse un peu la routine et que ce n'est pas pour me déplaire.

– Content de l'entendre, répondit-il.

La jeune femme ne semblait pas prendre la vie trop au sérieux, et son enthousiasme lui mettait un peu de baume au cœur. Ce matin, il s'était réveillé avec les nerfs en pelote après la crise de Bergthóra.

– Mais comprenez bien que tout cela doit rester strictement confidentiel, précisa-t-il. Le médecin concerné ne doit pas apprendre que je me suis renseigné à son sujet. Pas un mot à qui que ce soit.

– Bien sûr, acquiesça-t-elle avant de regarder son écran. À vrai dire, c'est un peu bizarre, Helgi.

– Bizarre ?

– Oui. Vous m'avez demandé la raison pour laquelle il a quitté son poste à Hvammstangi, c'est bien ça ?

– Tout à fait.

– Le problème, c'est qu'il n'a jamais travaillé à Hvammstangi.

– Pardon ? Vous en êtes sûre ?

– Absolument, dit-elle avec un sourire.

– Ça alors...

– Il vous aurait menti ?

Helgi décida de ne pas répondre, préférant lui demander :

– Le sanatorium, c'était donc son premier poste ?

– Non, il a travaillé à Húsavík avant cela.

– Étrange...

– Oui, difficile de confondre Hvammstangi et Húsavík, surtout si vous avez travaillé à un endroit et pas l'autre, nota Aníta, haussant un sourcil amusé.

– Pourquoi est-il parti ? s'enquit Helgi.

– Encore une fois, c'est curieux, répondit-elle avec un sourire en coin, prenant visiblement plaisir à jouer les détectives.

– Je vous écoute.

– Il a été engagé pour trois ans, et je peux vous assurer que les internes en médecine vont presque tous au bout de leur contrat. C'est comme ça que le système fonctionne. Les jeunes médecins se voient confier une mission, au terme de laquelle ils demandent à renouveler leur contrat ou postulent ailleurs. Il y a des règles strictes à respecter. Mais notre cher ami Thorri est parti après deux ans à peine. Ensuite, il a été au chômage pendant à peu près six mois, jusqu'à ce qu'il obtienne son poste à Akureyri. J'ai même trouvé un vieux rapport rédigé par son chef de Húsavík, qui écrit qu'ils ont décidé de rompre le contrat d'un commun accord, parce que ce poste ne convenait pas à Thorri.

– Vous auriez le nom de ce chef ? demanda Helgi, croisant les doigts pour qu'il soit toujours en vie.

– Oui, il est très connu et respecté. Il a presque quatre-vingt-dix ans, mais il est toujours en pleine forme. Vous allez vouloir lui parler, j'imagine ?

– Ça pourrait être intéressant.

– Il s'appelle Matthías. Matthías Ólafsson. Vous le trouverez dans l'annuaire.

2012

Helgi

– Dites-m'en plus sur votre compagne, Helgi.

Le psychologue semblait détendu mais attentif.

C'était la deuxième visite de Helgi. Durant la première, ils avaient eu une conversation plus générale, sans doute une volonté du thérapeute pour le mettre à l'aise, tandis que cette fois, ils s'apprêtaient à aborder le cœur du problème. Helgi avait trouvé lui-même ses références sur Internet, sans recommandation extérieure. Il avait juste besoin de parler à quelqu'un en qui il pouvait avoir confiance, de préférence un parfait inconnu.

– On est ensemble depuis longtemps. Elle ne s'est pas montrée violente tout de suite, mais... enfin... les premiers signes se sont quand même rapidement manifestés. Et ça n'a fait qu'empirer depuis.

– Je vois, acquiesça le psychologue. Ces épisodes adviennent-ils dans des circonstances particulières ?

– En général, c'est l'alcool qui fait ressortir son agressivité.

Helgi sentit sa gorge se serrer. Il n'avait jamais mis

de mots sur sa situation auparavant, et c'était plus difficile que ce qu'il imaginait.

– A-t-elle tenté de suivre une cure pour mettre fin à sa consommation d'alcool ?

– Elle ne voudrait jamais en entendre parler. L'alcool n'est pas le problème en soi. Le problème, c'est la violence.

Le psychologue hocha de nouveau la tête.

– Je vois. Nous n'avons pas besoin de définir les choses de manière précise à ce stade. Essayons plutôt d'arriver à la racine du problème.

– D'accord, répondit docilement Helgi.

– Dites-moi, Helgi, quelle forme prend cette violence ?

Il avait eu beau s'attendre à cette question, une partie de lui espérait ne pas avoir à y répondre.

– Ça dépend. Parfois, elle se contente de me malmener, d'autres fois, elle me tabasse purement et simplement. J'essaie de me défendre, bien sûr, mais je ne la frappe jamais en retour, ça ne me viendrait pas à l'esprit. Je n'ai pas peur, pas vraiment, mais bien sûr ça ne me laisse pas indifférent. C'est toujours le chaos chez nous, on fait un bruit monstrueux, et ce n'est pas normal. Parfois, elle va même jusqu'à utiliser des ustensiles en guise d'armes. C'est peut-être dans ces moments-là que je crains le plus de me retrouver blessé, même si jusqu'ici je m'en suis toujours sorti indemne. En revanche, beaucoup de choses sont cassées. Et il arrive qu'elle essaie de se faire du mal.

– Comment ça ? demanda le psychologue d'une voix égale, posée, comme s'il s'agissait d'une question purement théorique qui ne concernait pas de vrais êtres humains de chair et de sang.

– L'autre jour, elle a attrapé un couteau dans la cuisine, répondit Helgi.

Il inspira à fond. C'était difficile à raconter pour lui. Il n'avait jamais eu l'intention de parler de ça à qui que ce soit, mais il commençait à se rendre compte que se confier lui faisait du bien, même si cela n'allait pas plus loin.

– Au début, elle l'a pointé vers moi – le couteau, je veux dire –, mais à aucun moment je n'ai eu peur qu'elle m'attaque vraiment. J'ai eu la sensation qu'elle cherchait juste à attirer l'attention. Et puis elle s'est coupée – jusqu'au sang. Par chance, ce n'était pas très profond. Mais j'ai dû lui arracher le couteau des mains.

– Comment s'est terminé votre affrontement ?

– Notre voisin du dessus a appelé la police. J'ai dû utiliser toute ma force de persuasion pour me débarrasser des officiers qui sont passés, et j'y suis parvenu. Dieu merci. Ils auraient sans doute interprété la situation de travers et m'auraient arrêté moi, alors que je n'ai jamais levé la main sur Bergthóra. Après leur départ, je me suis rendu compte qu'il y avait une tache de sang sur ma chemise ; heureusement, ils n'ont rien remarqué.

Soulagé d'un poids, Helgi poussa un long soupir.

– Qu'est-ce que vous éprouvez, Helgi, après ces actes de violence ? Une fois la crise passée, je veux dire ?

Il réfléchit. Encore une fois, il se sentait pris au dépourvu, ne s'étant pas attendu à devoir mettre des mots sur les pensées qui traversaient son esprit dans ces moments-là.

– J'ai encore de la tendresse pour elle, finit-il par répondre, tâtonnant à la recherche des bons mots. Je l'aime toujours, malgré tout. Je crois. Bien sûr, son comportement est inacceptable, j'en suis conscient, et je devrais peut-être réagir plus durement, mais je ne sais pas où ça nous mènerait. Tout ce que je sais, c'est que quelque chose doit changer, mais j'ignore comment mettre ça en route. C'est peut-être la raison pour laquelle je suis venu vous voir, pour que vous m'aidiez à trouver une solution.

– Pourquoi ne réagissez-vous pas plus durement ?

Cette fois, il dut vraiment marquer une pause pour réfléchir. Il avait fait le choix de consulter un psychologue dans l'espoir d'apprivoiser cette situation un peu plus sereinement, mais à présent, il devait prendre une décision. Allait-il aborder le sujet ou non ? Devait-il faire confiance à cet homme ?

– En un sens, ce n'est pas de sa faute, répondit-il.

Immédiatement, il regretta sa tournure de phrase. Bien sûr qu'elle était responsable de son comportement ; ce qu'il voulait dire, c'était qu'il fallait peut-être en chercher la cause ailleurs, dans une certaine mesure.

– Qu'entendez-vous par là, Helgi ? demanda le psychologue d'une voix aussi troublante qu'hypnotique à laquelle il se sentait obligé de répondre.

– On n'en parle pas vraiment, Bergthóra et moi, ces jours-ci, balbutia-t-il, les mots semblant coincés dans sa gorge. Elle a été maltraitée à l'école.

– Maltraitée ? Comment ?

– Elle a subi du harcèlement moral pendant des

années. De la part d'un professeur. À vrai dire, pendant toute sa scolarité, jusqu'à ses quinze ans.

– Ah, je vois, répondit le thérapeute qui, le ton toujours égal, ne semblait pas se laisser déstabiliser facilement.

– D'année en année, les choses s'aggravent – sa dépression, son agressivité... Mais il est clair que ses problèmes viennent de là.

– Harcèlement moral, vous dites. Pas de violences physiques ?

– Non, pas dans son cas, soupira Helgi. Mais une de ses amies n'a pas eu cette chance.

– Comment ça ?

– Elle a aussi subi des violences physiques de la part du même professeur, et pire encore, d'après ce que j'ai compris. Elle s'est suicidée lorsqu'elle était ado. C'était la meilleure amie de Bergthóra.

– Je vois, commenta le psychologue, glacial.

– Et je suis à peu près sûr que Bergthóra ne s'en est jamais remise.

2012

Helgi

Magnús téléphona alors que Helgi partait à la rencontre de l'ancien chef de Thorri, le vieux médecin Matthías Ólafsson. Il était presque dix-neuf heures, et Helgi s'était arrêté dans un fast-food pour manger un hamburger, peu désireux de recroiser Bergthóra immédiatement. Il voulait lui laisser le temps de se remettre et de réfléchir à son comportement.

– Helgi, mon garçon, je te dérange ? demanda Magnús.

– Non, pas du tout, je suis justement sur une piste pour notre affaire.

– Très bien, très bien. Tu voulais parler à Sverrir, pas vrai ?

– Oui, j'aimerais beaucoup.

– Dans ce cas, passe au commissariat. Il est toujours là, mais je ne pense pas que nous allons le garder encore très longtemps. Nous n'avons pas la moindre preuve contre lui.

Et merde. Helgi ne voulait pas faire faux bond au vieux médecin.

– Ça irait si je venais d'ici une heure ?

– Hmm... Bon, d'accord, j'imagine qu'on peut attendre un peu.

Matthías reçut Helgi dans la cafétéria de la maison de repos où il vivait. Ils s'installèrent dans un confortable canapé d'angle où le personnel leur servit une part de gâteau et du café.

– Mes enfants voulaient que je réside ici, dit Matthías. Ils s'inquiétaient pour moi. Je pense que c'est seulement à cause de l'âge, vous voyez. Dans trois ans, je serai nonagénaire, et ils ne me croient plus capable de me débrouiller tout seul. Mais je suis d'avis qu'on ne devrait pas prendre l'âge trop au sérieux.

Il n'avait pas tort, songea Helgi : l'homme face à lui avait l'air d'avoir soixante-dix ans et non quatre-vingt-sept, avec sa belle chevelure grise encore épaisse, son regard affûté et, à première vue, peu de signes d'une quelconque fatigue physique. Matthías portait un élégant costume gris et une chemise agrémentée d'une cravate rouge, comme s'il s'apprêtait à partir au travail.

– C'est plutôt rare que la police demande à s'entretenir avec moi ces jours-ci, même si j'ai souvent collaboré avec vos collègues par le passé, évidemment. Les médecins sont témoins de pas mal de choses, comme vous pouvez l'imaginer.

– En effet. Mais j'espère ne pas vous retenir trop longtemps, Matthías. Merci beaucoup de m'accorder un peu de votre temps.

– Du temps ? Je n'ai que ça aujourd'hui. Personne ne veut employer un médecin octogénaire, alors je passe mes journées à lire et faire des recherches, dit-il avec un sourire malicieux. J'ai tout le temps du monde, en un sens.

– Je voulais vous poser des questions concernant un médecin qui a travaillé pour vous il y a des années. C'est en lien avec une enquête en cours, c'est pourquoi je vous demanderai de garder cela pour vous.

– Bien sûr. C'est ma spécialité. Quel médecin ?

– Thorri Thorsteinsson. Vous vous souvenez de lui ?

– Thorri, oui, bien sûr. Nous avons travaillé ensemble à Húsavík. Pas très longtemps, cela dit. Un excellent docteur, intelligent aussi, mais… eh bien, disons qu'il avait un problème.

– Quel genre de problème ?

– Ah, ça ! Je n'en ai pas beaucoup parlé autour de moi, Helgi, mais j'imagine que vous avez une bonne raison de vouloir le savoir…

Matthías laissa sa phrase en suspens, quelque part entre une affirmation et une question.

– On peut dire ça, oui, acquiesça Helgi.

– J'ai dû me séparer de lui, voyez-vous. Il… euh… disons qu'il avait un petit problème, comme je le disais. Un petit problème de drogue.

– De drogue ?

– Il arrivait souvent en retard, quand il n'était pas purement et simplement absent, et puis un jour il a fini par m'avouer qu'il avait expérimenté certaines subs-tances et perdu le contrôle pendant un temps, mais il affirmait avoir arrêté. Des médicaments avaient disparu de la pharmacie de l'hôpital, et il a admis les avoir volés. Je n'ai pas eu d'autre choix que de me séparer de lui, mais je voulais le croire quand il disait avoir mis fin à tout ça et vouloir retrouver le droit chemin. Il était jeune, et plutôt prometteur ; tout le monde a droit à une deuxième chance. Seulement, je ne pouvais pas la lui donner moi-même, il avait trahi ma confiance. Je me suis contenté de ne pas faire mention de tout ça dans mon rapport. J'espère qu'il n'a pas de nouveau déraillé, mais cela me surprendrait.

La drogue ne constituait peut-être plus un problème pour lui, mais de ce que Helgi avait pu voir, Thorri avait tendance à lever un peu trop le coude.

– Vous savez qu'il a obtenu un poste au vieux sanatorium d'Akureyri par la suite ?

– Bien sûr. Fridjón m'avait contacté. On se connaissait plutôt bien.

– Vous lui avez dit la vérité ?

– En toute confidentialité, oui. Comme je vous l'ai dit, je ne voyais pas l'intérêt de mettre des bâtons dans les roues à ce pauvre jeune homme, mais je ne pouvais pas mentir à Fridjón. Je lui ai donc vanté les autres mérites de Thorri, et lui ai dit que j'espérais qu'il avait tourné la page de la drogue. À vrai dire, Thorri avait postulé là-bas dans le cadre d'un projet de recherche, spécifiquement pour ne pas avoir à gérer des patients et manipuler des médicaments, du moins dans un premier temps. Si je me souviens bien, il voulait étudier l'histoire de la tuberculose dans le nord de l'Islande, les traitements et autres aspects, ce qui impliquait surtout de décortiquer les archives. Je n'avais aucune raison de ne pas le recommander dans ce cadre.

– Vous savez si quelque chose a émergé de ses recherches ?

– Non, je l'ignore, pour être honnête. Probablement juste un rapport qui a fini dans un tiroir du ministère sans être lu. Qui sait ?

– Fridjón était donc au courant du secret de Thorri, dit Helgi pensivement, plus pour lui-même que pour son interlocuteur. Et j'imagine que ce médecin respecté n'avait pas envie que son secret soit divulgué...

– Je devine ce que vous pensez, Helgi, intervint Matthías avec un sourire entendu. Vous vous demandez si Thorri n'a pas poussé le pauvre Fridjón de ce balcon.

– Ça m'a traversé l'esprit, en effet, admit Helgi.

– Très bien. Mais dans ce cas, pourquoi ne m'a-t-il pas éliminé, moi aussi ?

2012

Helgi

Au commissariat de la rue Hverfisgata, une petite salle de réunion avait été mise à la disposition de Helgi et Sverrir. Ils n'étaient que tous les deux. Magnús avait fait les présentations avant de se retirer, mais étant donné leur rencontre précédente à la porte de chez Sverrir et Tinna, l'atmosphère fut d'abord un peu tendue.

– Je ne me rappelle pas vous avoir déjà croisé au sein de la police, dit poliment Sverrir après un court silence.

– Je n'y ai pas travaillé très longtemps, je suis parti faire des études à l'étranger.

– Je vois.

– Je vous présente mes plus sincères condoléances. J'espère que nous trouverons le coupable.

– Je l'espère aussi, répondit Sverrir sans dissimuler son amertume. Je n'arrive pas à y croire.

Après une pause, il ajouta :

– Je suis désolé d'avoir été désagréable avec vous l'autre jour.

– Non, ne vous excusez pas.

– Tinna n'avait pas envie d'en reparler, c'est tout. Elle n'avait rien à cacher. Et moi non plus. C'est juste un souvenir douloureux que nous n'aimons pas ressasser.

– Elle a découvert les deux corps, n'est-ce pas ?

Sverrir hocha la tête.

– Ça a dû être traumatisant pour elle, dit Helgi.

– Et ce n'est pas tout.

– Ah ?

Sverrir soupira lourdement.

– Après tout, je peux vous en parler, je ne vois pas où est le mal à présent. C'était confidentiel, juste entre Tinna et moi, mais… oui, si par hasard sa mort était liée à cette ancienne affaire…

Helgi écouta sans l'interrompre.

– Voilà ce qui s'est passé : après la découverte du deuxième corps, quelqu'un a commencé à harceler Tinna, à la surveiller, ou… je ne sais pas exactement quel serait le meilleur terme… à l'intimider, peut-être ? C'est même comme ça que nous nous sommes rapprochés : elle m'a demandé de l'aide. Le premier incident s'est déroulé alors qu'elle était seule chez elle un soir : quelqu'un a essayé de regarder par sa fenêtre. Puis un autre soir, elle a reçu un mystérieux appel du sanatorium à une heure tardive. On ne comprenait pas à quoi tout ça rimait. Disons plutôt que *je* ne comprenais pas – elle ne m'a raconté toute l'histoire que bien plus tard.

Sverrir marqua une pause et baissa les yeux, le visage gris de fatigue, avant de reprendre :

– J'aurais dû en parler plus tôt, bien sûr, mais l'affaire était bouclée depuis des années, et je ne pouvais pas trahir la confiance de ma femme.

– Je comprends, répondit Helgi avec empathie.

– En fait, elle avait entendu quelqu'un ce matin-là, le matin où Fridjón est mort...

– Dans le sanatorium ?

– Oui.

– Ce n'est pas mentionné dans les rapports de l'enquête, nota Helgi, pensif.

– Elle a gardé ça pour elle. Je ne sais pas vraiment pourquoi... Peut-être que, comme tout le monde, elle était soulagée que l'affaire prenne fin aussi facilement et rapidement. La mort de Fridjón était... disons...

– Pratique ? suggéra Helgi.

– Ce n'est peut-être pas très beau à dire, mais oui, vous voyez ce que j'entends par là. L'enquête était dans l'impasse, nous n'avions aucune piste. Puis j'ai arrêté Broddi, comme vous le savez peut-être. C'était une erreur, j'ai agi dans la précipitation. On apprend en vieillissant. Je m'en suis toujours voulu d'avoir enfermé ce pauvre homme derrière les barreaux. Nous n'avions rien de solide contre lui. Tinna disait avoir vu du sang sur ses vêtements, mais nous n'avons pas pu établir de preuve... Je ne l'ai jamais questionnée là-dessus, mais parfois, j'ai soupçonné qu'elle en avait un peu rajouté dans son témoignage.

Sverrir s'éclaircit la gorge, puis poursuivit avec gêne :

– Il lui arrivait souvent d'exagérer les choses, ou au contraire de les minimiser ; pas de mentir à proprement parler, mais... oui, d'embellir la vérité. Sans doute parce qu'elle manquait de confiance en elle.

– Et vous pensez qu'elle disait la vérité lorsqu'elle affirmait avoir entendu quelqu'un dans le bâtiment le jour où Fridjón est mort ?

Sverrir hésita.

– Oui, j'en suis presque certain. J'ai fini par apprendre à la connaître. Je savais quand elle en rajoutait, et quand elle était vraiment sincère. Et je peux vous dire qu'elle avait sincèrement peur à l'époque, elle était terrifiée. Vous voulez entendre ma théorie ?

Helgi hocha la tête.

– Je crois désormais que Fridjón a été assassiné. Par le même homme, ou la même femme, qui a tué Yrsa. Tinna est arrivée exceptionnellement tôt le matin de la mort de Fridjón, et l'assassin n'avait pas encore quitté les lieux. Elle n'a pas vu qui c'était, mais ça, le coupable ne pouvait pas en être sûr. Il voulait lui faire peur, lui faire comprendre qu'il l'avait à l'œil, et qu'elle ferait mieux de la boucler... Dans une certaine mesure, ça a marché, puisqu'elle a gardé le silence pendant toutes ces années. Mais elle ignorait de qui il s'agissait. Elle a juste entendu du bruit.

La question flottait dans l'air. La même personne pouvait-elle s'être introduite chez Tinna durant la nuit, pendant que Sverrir travaillait, pour la menacer – puis la tuer ? Quelqu'un qui se serait senti en danger, trente ans après les événements, parce que l'affaire avait été déterrée... ?

Helgi décida de ne pas poser la question, même s'il devinait à son expression que Sverrir devait penser la même chose.

– Comment est-il entré ?

– Vous voulez dire... celui qui l'a tuée ? demanda Sverrir, la voix sur le point de se briser.

– Oui.

– Elle avait perdu ses clés un ou deux jours plus tôt. On ne s'en était pas vraiment inquiétés, parce qu'elle les égarait tout le temps... Mais si quelqu'un la surveillait il y a trente ans, peut-être que la même personne s'est remise à la suivre et lui a volé ses clés au moment opportun ? Elle les posait toujours n'importe où – sur la table lorsqu'elle allait dans un café, par exemple. Elle pouvait se montrer assez négligente.

Sverrir plissa les yeux. Il se demandait peut-être si les recherches de Helgi dans le cadre de son mémoire n'avaient pas alerté le meurtrier.

Et si cette hypothèse se révélait juste, de qui s'agissait-il ? Thorri, le médecin au lourd secret ? Ou Elísabet ? Ou Broddi, peut-être ?

Ou bien Tinna avait-elle menti ? Était-elle impliquée d'une manière ou d'une autre dans ces crimes ?

Ou... ou Helgi se trouvait-il face à l'assassin à cet instant ? Sverrir avait-il tué sa femme ? Si oui, pouvait-il réellement avoir quelque chose à se reprocher dans les morts d'Akureyri ? L'idée semblait complètement absurde...

– J'aurais dû écouter Hulda, dit brusquement Sverrir.

– Hulda ? fit Helgi avant d'hésiter. C'était la femme qui travaillait avec vous sur cette enquête, non ?

En y réfléchissant, il se rappelait avoir lu son nom dans les rapports.

– Oui. Une femme diablement intelligente. Elle s'était opposée à l'arrestation de Broddi, selon elle on n'avait pas assez de preuves entre les mains. Et elle a essayé de me convaincre de poursuivre l'enquête... Mais j'étais jeune et stupide, Helgi. Jeune et arrogant.

– Je devrais peut-être lui parler. Elle est encore en vie, non ?

– Oui, oui, elle... oh, j'imagine qu'elle approche l'âge de la retraite maintenant, mais elle travaille toujours ici. Allez donc lui parler. C'est quelqu'un d'intéressant, même si elle est d'une nature un peu renfermée. Il faut dire qu'elle a traversé des épreuves ; elle a perdu son mari et sa fille, vous savez.

– Mon Dieu...

– Bref, renseignez-vous auprès d'elle... J'espère simplement qu'elle pourra vous aider plus que moi.

Sverrir avait l'air si fatigué et abattu, assis là, les épaules voûtées.

– Au fait, pendant que j'y pense..., commença Helgi en sortant le vieux portrait de son calepin. Je me demandais si Yrsa avait un fils... Vous vous souvenez peut-être de cette photo ?

Il la posa sur la table.

Dans un premier temps, Sverrir ne sembla pas comprendre où il voulait en venir. Puis son front se dérida et il répondit :

– Ah, oui, la photo du petit garçon qui se trouvait dans le tiroir de son bureau ?

Helgi acquiesça.

– Oui, je m'en souviens très bien. Ma mémoire n'est plus ce qu'elle était, mais je me souviens de ce petit garçon.

– C'était son fils ?

– Non, non, pas du tout. C'était le frère de Broddi.

– Le frère de Broddi ?

– Oui, il a contracté la tuberculose et il en est mort. Un des plus jeunes patients qu'ils ont perdus, je crois. Vraiment atroce. Nous nous sommes naturellement posé beaucoup de questions sur cette photo. Pourquoi Yrsa l'avait-elle gardée ? Ce petit garçon avait-il subi des mauvais traitements, par exemple, ce qui aurait amené Broddi à vouloir se venger ? Il n'en est rien ressorti, mais c'est sans doute ce qui a renforcé ma détermination à arrêter Broddi. D'après lui, Yrsa avait gardé la photo dans son tiroir simplement parce qu'elle aimait beaucoup son petit frère et que sa mort l'avait grandement affecté. Le personnel du sanatorium n'était pas habitué à recevoir de si jeunes patients, et encore moins à les perdre. C'est d'ailleurs la raison initiale pour laquelle Broddi a voulu y travailler. Il n'était encore qu'un adolescent à l'époque, et il voulait se rapprocher de son petit frère, mais bien sûr il n'a rien pu faire pour le sauver.

Helgi eut la chair de poule en y pensant.

2012

Helgi

Toujours la même routine. Helgi avait dormi sur le canapé, comme s'il était puni. Ils avaient à peine échangé un mot. Il refusait de parler à Bergthóra, et de son côté, elle l'avait laissé en paix, s'éclipsant de l'appartement en début de matinée. Il avait fait semblant de dormir lorsqu'elle s'était levée, et n'avait pas bougé du canapé avant d'entendre la porte d'entrée claquer.

Deux possibilités s'offraient à eux à présent, songea-t-il : soit elle demandait de l'aide à un médecin ou à un psychologue, soit il la quittait.

La perspective de la journée à venir le rendait nerveux. Il devait interroger deux hommes, Thorri et Broddi, pour découvrir s'ils pouvaient l'éclairer un peu plus sur cette affaire, qui englobait aussi bien les événements récents que ceux du passé. Mais tout d'abord, il espérait pouvoir s'entretenir avec Hulda, la policière qui avait enquêté avec Sverrir en 1983, au cas où elle se souviendrait d'éléments intéressants.

Il rejoignit le commissariat un peu avant midi.

N'ayant pas encore de bureau, il erra sans but un moment en attendant de pouvoir parler à Magnús.

– Hulda Hermannsdóttir... Elle est de service aujourd'hui ?

– Hulda ? fit Magnús avec une lueur d'irritation dans le regard. Elle est sur le départ. Ou plutôt, elle est partie. C'est de son bureau que tu vas hériter.

– Quoi, vraiment ? Désolé, je n'avais pas compris...

C'était donc Hulda qui avait griffonné ces mots sur une feuille de papier, cet indice qui avait mis Helgi sur la piste du passé trouble de Thorri.

– Pas étonnant. J'avais fait retirer la plaque à l'entrée de son bureau avant de t'engager. Je lui ai laissé une chance de prendre sa retraite sans préavis, mais elle est parvenue à me soutirer quelques jours supplémentaires, et... en bref, elle a réussi à tout foutre en l'air. Il était vraiment temps qu'elle plie bagage.

– Tu crois que je pourrais lui parler ?

– Sans doute. À quel sujet ?

– Elle a travaillé avec Sverrir sur l'enquête du sanatorium.

– Ah, oui, c'est vrai. Je me demande si elle ne m'en a pas touché un mot. Mais oui, fais donc, appelle-la.

Attrapant son téléphone, Magnús lui transmit le numéro de Hulda, que Helgi ajouta à ses contacts.

– Elle ne travaille pas aujourd'hui ?

– Non, je lui ai dit de ne pas revenir. Tu peux donc commencer à prendre tes aises dans son bureau. Tu n'as qu'à mettre ses affaires dans un coin, je suis sûr qu'elle viendra bientôt les chercher.

Suivant les conseils de Magnús, Helgi décida de s'installer un moment dans le bureau de Hulda. Il essaya de l'appeler, mais son téléphone semblait éteint. Tant pis, il la joindrait plus tard.

La priorité, pour l'instant, c'était d'interroger Thorri et Broddi.

Il téléphona à Thorri et l'invita à venir au commissariat pour une conversation informelle autour d'un café. Celui-ci accepta avec réticence, lui confirmant qu'il arriverait sous peu.

Il fallut plusieurs tentatives à Helgi pour réussir à joindre Broddi, qui l'invita à passer chez lui en milieu d'après-midi. Il était donc bon pour une nouvelle ascension de ces interminables escaliers et une nouvelle dégustation de café et de pâtisseries danoises dans l'appartement étouffant.

Helgi n'avait pas le cœur à se lancer dans un grand ménage de son nouveau bureau, en tout cas pas immédiatement, bien que Magnús lui eût assuré que Hulda était partie pour de bon. Il voulait donner à cette dernière au moins une journée pour passer récupérer ses affaires, même s'il n'aurait pas été bien compliqué d'empiler ses documents dans un coin pour faire de la place. Il jeta un regard envieux à la bibliothèque derrière le bureau, listant déjà dans sa tête les livres qu'il allait apporter, des romans policiers islandais et étrangers triés sur le volet qu'il pourrait feuilleter dès qu'il aurait un moment libre. Il savait qu'il serait heureux ici, à condition d'avoir la compagnie de ses précieux ouvrages.

*

– Je n'ai pas besoin d'un avocat, n'est-ce pas ? demanda Thorri sur un ton de plaisanterie qui ne cachait toutefois pas complètement le sérieux de la question.

Cela ne signifiait pas nécessairement que Thorri s'inquiétait, mais plutôt qu'il voulait rappeler à Helgi qu'il était venu de son plein gré et méritait d'être traité avec courtoisie. Ce que Helgi comptait bien faire, malgré la sensibilité du sujet qu'il s'apprêtait à aborder avec le médecin.

– Je n'en vois pas l'utilité, répondit-il d'un ton neutre. Je voulais seulement discuter d'un point avec vous.

– Je vous écoute, dit Thorri, s'appuyant d'une manière nonchalante au dossier de sa chaise, jambes croisées, comme s'il n'avait aucun souci à se faire.

Clairement, le médecin n'avait pas la moindre idée de la direction que prendrait leur conversation.

– Cela concerne votre ancien poste, commença Helgi en prenant son temps. Avant que vous rejoigniez le sanatorium.

– Mon ancien poste ?

L'air déstabilisé, Thorri se redressa légèrement sur son siège.

– Oui, à Hvammstangi, si je me souviens bien de ce que vous m'avez dit...

Helgi laissa sa phrase en suspens.

– Hvammstangi, oui... Euh, c'est ce que je vous ai dit ? Je voulais parler de Húsavík, bien sûr. J'y ai travaillé pendant un temps.

– Sous la direction de Matthías Ólafsson, c'est ça ?

– Euh, oui, pour Matthías.

– Un homme charmant.

– Vous l'avez rencontré ?

– Et encore très alerte pour son âge. Il se souvenait bien de vous.

– Je, euh... Oui, je me souviens de lui aussi, naturellement, ce n'est pas le genre de personne qu'on oublie, répondit Thorri, la voix légèrement tremblante. Comment va-t-il ?

– Il m'a expliqué pourquoi vous aviez dû quitter votre poste.

– Oh ? Qu'est-ce qu'il vous a dit ?

– Que vous aviez un problème de drogue...

Thorri resta silencieux. Son expression trahissait à présent un mélange de colère et de peur.

– Je... Je... euh...

– Prenez votre temps, dit Helgi.

– Écoutez, ça n'a pas duré, vous devez comprendre ça, répondit enfin Thorri, décroisant les jambes et se penchant en avant, le corps tendu. Et ça n'a jamais affecté mon travail... les patients, je veux dire.

– Je l'espère.

– Et j'ai arrêté bien avant de prendre mes fonctions au sanatorium. À ce moment-là, j'étais *clean*, et je n'ai jamais retouché à la drogue depuis. Ça fait des décennies.

Cet homme si sûr de lui, presque arrogant, semblait avoir perdu toute contenance. Baissant la tête, il poursuivit :

– Je ne veux pas que ça se sache. Ça *ne doit pas* se savoir...

– Je comprends tout à fait. Et il n'y a aucune raison que ce soit le cas, à moins que les circonstances ne changent...

– Je n'ai fait de mal à personne, Helgi, dit Thorri, la voix toujours tremblante.

– Mais j'ai cru comprendre que Fridjón connaissait vos antécédents. Et il est mort.

– Je n'ai rien à voir avec ça, répliqua Thorri avec véhémence.

– Vous voulez dire qu'il ne connaissait pas votre passé ?

Thorri hésita.

– Si. Matthías lui avait tout raconté, malheureusement, mais à sa décharge, Fridjón m'a laissé une chance. Pas en tant que médecin, cela dit. Au début, j'ai rejoint le sanatorium pour faire des recherches sur l'histoire de la tuberculose dans le nord de l'Islande. Fridjón était un peu réticent, mais il a fini par m'autoriser à rejoindre l'équipe.

– Dites-moi pourquoi je serais censé croire que vous n'avez pas voulu le faire taire une bonne fois pour toutes, Thorri ? Il connaissait votre secret, puis il est mort en chutant d'un balcon.

Thorri eut une nouvelle hésitation puis, l'air soudain abattu, il dit :

– Nous avons conclu un accord. Il a rempli sa part du contrat, et moi la mienne, c'est pourquoi je n'en ai parlé à personne pendant toutes ces années. Et je ne comptais pas le faire, mais j'imagine que ça n'a plus d'importance maintenant. Tout ça remonte à si loin, et le pauvre Fridjón est mort et enterré depuis longtemps.

Helgi patienta.

– À l'origine, comme je vous l'ai dit, l'idée était que je vienne au sanatorium pour travailler sur un projet de recherche autour de l'histoire de la tuberculose, et je ne m'attendais pas à ce que ça m'ouvre d'autres portes là-bas. Et puis j'ai entendu parler d'un petit garçon, l'un des plus jeunes patients morts au sanatorium...

– Quel petit garçon ? demanda Helgi, même s'il pensait connaître la réponse.

– Le petit frère de Broddi. C'est la raison pour laquelle Broddi s'est fait engager là-bas quand il était ado – pour pouvoir garder un œil sur son frère.

– Mais le petit est mort.

– Oui, une histoire tragique.

– N'était-ce pas l'époque où la tuberculose était plus ou moins incurable ? En soi, il n'y avait rien de très étonnant à ce qu'il meure, il me semble ?

– En temps normal, non, mais ce dossier n'avait rien de normal...

– Comment ça ? Il n'est pas mort de la tuberculose ?

– Si, si. Incontestablement.

– Mais ?

– J'ai passé en revue toute la paperasserie...

Thorri prenait son temps, marquant des pauses afin de choisir soigneusement ses mots.

– Les archives étaient parfaitement en ordre, avec l'historique de chaque patient, les vieux documents administratifs, les traitements, tout était là...

Thorri s'interrompit un instant.

– Le seul problème, c'était ce garçon, reprit-il.

– Quel était le problème ?

– Il n'y avait aucun dossier, aucun papier attestant qu'il avait la tuberculose.

– Comment ça ? Vous ne disiez pas à l'instant qu'il était mort de la maladie ?

– Si. Mais le fait est qu'il n'avait pas la tuberculose en entrant au sanatorium. Il a été infecté pendant qu'il était là-bas.

– Quoi ? lâcha Helgi, abasourdi. Mais c'est terrible... C'était une erreur ?

– Je ne pense pas. J'ai commencé à m'intéresser à lui, sans en parler à Fridjón. L'histoire de ce petit garçon me touchait. J'ai découvert que le frère de Fridjón était le chef de la police d'Akureyri, et que des rumeurs couraient sur le fait que ce petit garçon serait son fils. Illégitime, bien sûr. Apparemment, le gamin s'était mis à raconter autour de lui que son père était policier, ou quelque chose comme ça. Fridjón ne l'a jamais admis, mais j'ai toujours soupçonné que l'enfant avait été arraché à sa mère, une modeste ouvrière qui n'était pas mariée, et cloîtré dans le sanatorium. Pour le garder à l'abri des regards, je suppose. Je suis sûr qu'ils voulaient s'occuper de lui malgré tout, mais... eh bien, on sait ce qui s'est passé.

– Que vous a dit Fridjón quand vous l'avez mis face à ça ?

– Il a avoué qu'une erreur avait été commise, que le petit garçon avait bel et bien été infecté au sanatorium, mais il a menacé de révéler mes problèmes de drogue si j'en parlais à qui que ce soit. Alors nous avons conclu un accord, et j'ai obtenu un poste fixe en échange...

Thorri ne semblait plus savoir où se mettre.

Helgi resta coi. Était-ce vrai ? Fridjón avait-il, fût-ce indirectement, causé la mort d'un petit garçon innocent ?

Et si oui, restait la question cruciale : *Broddi était-il au courant ?*

2012

Helgi

Café et pâtisseries danoises. Pas de changement de ce côté-là, mais cette fois, l'atmosphère semblait plutôt tendue. Peut-être parce que Helgi savait qu'il se trouvait potentiellement face à un meurtrier, ou peut-être parce qu'il percevait une méfiance inédite chez Broddi – soupçonnait-il que Helgi était sur une piste ?

– Vous êtes en train de devenir un habitué des lieux, mon brave Helgi, dit-il d'une voix cassée, la mine fatiguée, semblant avoir vieilli de plusieurs années depuis leur dernière rencontre.

– Je souhaitais revenir sur quelques points avec vous, mais je pense que les choses sont en train de s'éclaircir.

– Avec qui avez-vous parlé ?

– Toujours les mêmes, mais je me suis aussi replongé dans les documents de l'enquête. J'ai notamment examiné des vieilles photos de la scène de crime.

Broddi but une gorgée de café, toujours serein en apparence.

– Des photos de la scène de crime ? demanda-t-il avec nonchalance.

– Sur l'une d'entre elles, on aperçoit notamment un portrait de votre frère. Celui que j'ai mentionné l'autre jour, retrouvé dans le tiroir d'Yrsa.

Broddi hocha la tête.

– Je l'ignorais. Mais ça ne me surprend pas. Il est mort au sanatorium.

– Vous étiez proches ?

– Très proches, répondit Broddi sans rien perdre de son flegme. C'était un gentil gamin, toujours de bonne humeur, toujours aux petits soins avec moi. Je ne sais pas si vous pouvez comprendre, mais j'étais très seul, je n'avais pas beaucoup d'amis, alors même si j'étais plus vieux que lui, j'ai toujours eu l'impression que mon frère prenait soin de moi, juste en étant là, vous voyez ? Juste en riant et en souriant et en jouant avec moi. On n'avait pas le même père, mais on s'en fichait. Je me rappelle si bien nos jeux. On pouvait rester assis des heures à jouer ensemble. Et puis un jour, ils l'ont emmené, et ils l'ont enfermé dans le sanatorium.

– Mais ça se passait comme ça, la maladie ne faisait pas de quartier, commenta Helgi, impassible, afin d'examiner la réaction du vieil homme.

Broddi resta silencieux un instant, les yeux fixés sur sa tasse de café. Ni l'un ni l'autre n'avait touché aux pâtisseries danoises au milieu de la table. Elles semblaient sortir du four. Broddi devait s'être donné la peine de descendre tous ces escaliers pour se rendre à la boulangerie, dans la perspective d'accueillir un invité qui, pourtant, venait potentiellement l'arrêter.

– C'est vrai, finit-il par dire.

Il parlait d'une voix basse et réfléchie.

– Voyez-vous, je crois pour ma part qu'ils l'ont maltraité, reprit Helgi après un bref silence.

Il observa le vieil homme. Peut-être aurait-il dû avoir peur, dans la mesure où Broddi avait vraisemblablement assassiné trois personnes. Mais étrangement, Helgi ne se sentait pas en danger. Il éprouvait au contraire de la pitié pour l'homme assis face à lui, de l'autre côté de la table.

– Oui, ils l'ont maltraité, acquiesça Broddi, le ton désormais glacial.

– Et ils ont causé sa mort, n'est-ce pas ?

– Ce n'est pas ce que j'ai dit, répliqua Broddi, inflexible.

– Ils n'ont pas pris soin de lui.

– *Personne* ne pouvait prendre soin de lui comme moi, Helgi. Personne.

Après une pause, il ajouta :

– Ils n'ont même pas essayé.

Broddi se leva brusquement :

– Pourquoi on parle de mon frère, Helgi ? Je n'ai aucune envie de ressasser le passé, tout ça est terminé. Il me manque, oui, mais n'ai-je pas le droit de le pleurer en paix ?

Avec intensité, il fixa Helgi qui ressentit de nouveau la même émotion – l'empathie, la pitié plutôt que la peur. Il était certain que Broddi ne commettrait plus le moindre meurtre.

– Asseyez-vous, Broddi, lui ordonna-t-il avec autorité. Nous devons avoir une sérieuse discussion.

Déstabilisé, le vieil homme finit par obtempérer, il s'assit et laissa son regard errer sur sa tasse de café puis sur les pâtisseries danoises.

– Écoutez, Broddi, je crois savoir pourquoi vous les avez tués.

Il tressaillit.

– Tué... tué qui ?

– Yrsa et Fridjón. Je ne peux pas dire que je comprenne, bien sûr que non, mais je peux me mettre à votre place, au moins dans une certaine mesure.

– Yrsa et Fridjón ? Je ne les ai pas tués ! C'est ridicule !

Il avait beau élever la voix, son ton manquait de conviction.

– Et Tinna. Vous étiez amis, pas vrai ?

– On était collègues.

– Je crois que vous avez plus de mal à le justifier auprès de votre conscience, Broddi. Elle ne vous avait rien fait. Peut-être en savait-elle simplement trop. C'est facile de commettre une erreur, une terrible erreur, quand on a peur.

Broddi ne prononça pas un mot.

– Vous connaissez la peur, Broddi, pas vrai ? Vous l'avez souvent éprouvée au cours de votre vie. Peur pour votre frère. Peur d'être percé à jour. Je peux comprendre. C'est difficile d'être seul et...

Broddi l'interrompit :

– Je vous ai dit de ne pas parler de mon frère. Je vous l'ai demandé.

Ayant perdu toute fermeté, sa voix était réduite à un tremblement fébrile. Comme celle d'un enfant effrayé.

Helgi se tut un instant, puis dit :

– Pourtant, nous devons en parler. Avait-il déjà la tuberculose au moment où il a été admis au sanatorium ?

– Il avait la tuberculose. Il l'avait attrapée.

– Broddi, ça ne sert à rien de continuer à vous débattre. Tôt ou tard, vous allez devoir affronter ce que vous avez fait. Vous comptez vraiment emporter ce secret dans la tombe ? Ne voulez-vous pas vous repentir ?

– Me repentir… ?

Broddi baissa la tête. Difficile de deviner ce qu'il pensait.

– Vous disiez que c'était un gentil garçon ?

Relevant les yeux, Broddi répondit :

– Oui. Je n'ai jamais rencontré quelqu'un d'aussi gentil, d'aussi doux…

– Et il vous comprenait, je sais. Mais le moment est venu de raconter cette histoire, Broddi. Vous ne pouvez pas vous cacher éternellement. Vous avez commis de terribles crimes et…

Helgi s'interrompit, cherchant les bons mots, avant de reprendre :

– Avouez. Je crois que c'est ce que votre frère aurait voulu.

Un long silence suivit, de plus en plus lourd à chaque seconde qui passait.

– Maman ne s'en est jamais remise, finit par dire le vieux gardien. La tuberculose l'a frappé de plein fouet, et il est parti tellement vite… tellement vite.

– Elle savait que… ?

– Elle n'a jamais su toute la vérité, et moi non plus, pas avant qu'Yrsa avoue. Mais nous savions qu'il n'était pas malade lorsqu'ils nous l'ont pris.

Helgi hocha la tête.

– Le frère de Fridjón était le chef de la police, voyez-vous. Un homme marié. Et c'était le père de mon frère. Ce salaud se souciait surtout de sa réputation. Il ne voulait pas que les gens apprennent qu'il avait un fils illégitime. Mais mon frère avait entendu la vérité quelque part, et il commençait à raconter des histoires sur son papa policier. Le chef des policiers, même. Bien sûr, personne ne le prenait au sérieux, les enfants racontent toujours des histoires. Mais quand c'est arrivé aux oreilles de l'intéressé, il a décidé d'agir. Et de mettre le gamin à l'écart – temporairement. J'imagine qu'il avait des projets pour le long terme, mais en attendant, le petit a été placé au sanatorium, dans un service fermé. C'est Fridjón qui est venu le chercher. Qui a fait le sale boulot pour son frère. Il nous a dit qu'il avait des raisons de penser que mon frère était contaminé. Maman et moi n'avons rien pu faire.

– Et ensuite, il a vraiment été contaminé dans le sanatorium…

Broddi baissa de nouveau la tête.

– C'était affreux, absolument affreux.

– Mais vous êtes allé travailler là-bas ?

– Au début, c'était pour être plus près de lui, vous voyez, alors j'ai proposé d'effectuer quelques tâches pour l'hôpital – je n'étais moi-même qu'un gamin à l'époque. Mais je voulais aussi découvrir ce qui se passait. J'avais promis à ma mère que je prendrais toujours soin de mon petit frère. J'avais dix ans de plus que lui, et j'ai tenu ma promesse même après la mort. J'ai obtenu un job là-bas à l'âge de quinze ans, comme homme à tout faire pour ainsi dire, et ça a évolué vers un poste de gardien. Ce qui m'allait. Le salaire était décent, et je n'ai jamais été vraiment bon à l'école. Ça m'a permis de côtoyer les gens qui avaient tué mon frère. Il me manquait juste des preuves. Je devais les observer, essayer de comprendre... Essayer de deviner ce qui était arrivé.

– Je vois.

– Oui, je sais que vous me comprenez, répondit Broddi, toujours d'un ton las. C'était un crime, Helgi. Il n'y a pas d'autre mot. Un crime, de tuer ainsi un enfant innocent.

– Vous savez ce qui s'est passé ?

Broddi hésita.

– Oui. Yrsa me l'a dit. Elle a fini par avouer. Elle m'a raconté toute cette sordide histoire. Une employée du sanatorium a fait une erreur. Elle s'appelait Ásta. Elle ne savait pas ce qu'elle faisait, ne l'a jamais su, parce qu'elle croyait mon frère malade quand il a été admis. Ils l'avaient installé dans une chambre isolée, et les instructions étaient claires : seuls eux deux avaient le droit de s'occuper de lui...

– Eux deux ? l'interrompit Helgi.

– Fridjón et Yrsa. Personne d'autre n'était au courant. Et puis un jour où il faisait beau, Ásta l'a apparemment laissé sortir pour qu'il joue avec les autres enfants hospitalisés. C'était un week-end, donc ni Fridjón ni Yrsa n'étaient là. Et ça a suffi...

La voix de Broddi se brisa, et Helgi vit une larme couler sur sa joue.

– Quand Yrsa vous a-t-elle raconté ça ?

De nouveau, un long silence.

– Elle s'apprêtait à prendre sa retraite, à quitter le sanatorium pour de bon. Je ne pouvais plus attendre, Helgi.

– Je vois.

– Elle était souvent la dernière à partir le soir, alors je l'ai attendue, et je l'ai plus ou moins prise au piège, exigeant qu'elle me dise la vérité. Et ça... ça a pris un moment. Elle ne voulait rien admettre, mais je savais qu'elle était impliquée. Fridjón et elle travaillaient toujours main dans la main. Et elle avait toujours été mal à l'aise avec moi, pendant toutes ces années, ces décennies. Je le sentais. À la fin, elle a tout avoué, mais... eh bien, pas avant que je...

Il se tut un instant, éprouvant visiblement de la difficulté à mettre des mots sur la suite :

– J'ai dû avoir recours à la force pour la faire parler, comme vous le savez. Mais cela en valait la peine. D'entendre enfin la vérité.

– Vous aviez l'intention de la tuer, Broddi ?

Le vieil homme réfléchit.

– Je ne sais pas. Pas nécessairement, mais une fois qu'elle avait fait ses aveux, qu'elle m'avait révélé toute la vérité, je n'ai pas eu d'autre choix que de venger mon frère. Et Fridjón devait payer, lui aussi.

– Vous l'avez poussé du balcon ?

– Oui, ou plutôt jeté. Je lui ai demandé de m'y retrouver, en inventant des réparations à effectuer. Je pense qu'il n'avait pas fait le lien – entre le meurtre d'Yrsa et la mort de mon frère, je veux dire... C'était arrivé si longtemps auparavant. J'imagine qu'il se croyait tiré d'affaire.

Après une pause, Broddi ajouta :

– Je n'ai jamais regretté mon geste.

– En d'autres termes, ils avaient bel et bien arrêté le coupable à l'époque.

– Pour de mauvaises raisons ! s'exclama Broddi. Ils ne savaient rien. Ils m'ont juste enfermé parce que j'étais une cible facile.

– Mais Tinna...

Broddi sembla se recroqueviller sur lui-même.

– Je m'en veux. Je m'en veux terriblement.

– Que s'est-il passé ?

– Je croyais qu'elle m'avait vu, le matin où Fridjón est mort. Moi, je l'ai aperçue, et elle m'a sûrement entendu. Mais elle n'a jamais rien dit. J'ai essayé de l'intimider, de l'effrayer pour la décourager d'aller voir la police. Et ça a marché. Mais ensuite, vous êtes venu fourrer votre nez là-dedans et vous avez voulu parler à Tinna. J'ai pris peur, Helgi, j'ai simplement pris peur. Je croyais qu'elle allait tout dire. Alors je me suis remis à l'observer, à la suivre, je lui ai volé ses clés et je me suis introduit chez elle quand j'ai vu que Sverrir était sorti. Je ne suis pas sûr d'avoir eu l'intention de la tuer. Peut-être que je voulais seulement discuter, m'assurer qu'elle garderait le silence. Mais évidemment, elle m'a vu, j'ai essayé de lui parler mais elle a commencé à hurler, elle ne s'arrêtait pas et j'ai... eh bien...

321

– Vous savez que vous devez venir avec moi au commissariat, Broddi. C'est terminé.

Broddi leva les yeux, rencontrant le regard de Helgi.

– Oui, je sais. Et je suis fatigué. Je m'en veux pour Tinna. Je n'ai pratiquement pas fermé l'œil depuis que c'est arrivé. Je suis allé trop loin, Helgi, je me suis laissé submerger. Vous avez raison, je dois me repentir, d'une manière ou d'une autre.

Helgi se leva.

– Je regrette, pour Tinna, poursuivit Broddi. Fridjón et Yrsa méritaient ce qui leur est arrivé. Ásta aussi, mais elle était déjà morte quand j'ai tout découvert. J'ai dû regarder mon frère mourir à petit feu, et c'était de leur faute. Ils l'ont tué. Vous savez, on donnait à la tuberculose le surnom de « peste blanche », parce qu'elle rendait les patients si pâles… C'est l'image que je garde de mon frère. Il était toujours joyeux, si plein de vie, mais le seul souvenir que je conserve à présent, c'est lui qui me regarde à travers la paroi de verre au sanatorium, pâle comme un fantôme, juste avant sa mort.

2012

Helgi

Helgi ne se sentait pas à l'aise dans son nouveau bureau. Il avait la sensation de ne pas être à sa place, pas encore. Comme s'il s'était introduit par effraction dans un espace qui ne lui appartenait pas, ce qui était vrai dans une certaine mesure.

La soirée était déjà bien avancée. Broddi se trouvait derrière les barreaux, et ils attendaient un mandat pour pouvoir le mettre en examen.

– Je savais que tu serais bon, mais je ne soupçonnais pas à quel point, lui avait dit Magnús, compliment qui lui avait remonté le moral.

Helgi sentait qu'il avait trouvé sa voie.

Il avait réessayé de joindre Hulda, sans succès. Il n'avait plus besoin de son aide, mais il aurait aimé lui annoncer que l'assassin du sanatorium avait enfin été arrêté, et lui demander de venir récupérer ses affaires. Elle finirait bien par se montrer tôt ou tard.

Helgi s'était fait une petite place sur son bureau en déplaçant les papiers sur le côté, voire par terre pour les plus grosses piles, mais à part ça, il n'avait pas osé toucher à quoi que ce soit. Il préférait laisser à Hulda la chance de faire son propre rangement, après toutes ces années de service dans la police.

Est-ce donc si difficile de partir en retraite ? se demanda-t-il. Difficile au point que cette pauvre femme ne pouvait se résoudre à vider son bureau et à affronter la réalité, le glacial et cruel passage du temps ?

S'appuyant au dossier de son siège, il balaya la pièce du regard. Un simple cadre ornait le bureau de Hulda : la photo d'une jeune fille, probablement sa fille, ou peut-être sa petite-fille. Il se demanda s'il ne devrait pas y placer un portrait de Bergthóra lorsque ce lieu deviendrait le sien. En tout cas, il était au moins déterminé à apporter des romans policiers pour remplir les étagères. Quelques Agatha Christie, mais pas ses exemplaires les plus rares, quelques S.S. Van Dine, et sans doute sa collection de traductions islandaises de P.D. James, le cycle de l'inspecteur Dalgliesh. Il lui semblait approprié de les avoir avec lui au commissariat.

Tandis que son esprit s'attardait sur ses livres bien-aimés, il fut frappé par l'ironie de ce qui venait de se passer. Il s'était lancé dans l'examen d'une vieille affaire d'un point de vue strictement académique, armé des théories en criminologie les plus récentes, pour finir par élucider le mystère en usant d'une méthode immémoriale : s'entretenir avec les gens et suivre les indices, comme un bon vieux détective de l'un de ses romans à énigme. Tout ce qui lui manquait, c'était un imper et un chapeau. Il ne put s'empêcher de sourire à cette idée, et se demanda s'il devait partager la plaisanterie avec Bergthóra. Mais non, il doutait qu'elle comprenne l'humour de la situation.

Cette pensée le mena à réfléchir à la soirée qui l'attendait. Bergthóra et lui étaient revenus à la case départ, disputes et réconciliations. Encore une fois, il était prêt à lui pardonner et à fermer les yeux sur ce qu'elle lui avait fait. Si elle n'était pas encore couchée à son retour à la maison, ils pourraient parler de l'avenir. Ils avaient un certain nombre de décisions à prendre, par exemple acheter ou non un appartement, mais pendant ce temps-là, leurs problèmes plus sérieux étaient passés sous silence. Il se savait à bout de patience. Il y avait des limites à ce qu'il pouvait supporter.

La sonnerie criarde du téléphone sur son bureau l'arracha à ses pensées. Son premier réflexe avant même de décrocher fut de chercher un bouton pour réduire le volume. Puis il s'empara du combiné à la troisième sonnerie.

– Allô, ici Helgi Reykdal.

Il y eut d'abord un silence au bout de la ligne, puis une voix dit en anglais :

– Excusez-moi, je cherche à joindre Hulda Hermannsdóttir.

La voix, dotée d'un fort accent américain, semblait appartenir à un homme âgé.

Helgi répondit poliment, en anglais :

– C'est bien son bureau, mais je m'appelle Helgi.

Il eut envie de lui dire sans ménagement qu'elle ne travaillait plus ici, mais l'homme lui semblait plutôt sympathique, aussi expliqua-t-il d'un ton amical :

– Hulda quitte la police pour prendre sa retraite,

et elle n'est pas là pour le moment. Mais elle devrait repasser dans les jours qui viennent. Il faut encore qu'elle récupère ses affaires et dise au revoir à ses collègues.

– Ah, d'accord, dit l'homme, marquant un silence avant de reprendre : Vous pourriez… euh… vous pourriez lui transmettre un message ?

– Bien sûr, répondit Helgi, attrapant une feuille de papier.

– Dites-lui que Robert a téléphoné des États-Unis. Ou… non, vous savez quoi ? Dites-lui que son père a essayé de l'appeler. J'aimerais avoir de ses nouvelles. Elle sait où me joindre. On s'est rencontrés une fois.

Un instant, Helgi aurait pu jurer avoir entendu la voix de l'homme vaciller, comme une pointe de tristesse traversant l'océan Atlantique.

2012

Helgi

Helgi mit une éternité à retrouver ses clés. Elles n'étaient pas dans son manteau, mais se cachaient au fond du sac qui lui servait à transporter son ordinateur portable et les notes de son mémoire. Il n'y avait pas repensé de la soirée, mais bien sûr, ses recherches avaient pris une direction parfaitement inattendue. Élucider un meurtre pendant l'écriture d'un projet académique, n'était-ce pas l'assurance d'une meilleure note ? Alors que dire de trois meurtres ?

Il n'avait pas osé frapper, au cas où Bergthóra dormirait. Il espérait toutefois qu'elle était toujours éveillée. Peut-être pourraient-ils profiter d'une soirée cocooning, au cours de laquelle il lui raconterait sa journée. Et quelle journée... Il avait hâte de fanfaronner un peu, de lui faire part des compliments qu'il avait reçus de Magnús.

Lorsqu'il ouvrit la porte et pénétra dans l'entrée, il la vit. Debout au milieu du salon, le regard chargé de haine, exactement comme celui de Broddi un peu plus tôt. Elle tenait une bouteille vide de vin rouge à la main.

327

– T'étais où ? hurla-t-elle.

Soudain, elle se précipita vers lui en brandissant la bouteille. Entravé par son sac et ses clés, il n'eut pas le temps de se protéger avec ses mains, et sentit une explosion de douleur lorsque la bouteille s'abattit sur son crâne.

Le monde devint noir.

Les grands classiques de Helgi

The Murder of Roger Ackroyd, Agatha Christie, 1926 ;
Le Meurtre de Roger Ackroyd (éd. fr. 1927), nouvelle
trad. Françoise Jamoul, 1992.

The Dutch Shoe Mystery, Ellery Queen, 1931 ;
Le Mystère du soulier blanc (éd. fr. 1937), nouvelle
trad. Catherine Grégoire, 1958.

Peril at End House, Agatha Christie, 1932 ; *La Maison
du péril* (éd. fr. 1934), nouvelle trad. Robert Nobret,
1992.

Enter a Murderer, Ngaio Marsh, 1935 ; *L'assassin
entre en scène* (éd. fr. 1946), nouvelle trad. Roxane
Azimi, 1984.

A Puzzle for Fools, Patrick Quentin, 1936 ; *Puzzle pour
fous*, trad. Maurice-Bernard Endrèbe, 1946.

Les grands classiques de l'édit

Elle était Christie

J'ai découvert le travail d'Agatha Christie vers l'âge de dix ans. Un film adapté d'un de ses romans, *Le Mystère des sept cadrans*, est passé à la télévision et j'ai immédiatement su que j'avais affaire à quelque chose de spécial, avec ce rebondissement final si intelligent. Un ou deux ans plus tard, mon cousin m'a confié avoir commencé à lire les livres d'Agatha Christie, dont il chantait les louanges, et j'ai décidé de leur donner une chance. *Les Vacances d'Hercule Poirot* a été le premier, en traduction islandaise. Cette lecture m'a enthousiasmé, j'ai donc décidé de continuer. Me rendant à la bibliothèque locale, puis dans d'autres bibliothèques à proximité de chez moi, j'ai emprunté tous les romans de Christie traduits en islandais que je trouvais et les ai lus dès que je les avais entre les mains. (J'ai même commencé à écrire mes propres « histoires policières » à cet âge, à la main dans un cahier, des histoires qui se déroulaient dans le brouillard londonien, très Christie-esque ; je n'avais pas conscience que, bien des années plus tard, j'écrirais mes propres romans noirs.)

Et puis soudain, je me suis retrouvé à court de livres. Tous les romans d'Agatha Christie n'avaient pas été traduits en islandais, et toutes les traductions n'étaient pas disponibles. Cela m'a amené à l'étape suivante de mon voyage, la Bibliothèque nationale d'Islande, un des bâtiments les plus majestueux de Reykjavík situé en plein cœur de la ville, qui avait ouvert au public en 1909. Un lieu merveilleux où s'asseoir et lire. Mon problème, c'était que la grande salle de lecture n'était pas ouverte aux moins de seize ans à l'époque, je devais donc m'y glisser en douce avec mon père, qui y effectuait des recherches. Nous passions là-bas tous nos samedis matin – la bibliothèque était ouverte et je n'avais pas école. J'en garde des souvenirs formidables : installé dans ce cadre extraordinaire, je lisais de vieilles traductions épuisées d'Agatha Christie, parmi lesquelles ma préférée, *Le Crime du golf*.

Mais voilà, un beau jour, je suis aussi venu à bout de la collection disponible à la Bibliothèque nationale ! Alors je me suis aventuré en terrain inconnu et j'ai tenté la lecture de ses livres dans leur anglais original, découvrant avec délectation des chefs-d'œuvre inédits.

En Islande, nous avons cette charmante tradition de nous offrir des livres pour Noël, d'entamer notre préféré le soir même du réveillon et de lire à la lumière des bougies jusqu'au cœur de la nuit. C'est pourquoi la plupart des livres en Islande sont publiés dans les mois précédant les fêtes de fin d'année. Lorsque j'étais enfant, un éditeur islandais s'assurait qu'à chaque Noël, les lecteurs auraient droit à une nouvelle traduction de Christie. Un été, âgé de dix-sept ans, j'ai eu une idée folle : je pourrais peut-être traduire un roman d'Agatha Christie, ayant déjà traduit quelques-unes de ses nouvelles pour un magazine local. Ma mère m'a conduit à cette maison d'édition, car je n'avais pas encore le permis, et j'ai pu rencontrer l'éditeur. À mon grand étonnement, il savait qui j'étais ; il avait compris que c'était moi, ce garçon qui appelait tous les ans pour demander quel livre de Christie la maison comptait publier. Il m'a réservé un accueil chaleureux et m'a promis qu'il réfléchirait à ma proposition. Pour être honnête, je ne m'attendais pas à ce qu'il revienne vers moi, mais il m'a rappelé pour m'annoncer qu'il comptait me donner ma chance. Je pouvais choisir n'importe quel titre, du moment que ma traduction était prête pour Noël. Je me suis précipité vers ma bibliothèque dans laquelle j'ai sélectionné le roman le plus court que j'ai trouvé, *La nuit qui ne finit pas*, et c'est devenu ma première traduction d'Agatha Christie.

Traduire Christie a été une expérience merveilleuse. J'ai continué de traduire un roman par an au lycée, durant mes études de droit, et même après avoir obtenu mon diplôme et commencé à travailler en tant qu'avocat. Traduire ses romans m'a donné une vision plus approfondie de ses méthodes et de sa magie, mais m'a aussi confronté à des casse-têtes mémorables. L'un des indices était si difficile (et en vérité absolument impossible) à traduire que j'ai repoussé la traduction de cet ouvrage pendant dix ans. Je n'en donnerai pas le titre, mais l'indice en question a un lien important avec la langue anglaise, car il concerne un mot qui, si on y ajoute une lettre, prend un sens radicalement différent.

J'ai feuilleté d'autres traductions nordiques pour essayer de comprendre comment les traducteurs l'avaient fait fonctionner dans une langue scandinave, mais sans succès. Finalement, j'ai quand même traduit ce livre, et j'ai dû me résoudre à employer le terme anglais pour expliquer le tour de passe-passe de Christie.

J'ai connu d'autres défis intéressants en traduisant ses romans à une époque où Google n'existait pas. Par exemple, je me demandais pourquoi ses personnages ne cessaient de sortir par la fenêtre, jusqu'à ce que je comprenne que « *French windows* », littéralement « fenêtres françaises », signifie en vérité « portes-fenêtres ».

Mais trêve de plaisanteries, ces traductions ont représenté une expérience inestimable pour ma carrière d'écrivain. Lorsque j'ai écrit mon premier roman policier, j'avais déjà traduit quatorze livres de Christie. Encore aujourd'hui, la plupart de mes textes ont à peu près le même nombre de pages qu'un roman moyen d'Agatha Christie, et c'est loin d'être une coïncidence. J'ai tiré le plus d'enseignements possible de son travail. Elle façonnait des intrigues extraordinaires, nous gratifiant toujours d'un coup de théâtre final. Ses enquêteurs restent gravés dans les mémoires, et elle utilisait le décor comme personne d'autre : le Nil, l'Orient-Express, un manoir anglais sous la neige – le décor était planté pour instiller le mystère, et en général il jouait un rôle majeur dans l'histoire.

Certains affirment que Christie a privé les autres auteurs des meilleures intrigues, et dans une certaine mesure il y a du vrai là-dedans, bien que mes collègues et moi nous efforcions toujours de surprendre nos lecteurs. Un de mes amis, John Curran, qui a abondamment écrit sur Christie, soutient que le secret de ses intrigues, c'est leur simplicité ; elles pouvaient être expliquées en un mot ou une phrase, pourtant les lecteurs étaient presque invariablement mystifiés. Je relis sans cesse ses histoires, je ne peux pas m'en passer. Si ce n'est pour être à nouveau surpris par les intrigues (car certaines sont inoubliables, évidemment), au moins pour ressentir leurs atmosphères uniques, capables d'emporter le lecteur, et qui me rappellent ce jeune garçon qui passait ses samedis matin à la Bibliothèque nationale, à dévorer d'excellents livres.

Ragnar Jónasson

Remerciements

Je remercie la procureure Hulda Maria Stefánsdóttir, mon père, Jónas Ragnarsson, et Lýdur Thór Thorgeirsson pour avoir lu et apporté leur contribution au texte. Merci aussi à Eyjólfur Kristjánsson et Sandra Lárusdóttir pour ce dîner de janvier 2018 qui m'a inspiré plusieurs bonnes idées. Et toute ma gratitude au café-restaurant Kaffihús Vesturbæjar, où j'ai écrit une grande partie de ce livre.

À mes lecteurs français : je vous suis tellement reconnaissant de l'accueil enthousiaste que vous réservez à chacun de mes romans. Vous rencontrer lors de festivals ou de signatures en librairies est un plaisir toujours renouvelé. Votre amour de la littérature et des livres est unique. Je réfléchis actuellement, avec mon éditrice française Marie Leroy, et mon agente, Monica Gram, à la possibilité de publier un prochain roman en avant-première mondiale en France, comme nous l'avions fait en 2020 avec *Sigló*.
La publication de mes livres m'a permis de découvrir tant de villes et de lieux de votre magnifique pays ; je m'efforce d'y venir le plus souvent que je peux, chaque année.

Enfin, merci à mon incroyable équipe d'édition et de vente en France, aux Éditions de la Martinière et chez Média-diffusion, à l'agence de presse La Bande et à tous les libraires français qui vendent les livres avec tant de passion !

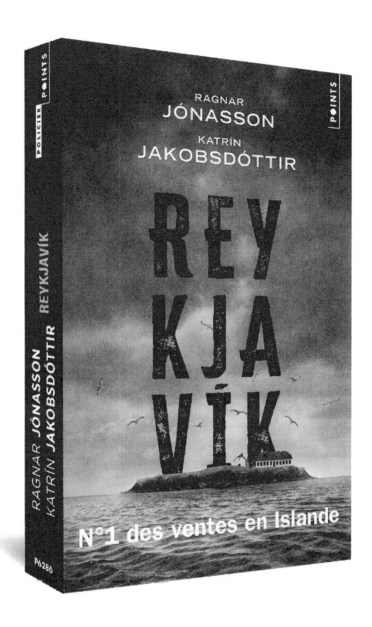

RAGNAR JÓNASSON
KATRÍN JAKOBSDÓTTIR

REYKJAVÍK

N°1 des ventes en Islande

POLICIER · POINTS

RAGNAR JÓNASSON
KATRÍN JAKOBSDÓTTIR   REYKJAVÍK

P6286

« Un roman glacial comme un iceberg. »
France Info

Dans la collection La Martinière Noir

Fauves, 2021
Éric Mercier

Sigló, 2020
Ragnar Jónasson

Après le jour, 2020
Christophe Molmy

Nuuk, 2020
Mo Malø

L'Île au secret, 2020
Ragnar Jónasson

Vík, 2019
Ragnar Jónasson

Une certaine Annie, 2019
P. J. Vernon

Diskø, 2019
Mo Malø

La Dame de Reykjavík, 2019
Ragnar Jónasson

La Maison, 2019
Vanessa Savage

La Disparue d'Altamont, 2018
Jean-Alphonse Richard

Sótt, 2018
Ragnar Jónasson

Qaanaaq, 2018
Mo Malø

Tout le monde aime Bruce Willis, 2018
Dominique Maisons

Nátt, 2018
Ragnar Jónasson

Quelque part entre le bien et le mal, 2018
Christophe Molmy

Seules les femmes sont éternelles, 2017
Frédéric Lenormand

Une vie exemplaire, 2017
Jacob M. Appel

Le Club des pendus, 2017
Tony Parsons

Il ne nous reste que la violence, 2017
Éric Lance

Mörk, 2017
Ragnar Jónasson

On se souvient du nom des assassins, 2017
Dominique Maisons

Évanouies, 2016
Megan Miranda

Les Anges sans visages, 2016
Tony Parsons

Snjór, 2016
Ragnar Jónasson

Le Festin des fauves, 2015
Dominique Maisons

Des garçons bien élevés, 2015
Tony Parsons

Les Loups blessés, 2015
Christophe Molmy

Restons en contact

La newsletter des Éditions de La Martinière,
un rendez-vous mensuel incontournable !

Chaque mois, recevez une lettre d'information inédite par e-mail,
avec toujours plus d'idées lecture, des activités culturelles,
des jeux-concours, des contenus exclusifs.
Ne manquez rien de toutes nos actualités.

Je m'inscris :

**UN LIVRE A
LE MÊME PRIX
PARTOUT**

En France, un livre a le même prix partout. C'est le « prix unique du livre » instauré par la loi de 1981 pour protéger le livre et la lecture.

L'éditeur fixe librement ce prix et l'imprime sur le livre. Tous les commerçants sont obligés de le respecter.

Que vous achetiez votre livre en librairie, dans une grande surface ou en ligne, vous le payez donc au même prix.

Avec une carte de fidélité, vous pouvez bénéficier d'une réduction allant jusqu'à 5 %, applicable uniquement en magasin. Si vous payez moins cher, c'est que le livre est d'occasion.

RÉALISATION : NORD COMPO À VILLENEUVE-D'ASCQ
ACHEVÉ D'IMPRIMER SUR ROTO-PAGE
PAR L'IMPRIMERIE FLOCH À MAYENNE
DÉPÔT LÉGAL : OCTOBRE 2024. N° 154886 (105317)
IMPRIMÉ EN FRANCE